U0083080

比较文学与世界文学 研究丛书

主编 曹顺庆

三编 第 **12** 册

中国古代文论英译核心问题研究

刘 颖 著

花木兰文化事业有限公司

国家图书馆出版品预行编目资料

中国古代文论英译核心问题研究／刘颖 著――初版――新北市：
花木兰文化事业有限公司，2024〔民 113〕
目 4+212 面；19×26 公分
（比较文学与世界文学研究丛书 三编 第 12 册）
ISBN 978-626-344-811-7（精装）
1.CST：翻译 2.CST：中国文学 3.CST：文学评论
4.CST：比较研究
810.8                                              113009370

ISBN-978-626-344-811-7

9 786263 448117

**比较文学与世界文学研究丛书**
三编 第十二册                        ISBN：978-626-344-811-7

# 中国古代文论英译核心问题研究

作　　者 刘　颖
主　　编 曹顺庆
企　　划 四川大学双一流学科暨比较文学研究基地
总 编 辑 杜洁祥
副总编辑 杨嘉乐
编辑主任 许郁翎
编　　辑 潘玟静、蔡正宣　美术编辑 陈逸婷
出　　版 花木兰文化事业有限公司
发 行 人 高小娟
联络地址 台湾 235 新北市中和区中安街七二号十三楼
　　　　 电话：02-2923-1455 ／传真：02-2923-1452
网　　址 http://www.huamulan.tw 信箱 service@huamulans.com
印　　刷 普罗文化出版广告事业
初　　版 2024 年 9 月
定　　价 三编 26 册（精装）新台币 70,000 元
　　　　　　　　　　　　　　　　　　　　　　版权所有 请勿翻印

# 中国古代文论英译核心问题研究

刘颖 著

## 作者简介

刘颖，女，文学博士，哈佛－燕京 2005－2006 访问学人，密西根大学 2016－2017 访问学者，现为四川大学文学与新闻学院教授、博士生导师。主要研究兴趣包括翻译研究、比较文学、语言学及应用语言学、中华文化国际传播等。已出版《英语世界〈文心雕龙〉研究》、《语言学概论》等专著及教材。

## 提　　要

本书以中国古代文论英译为主要研究对象，依据问题意识，基于翻译中的若干核心问题展开研究，探究翻译背后的跨语言、跨文化深层互动与交流机制。主要从译者主体性、关键词研究、文类名称翻译、认知与翻译、数字时代的翻译等核心问题出发等方面入手，结合文本分析进行讨论，共七章内容。

第一章概述中国古代文论英译的基本情况，并对本领域研究发展做了展望。

第二章讨论中国古代文论英译中译者主体性与译者身份问题，分析了中国古代文论译者主体身份失落的原因，并以诗人型译者克兰默－宾对《二十四诗品》的创造性英译和学者型译者宇文所安对中国古代文论的"厚译"，探讨译者主体性在中国古代文论英译中的体现。

第三章探讨了关键词在翻译中的重要意义，并以中国古代文论中的关键词为例，探讨中国古代文论核心概念在他国语境中迷失、彷徨、共鸣、模筑的过程。

第四章指出中西文类观的差异及原因，并以中国古代文论中的"赋""颂"等英译为例，探讨了文类名称的历史沿袭与动态发展，分析文类名称英译中"一词多译""一译多词""前后混杂"等现象。

第五章和第六章提出翻译的认知观，并以个案探讨认知主体（译者）如何在自身语言系统和概念系统的影响下，重新勾勒原作者构建的现实世界和认知世界。

第七章主要以中国古代文论翻译中对数据库的应用为例，探讨"数字人文"时代如何在古代文论外译模式及传播机制方面有所创新的问题。

国家社科基金一般项目
"中国古代文论英译核心问题研究"
最终成果（项目批准号：14BYY013）

# 比较文学的中国路径

曹顺庆

　　自德国作家歌德提出"世界文学"观念以来，比较文学已经走过近二百年。比较文学研究也历经欧洲阶段、美洲阶段而至亚洲阶段，并在每一阶段都形成了独具特色学科理论体系、研究方法、研究范围及研究对象。中国比较文学研究面对东西文明之间不断加深的交流和碰撞现况，立足中国之本，辩证吸纳四方之学，而有了如今欣欣向荣之景象，这套丛书可以说是应运而生。本丛书尝试以开放性、包容性分批出版中国比较文学学者研究成果，以观中国比较文学学术脉络、学术理念、学术话语、学术目标之概貌。

## 一、百年比较文学争讼之端——比较文学的定义

　　什么是比较文学？常识告诉我们：比较文学就是文学比较。然而当今中国比较文学教学实际情况却并非完全如此。长期以来，中国学术界对"什么是比较文学？"却一直说不清，道不明。这一最基本的问题，几乎成为学术界纠缠不清、莫衷一是的陷阱，存在着各种不同的看法。其中一些看法严重误导了广大学生！如果不辨析这些严重误导了广大学生的观点，是不负责任、问心有愧的。恰如《文心雕龙·序志》说"岂好辩哉，不得已也"，因此我不得不辩。

　　其中一个极为容易误导学生的说法，就是"比较文学不是文学比较"。目前，一些教科书郑重其事地指出：比较文学不是文学比较。认为把"比较"与"文学"联系在一起，很容易被人们理解为用比较的方法进行文学研究的意思。并进一步强调，比较文学并不等于文学比较，并非任何运用比较方法来进行的比较研究都是比较文学。这种误导学生的说法几乎成为一个定论，

一个基本常识，其实，这个看法是不完全准确的。

让我们来看看一些具体例证，请注意，我列举的例证，对事不对人，因而不提及具体的人名与书名，请大家理解。在 Y 教授主编的教材中，专门设有一节以"比较文学不是文学比较"为题的内容，其中指出"比较文学界面临的最大的困惑就是把'比较文学'误读为'文学比较'"，在高等院校进行比较文学课程教学时需要重点强调"比较文学不是文学比较"。W 教授主编的教材也称"比较文学不是文学的比较"，因为"不是所有用比较的方法来研究文学现象的都是比较文学"。L 教授在其所著教材专门谈到"比较文学不等于文学比较"，因为，"比较"已经远远超出了一般方法论的意义，而具有了跨国家与民族、跨学科的学科性质，认为将比较文学等同于文学比较是以偏概全的。"J 教授在其主编的教材中指出，"比较文学并不等于文学比较"，并以美国学派雷马克的比较文学定义为根据，论证比较文学的"比较"是有前提的，只有在地域观念上跨越打通国家的界限，在学科领域上跨越打通文学与其他学科的界限，进行的比较研究才是比较文学。在 W 教授主编的教材中，作者认为，"若把比较文学精神看作比较精神的话，就是犯了望文生义的错误，一百余年来，比较文学这个名称是名不副实的。"

从列举的以上教材我们可以看出，首先，它们在当下都仍然坚持"比较文学不是文学比较"这一并不完全符合整个比较文学学科发展事实的观点。如果认为一百余年来，比较文学这个名称是名不副实的，所有的比较文学都不是文学比较，那是大错特错！其次，值得注意的是，这些教材在相关叙述中各自的侧重点还并不相同，存在着不同程度、不同方面的分歧。这样一来，错误的观点下多样的谬误解释，加剧了学习者对比较文学学科性质的错误把握，使得学习者对比较文学的理解愈发困惑，十分不利于比较文学方法论的学习、也不利于比较文学学科的传承和发展。当今中国比较文学教材之所以普遍出现以上强作解释，不完全准确的教科书观点，根本原因还是没有仔细研究比较文学学科不同阶段之史实，甚至是根本不清楚比较文学不同阶段的学科史实的体现。

实际上，早期的比较文学"名"与"实"的确不相符合，这主要是指法国学派的学科理论，但是并不包括以后的美国学派及中国学派的学科理论，如果把所有阶段的学科理论一锅煮，是不妥当的。下面，我们就从比较文学学科发展的史实来论证这个问题。"比较文学不是文学比较""comparative literature is not literary comparison"，只是法国学派提出的比较文学口号，只是法国学派一派的主张，而不是整个比较文学学科的基本特征。我们不能够把这个阶段性的比较文学口号扩大化，甚至让其突破时空，用于描述比较文学所有的阶段和学派，更不能够使其"放之四海而皆准"。

法国学派提出"比较文学不是文学比较"，这个"比较"（comparison）是他们坚决反对的！为什么呢，因为他们要的不是文学"比较"（literary comparison），而是文学"关系"（literary relationship），具体而言，他们主张比较文学是实证的国际文学关系，是不同国家文学的影响关系，influences of different literatures，而不是文学比较。

法国学派为什么要反对"比较"（comparison），这与比较文学第一次危机密切相关。比较文学刚刚在欧洲兴起时，难免泥沙俱下，乱比的情形不断出现，暴露了多种隐患和弊端，于是，其合法性遭到了学者们的质疑：究竟比较文学的科学性何在？意大利著名美学大师克罗齐认为，"比较"（comparison）是各个学科都可以应用的方法，所以，"比较"不能成为独立学科的基石。学术界对于比较文学公然的质疑与挑战，引起了欧洲比较文学学者的震撼，到底比较文学如何"比较"才能够避免"乱比"？如何才是科学的比较？

难能可贵的是，法国学者对于比较文学学科的科学性进行了深刻的的反思和探索，并提出了具体的应对的方法：法国学派采取壮士断臂的方式，砍掉"比较"（comparison），提出比较文学不是文学比较（comparative literature is not literary comparison），或者说砍掉了没有影响关系的平行比较，总结出了只注重文学关系（literary relationship）的影响（influences）研究方法论。法国学派的创建者之一基亚指出，比较文学并不是比较。比较不过是一门名字没取好的学科所运用的一种方法……企图对它的性质下一个严格的定义可能是徒劳的。基亚认为：比较文学不是平行比较，而仅仅是文学关系史。以"文学关系"为比较文学研究的正宗。为什么法国学派要反对比较？或者说为什么法国学派要提出"比较文学不是文学比较"，因为法国学派认为"比较"（comparison）实际上是乱比的根源，或者说"比较"是没有可比性的。正如巴登斯佩哲指出："仅仅对两个不同的对象同时看上一眼就作比较，仅仅靠记忆和印象的拼凑，靠一些主观臆想把可能游移不定的东西扯在一起来找点类似点，这样的比较决不可能产生论证的明晰性"。所以必须抛弃"比较"。只承认基于科学的历史实证主义之上的文学影响关系研究（based on scientificity and positivism and literary influences.）。法国学派的代表学者卡雷指出：比较文学是实证性的关系研究："比较文学是文学史的一个分支：它研究拜伦与普希金、歌德与卡莱尔、瓦尔特·司各特与维尼之间，在属于一种以上文学背景的不同作品、不同构思以及不同作家的生平之间所曾存在过的跨国度的精神交往与实际联系。"正因为法国学者善于独辟蹊径，敢于提出"比较文学不是文学比较"，甚至完全抛弃比较（comparison），以防止"乱比"，才形成了一套建立在"科学"实证性为基础的、以影响关系为特征的"不比较"的比较文学学科理论体系，这终于挡住了克罗齐等人对比较文学"乱比"的批判，形成了以"科学"实证为特征的文学影响关系研究，确立了法国学派的学科理论和一整套方法论体系。当然，法国学派悍然砍掉比较研究，又不放弃"比较文学"这个名称，于是不可避免地出现了比较文学名不副实的尴尬现象，出现了打着比较文学名号，而又不比较的法国学派学科理论，这才是问题的关键。

当然，法国学派提出"比较文学不是文学比较"，只注重实证关系而不注重文学比较和文学审美，必然会引起比较文学的危机。这一危机终于由美国著名比较文学家韦勒克（René Wellek）在 1958 年国际比较文学协会第二次大会上明确揭示出来了。在这届年会上，韦勒克作了题为《比较文学的危机》的挑战性发言，对"不比较"的法国学派进行了猛烈批判，宣告了倡导平行比较和注重文学审美的比较文学美国学派的诞生。韦勒克作了题为《比较文学的危机》的挑战性发言，对当时一统天下的法国学派进行了猛烈批判，宣告了比较文学美国学派的诞生。韦勒克说："我认为，内容和方法之间的人为界线，渊源和影响的机械主义概念，以及尽管是十分慷慨的但仍属文化民族主义的动机，是比较文学研究中持久危机的症状。"韦勒克指出："比较也不能仅仅局限在历史上的事实联系中，正如最近语言学家的经验向文学研究者表明的那样，比较的价值既存在于事实联系的影响研究中，也存在于毫无历史关系的语言现象或类型的平等对比中。"很明显，韦勒克提出了比较文学就是要比较（comparison），就是要恢复巴登斯佩哲所讽刺和抛弃的"找点类似点"的平行比较研究。美国著名比较文学家雷马克（Henry Remak）在他的著名论文《比较文学的定义与功用》中深刻地分析了法国学派为什么放弃"比较"（comparison）的原因和本质。他分析说："法国比较文学否定'纯粹'的比较（comparison），它忠实于十九世纪实证主义学术研究的传统，即实证主义所坚持并热切期望的文学研究的'科学性'。按照这种观点，纯粹的类比不会得出任何结论，尤其是不能得出有更大意义的、系统的、概括性的结论。……既然值得尊重的科学必须致力于因果关系的探索，而比较文学必须具有科学性，因此，比较文学应该研究因果关系，即影响、交流、变更等。"雷马克进一步尖锐地指出，"比较文学"不是"影响文学"。只讲影响不要比较的"比较文学"，当然是名不副实的。显然，法国学派抛弃了"比较"（comparison），但是仍然带着一顶"比较文学"的帽子，才造成了比较文学"名"与"实"不相符合，造成比较文学不比较的尴尬，这才是问题的关键。

美国学派最大的贡献，是恢复了被法国学派所抛弃的比较文学应有的本义——"比较"（The American school went back to the original sense of comparative literature ——"comparison"），美国学派提出了标志其学派学科理论体系的平行比较和跨学科比较："比较文学是一国文学与另一国或多国文学的比较，是文学与人类其他表现领域的比较。"显然，自从美国学派倡导比较文学应当比较（comparison）以后，比较文学就不再有名与实不相符合的问题了，我们就不应当再继续笼统地说"比较文学不是文学比较"了，不应当再以"比较文学不是文学比较"来误导学生！更不可以说"一百余年来，比较文学这个名称是名不副实的。"不能够将雷马克的观点也强行解释为"比较文学不是比较"。因为在美国学派看来，比较文学就是要比较（comparison）。比较文学就是要恢复被巴登斯佩哲所讽刺和抛弃的"找点类似点"的平行比较研究。因为平行研究的可比性，正是类同性。正如韦勒克所说，"比较的价值既存在于事实联系的影响研究中，也存在于毫无历史关系的语言现象或类型的平等对比中。"恢复平行比较研究、跨学科研究，形成了以"找点类似点"的平行研究和跨学科研究为特征的比较文学美国学派学科理论和方法论体系。美国学派的学科理论以"类型学"、"比较诗学"、"跨学科比较"为主，并拓展原属于影响研究的"主题学"、"文类学"等领域，大大扩展比较文学研究领域。

## 二、比较文学的三个阶段

下面，我们从比较文学的三个学科理论阶段，进一步剖析比较文学不同阶段的学科理论特征。现代意义上的比较文学学科发展以"跨越"与"沟通"为目标，形成了类似"层叠"式、"涟漪"式的发展模式，经历了三个重要的学科理论阶段，即：

一、欧洲阶段，比较文学的成形期；二、美洲阶段，比较文学的转型期；三、亚洲阶段，比较文学的拓展期。我们将比较文学三个阶段的发展称之为"涟漪式"结构，实际上是揭示了比较文学学科理论的继承与创新的辩证关系：比较文学学科理论的发展，不是以新的理论否定和取代先前的理论，而是层叠式、累进式地形成"涟漪"式的包容性发展模式，逐步积累推进。比较文学学科理论发展呈现为层叠式、"涟漪"式、包容式的发展模式。我们把这个模式描绘如下：

法国学派主张比较文学是国际文学关系，是不同国家文学的影响关系。形成学科理论第一圈层：比较文学——影响研究；美国学派主张恢复平行比较，形成学科理论第二圈层：比较文学——影响研究＋平行研究＋跨学科研究；中国学派提出跨文明研究和变异研究，形成学科理论第三圈层：比较文学——影响研究＋平行研究＋跨学科研究＋跨文明研究＋变异研究。这三个圈层并不互相排斥和否定，而是继承和包容。我们将比较文学三个阶段的发展称之为层叠式、"涟漪"式、包容式结构，实际上是揭示了比较文学学科理论的继承与创新的辩证关系。

法国学派提出，可比性的第一个立足点是同源性，由关系构成的同源性。同源性主要是针对影响关系研究而言的。法国学派将同源性视作可比性的核心，认为影响研究的可比性是同源性。所谓同源性，指的是通过对不同国家、不同民族和不同语言的文学的文学关系研究，寻求一种有事实联系的同源关系，这种影响的同源关系可以通过直接、具体的材料得以证实。同源性往往建立在一条可追溯关系的三点一线的"影响路线"之上，这条路线由发送者、接受者和传递者三部分构成。如果没有相同的源流，也就不可能有影响关系，也就谈不上可比性，这就是"同源性"。以渊源学、流传学和媒介学作为研究的中心，依靠具体的事实材料在国别文学之间寻求主题、题材、文体、原型、思想渊源等方面的同源影响关系。注重事实性的关联和渊源性的影响，并采用严谨的实证方法，重视对史料的搜集和求证，具有重要的学术价值与学术意义，仍然具有广阔的研究前景。渊源学的例子：杨宪益，《西方十四行诗的渊源》。

比较文学学科理论的第二阶段在美洲，第二阶段是比较文学学科理论的转型期。从 20 世纪 60 年代以来，比较文学研究的主要阵地逐渐从法国转向美国，平行研究的可比性是什么？是类同性。类同性是指是没有文学影响关系的不同国家文学所表现出的相似和契合之处。以类同性为基本立足点的平行研究与影响研究一样都是超出国界的文学研究，但它不涉及影响关系研究的放送、流传、媒介等问题。平行研究强调不同国家的作家、作品、文学现象的类同比较，比较结果是总结出于文学作品的美学价值及文学发展具有规律性的东西。其比较必须具有可比性，这个可比性就是类同性。研究文学中类同的：风格、结构、内容、形式、流派、情节、技巧、手法、情调、形象、主题、文类、文学思潮、文学理论、文学规律。例如钱钟书《通感》认为，中国诗文有一种描写手法，古代批评家和修辞学家似乎都没有拈出。宋祁《玉楼春》词有句名句："红杏枝头春意闹。"这与西方的通感描写手法可以比较。

**比较文学的又一次危机：比较文学的死亡**

九十年代，欧美学者提出，比较文学作为一门学科已经死亡！最早是英国学者苏珊·巴斯奈特1993年她在《比较文学》一书中提出了比较文学的死亡论，认为比较文学作为一门学科，在某种意义上已经死亡。尔后，美国学者斯皮瓦克写了一部比较文学专著，书名就叫《一个学科的死亡》。为什么比较文学会死亡，斯皮瓦克的书中并没有明确回答！为什么西方学者会提出比较文学死亡论？全世界比较文学界都十分困惑。我们认为，20世纪90年代以来，欧美比较文学继"理论热"之后，又出现了大规模的"文化转向"。脱离了比较文学的基本立场。首先是不比较，即不讲比较文学的可比性问题。西方比较文学研究充斥大量的 Culture Studies（文化研究），已经不考虑比较的合理性，不考虑比较文学的可比性问题。第二是不文学，即不关心文学问题。西方学者热衷于文化研究，关注的已经不是文学性，而是精神分析、政治、性别、阶级、结构等等。最根本的原因，是比较文学学科长期囿于西方中心论，有意无意地回避东西方不同文明文学的比较问题，基本上忽略了学科理论的新生长点，比较文学学科理论缺乏创新，严重忽略了比较文学的差异性和变异性。

要克服比较文学的又一次危机，就必须打破西方中心论，克服比较文学学科理论一味求同的比较文学学科理论模式，提出适应当今全球化比较文学研究的新话语。中国学派，正是在此次危机中，提出了比较文学变异学研究，总结出了新的学科理论话语和一套新的方法论。

中国大陆第一部比较文学概论性著作是卢康华、孙景尧所著《比较文学导论》，该书指出："什么是比较文学？现在我们可以借用我国学者季羡林先生的解释来回答了：'顾名思义，比较文学就是把不同国家的文学拿出来比较，这可以说是狭义的比较文学。广义的比较文学是把文学同其他学科来比较，包括人文科学和社会科学'。"[1]这个定义可以说是美国雷马克定义的翻版。不过，该书又接着指出："我们认为最精炼易记的还是我国学者钱钟书先生的说法：'比较文学作为一门专门学科，则专指跨越国界和语言界限的文学比较'。更具体地说，就是把不同国家不同语言的文学现象放在一起进行比较，研究他们在文艺理论、文学思潮，具体作家、作品之间的互相影响。"[2]这个定义似乎更接近法国学派的定义，没有强调平行比较与跨学科比较。紧接该书之后的教材是陈挺的《比较文学简编》，该书仍旧以"广义"与"狭义"来解释比较文学的定义，指出："我们认为，通常说的比较文学是狭义的，即指超越国家、民族和语言界限的文学研究……广义的比较文学还可以包括文学与其他艺术（音乐、绘画等）与其他意识形态（历史、哲学、政治、宗教等）之间的相互关系的研究。"[3]中国比较文学早期对于比较文学的定义中凸显了很强的不确定性。

由乐黛云主编，高等教育出版社 1988 年的《中西比较文学教程》，则对比较文学定义有了较为深入的认识，该书在详细考查了中外不同的定义之后，该书指出："比较文学不应受到语言、民族、国家、学科等限制，而要走向一种开放性，力图寻求世界文学发展的共同规律。"[4]"世界文学"概念的纳入极大拓宽了比较文学的内涵，为"跨文化"定义特征的提出做好了铺垫。

随着时间的推移，学界的认识逐步深化。1997 年，陈惇、孙景尧、谢天振主编的《比较文学》提出了自己的定义："把比较文学看作跨民族、跨语言、跨文化、跨学科的文学研究，更符合比较文学的实质，更能反映现阶段人们对于比较文学的认识。"[5]2000 年北京师范大学出版社出版了《比较文学概论》修订本，提出："什么是比较文学呢？比较文学是一种开放式的文学研究，它具有宏观的视野和国际的角度，以跨民族、跨语言、跨文化、跨学科界限的各种文学关系为研究对象，在理论和方法上，具有比较的自觉意识和兼容并包的特色。"[6]这是我们目前所看到的国内较有特色的一个定义。

---

1 卢康华、孙景尧著《比较文学导论》，黑龙江人民出版社 1984，第 15 页。

2 卢康华、孙景尧著《比较文学导论》，黑龙江人民出版社 1984 年版。

3 陈挺《比较文学简编》，华东师范大学出版社 1986 年版。

4 乐黛云主编《中西比较文学教程》，高等教育出版社 1988 年版。

5 陈惇、孙景尧、谢天振主编《比较文学》，高等教育出版社 1997 年版。

6 陈惇、刘象愚《比较文学概论》，北京师范大学出版社 2000 年版。

具有代表性的比较文学定义是 2002 年出版的杨乃乔主编的《比较文学概论》一书，该书的定义如下："比较文学是以跨民族、跨语言、跨文化与跨学科为比较视域而展开的研究，在学科的成立上以研究主体的比较视域为安身立命的本体，因此强调研究主体的定位，同时比较文学把学科的研究客体定位于民族文学之间与文学及其他学科之间的三种关系：材料事实关系、美学价值关系与学科交叉关系，并在开放与多元的文学研究中追寻体系化的汇通。"[7]方汉文则认为："比较文学作为文学研究的一个分支学科，它以理解不同文化体系和不同学科间的同一性和差异性的辩证思维为主导，对那些跨越了民族、语言、文化体系和学科界限的文学现象进行比较研究，以寻求人类文学发生和发展的相似性和规律性。"[8]由此而引申出的"跨文化"成为中国比较文学学者对于比较文学定义所做出的历史性贡献。

我在《比较文学教程》中对比较文学定义表述如下："比较文学是以世界性眼光和胸怀来从事不同国家、不同文明和不同学科之间的跨越式文学比较研究。它主要研究各种跨越中文学的同源性、变异性、类同性、异质性和互补性，以影响研究、变异研究、平行研究、跨学科研究、总体文学研究为基本方法论，其目的在于以世界性眼光来总结文学规律和文学特性，加强世界文学的相互了解与整合，推动世界文学的发展。"[9]在这一定义中，我再次重申"跨国""跨学科""跨文明"三大特征，以"变异性""异质性"突破东西文明之间的"第三堵墙"。

"首在审己，亦必知人"。中国比较文学学者在前人定义的不断论争中反观自身，立足中国经验、学术传统，以中国学者之言为比较文学的危机处境贡献学科转机之道。

### 三、两岸共建比较文学话语——比较文学中国学派

中国学者对于比较文学定义的不断明确也促成了"比较文学中国学派"的生发。得益于两岸几代学者的垦拓耕耘，这一议题成为近五十年来中国比较文学发展中竖起的最鲜明、最具争议性的一杆大旗，同时也是中国比较文学学科理论研究最有创新性，最亮丽的一道风景线。

---

7 杨乃乔主编《比较文学概论》，北京大学出版社 2002 年版。
8 方汉文《比较文学基本原理》，苏州大学出版社 2002 年版。
9 曹顺庆《比较文学教程》，高等教育出版社 2006 年版。

　　比较文学"中国学派"这一概念所蕴含的理论的自觉意识最早出现的时间大约是 20 世纪 70 年代。当时的台湾由于派出学生留洋学习，接触到大量的比较文学学术动态，率先掀起了中外文学比较的热潮。1971 年 7 月在台湾淡江大学召开的第一届"国际比较文学会议"上，朱立元、颜元叔、叶维廉、胡辉恒等学者在会议期间提出了比较文学的"中国学派"这一学术构想。同时，李达三、陈鹏翔（陈慧桦）、古添洪等致力于比较文学中国学派早期的理论催生。如 1976 年，古添洪、陈慧桦出版了台湾比较文学论文集《比较文学的垦拓在台湾》。编者在该书的序言中明确提出："我们不妨大胆宣言说，这援用西方文学理论与方法并加以考验、调整以用之于中国文学的研究，是比较文学中的中国派"[10]。这是关于比较文学中国学派较早的说明性文字，尽管其中提到的研究方法过于强调西方理论的普世性，而遭到美国和中国大陆比较文学学者的批评和否定；但这毕竟是第一次从定义和研究方法上对中国学派的本质进行了系统论述，具有开拓和启明的作用。后来，陈鹏翔又在台湾《中外文学》杂志上连续发表相关文章，对自己提出的观点作了进一步的阐释和补充。

　　在"中国学派"刚刚起步之际，美国学者李达三起到了启蒙、催生的作用。李达三于 60 年代来华在台湾任教，为中国比较文学培养了一批朝气蓬勃的生力军。1977 年 10 月，李达三在《中外文学》6 卷 5 期上发表了一篇宣言式的文章《比较文学中国学派》，宣告了比较文学的中国学派的建立，并认为比较文学中国学派旨在"与比较文学中早已定于一尊的西方思想模式分庭抗礼。由于这些观念是源自对中国文学及比较文学有兴趣的学者，我们就将含有这些观念的学者统称为比较文学的'中国'学派。"并指出中国学派的三个目标：1、在自己本国的文学中，无论是理论方面或实践方面，找出特具"民族性"的东西，加以发扬光大，以充实世界文学；2、推展非西方国家"地区性"的文学运动，同时认为西方文学仅是众多文学表达方式之一而已；3、做一个非西方国家的发言人，同时并不自诩能代表所有其他非西方的国家。李达三后来又撰文对比较文学研究状况进行了分析研究，积极推动中国学派的理论建设。[11]

　　继中国台湾学者垦拓之功，在 20 世纪 70 年代末复苏的大陆比较文学研

10 古添洪、陈慧桦《比较文学的垦拓在台湾》，台湾东大图书公司 1976 年版。
11 李达三《比较文学研究之新方向》，台湾联经事业出版公司 1978 年版。

究亦积极参与了"比较文学中国学派"的理论建设和学科建设。

季羡林先生 1982 年在《比较文学译文集》的序言中指出："以我们东方文学基础之雄厚，历史之悠久，我们中国文学在其中更占有独特的地位，只要我们肯努力学习，认真钻研，比较文学中国学派必然能建立起来，而且日益发扬光大"[12]。1983 年 6 月，在天津召开的新中国第一次比较文学学术会议上，朱维之先生作了题为《比较文学中国学派的回顾与展望》的报告，在报告中他旗帜鲜明地说："比较文学中国学派的形成（不是建立）已经有了长远的源流，前人已经做出了很多成绩，颇具特色，而且兼有法、美、苏学派的特点。因此，中国学派绝不是欧美学派的尾巴或补充"[13]。1984 年，卢康华、孙景尧在《比较文学导论》中对如何建立比较文学中国学派提出了自己的看法，认为应当以马克思主义作为自己的理论基础，以我国的优秀传统与民族特色为立足点与出发点，汲取古今中外一切有用的营养，去努力发展中国的比较文学研究。同年在《中国比较文学》创刊号上，朱维之、方重、唐弢、杨周翰等人认为中国的比较文学研究应该保持不同于西方的民族特点和独立风貌。1985 年，黄宝生发表《建立比较文学的中国学派：读〈中国比较文学〉创刊号》，认为《中国比较文学》创刊号上多篇讨论比较文学中国学派的论文标志着大陆对比较文学中国学派的探讨进入了实际操作阶段。[14]1988 年，远浩一提出"比较文学是跨文化的文学研究"（载《中国比较文学》1988 年第 3期）。这是对比较文学中国学派在理论特征和方法论体系上的一次前瞻。同年，杨周翰先生发表题为"比较文学：界定'中国学派'，危机与前提"（载《中国比较文学通讯》1988 年第 2 期），认为东方文学之间的比较研究应当成为"中国学派"的特色。这不仅打破比较文学中的欧洲中心论，而且也是东方比较学者责无旁贷的任务。此外，国内少数民族文学的比较研究，也应该成为"中国学派"的一个组成部分。所以，杨先生认为比较文学中的大量问题和学派问题并不矛盾，相反有助于理论的讨论。1990 年，远浩一发表"关于'中国学派'"（载《中国比较文学》1990 年第 1 期），进一步推进了"中国学派"的研究。此后直到 20 世纪 90 年代末，中国学者就比较文学中国学派的建立、理论与方法以及相应的学科理论等诸多问题进行了积极而富有成效的探讨。

---

12 张隆溪《比较文学译文集》，北京大学出版社 1984 年版。

13 朱维之《比较文学论文集》，南开大学出版社 1984 年版。

14 参见《世界文学》1985 年第 5 期。

刘介民、远浩一、孙景尧、谢天振、陈淳、刘象愚、杜卫等人都对这些问题付出过不少努力。《暨南学报》1991 年第 3 期发表了一组笔谈，大家就这个问题提出了意见，认为必须打破比较文学研究中长期存在的法美研究模式，建立比较文学中国学派的任务已经迫在眉睫。王富仁在《学术月刊》1991 年第 4 期上发表"论比较文学的中国学派问题"，论述中国学派兴起的必然性。而后，以谢天振等学者为代表的比较文学研究界展开了对"X+Y"模式的批判。比较文学在大陆复兴之后，一些研究者采取了"X+Y"式的比附研究的模式，在发现了"惊人的相似"之后便万事大吉，而不注意中西巨大的文化差异性，成为了浅度的比附性研究。这种情况的出现，不仅是中国学者对比较文学的理解上出了问题，也是由于法美学派研究理论中长期存在的研究模式的影响，一些学者并没有深思中国与西方文学背后巨大的文明差异性，因而形成"X+Y"的研究模式，这更促使一些学者思考比较文学中国学派的问题。

经过学者们的共同努力，比较文学中国学派一些初步的特征和方法论体系逐渐凸显出来。1995 年，我在《中国比较文学》第 1 期上发表《比较文学中国学派基本理论特征及其方法论体系初探》一文，对比较文学在中国复兴十余年来的发展成果作了总结，并在此基础上总结出中国学派的理论特征和方法论体系，对比较文学中国学派作了全方位的阐述。继该文之后，我又发表了《跨越第三堵'墙'创建比较文学中国学派理论体系》等系列论文，论述了以跨文化研究为核心的"中国学派"的基本理论特征及其方法论体系。这些学术论文发表之后在国内外比较文学界引起了较大的反响。台湾著名比较文学学者古添洪认为该文"体大思精，可谓已综合了台湾与大陆两地比较文学中国学派的策略与指归，实可作为'中国学派'在大陆再出发与实践的蓝图"[15]。

在我撰文提出比较文学中国学派的基本特征及方法论体系之后，关于中国学派的论争热潮日益高涨。反对者如前国际比较文学学会会长佛克马（Douwe Fokkema）1987 年在中国比较文学学会第二届学术讨论会上就从所谓的国际观点出发对比较文学中国学派的合法性提出了质疑，并坚定地反对建立比较文学中国学派。来自国际的观点并没有让中国学者失去建立比较文学中国学派的热忱。很快中国学者智量先生就在《文艺理论研究》1988 年第

---

15 古添洪《中国学派与台湾比较文学界的当前走向》，参见黄维梁编《中国比较文学理论的垦拓》167 页，北京大学出版社 1998 年版。

1 期上发表题为《比较文学在中国》一文，文中援引中国比较文学研究取得的成就，为中国学派辩护，认为中国比较文学研究成绩和特色显著，尤其在研究方法上足以与比较文学研究历史上的其他学派相提并论，建立中国学派只会是一个有益的举动。1991 年，孙景尧先生在《文学评论》第 2 期上发表《为"中国学派"一辩》，孙先生认为佛克马所谓的国际主义观点实质上是"欧洲中心主义"的观点，而"中国学派"的提出，正是为了清除东西方文学与比较文学学科史中形成的"欧洲中心主义"。在 1993 年美国印第安纳大学举行的全美比较文学会议上，李达三仍然坚定地认为建立中国学派是有益的。二十年之后，佛克马教授修正了自己的看法，在 2007 年 4 月的"跨文明对话——国际学术研讨会（成都）"上，佛克马教授公开表示欣赏建立比较文学中国学派的想法[16]。即使学派争议一派繁荣景象，但最终仍旧需要落点于学术创见与成果之上。

比较文学变异学便是中国学派的一个重要理论创获。2005 年，我正式在《比较文学学》[17]中提出比较文学变异学，提出比较文学研究应该从"求同"思维中走出来，从"变异"的角度出发，拓宽比较文学的研究。通过前述的法、美学派学科理论的梳理，我们也可以发现前期比较文学学科是缺乏"变异性"研究的。我便从建构中国比较文学学科理论话语体系入手，立足《周易》的"变异"思想，建构起"比较文学变异学"新话语，力图以中国学者的视角为全世界比较文学学科理论提供一个新视角、新方法和新理论。

比较文学变异学的提出根植于中国哲学的深层内涵，如《周易》之"易之三名"所构建的"变易、简易、不易"三位一体的思辨意蕴与意义生成系统。具体而言，"变易"乃四时更替、五行运转、气象畅通、生生不息；"不易"乃天上地下、君南臣北、纲举目张、尊卑有位；"简易"则是乾以易知、坤以简能、易则易知、简则易从。显然，在这个意义结构系统中，变易强调"变"，不易强调"不变"，简易强调变与不变之间的基本关联。万物有所变，有所不变，且变与不变之间存在简单易从之规律，这是一种思辨式的变异模式，这种变异思维的理论特征就是：天人合一、物我不分、对立转化、整体关联。这是中国古代哲学最重要的认识论，也是与西方哲学所不同的"变异"思想。

---

16 见《比较文学报》2007 年 5 月 30 日，总第 43 期。
17 曹顺庆《比较文学学》，四川大学出版社 2005 年版。

由哲学思想衍生于学科理论，比较文学变异学是"指对不同国家、不同文明的文学现象在影响交流中呈现出的变异状态的研究，以及对不同国家、不同文明的文学相互阐发中出现的变异状态的研究。通过研究文学现象在影响交流以及相互阐发中呈现的变异，探究比较文学变异的规律。"[18]变异学理论的重点在求"异"的可比性，研究范围包含跨国变异研究、跨语际变异研究、跨文化变异研究、跨文明变异研究、文学的他国化研究等方面。比较文学变异学所发现的文化创新规律、文学创新路径是基于中国所特有的术语、概念和言说体系之上探索出的"中国话语"，作为比较文学第三阶段中国学派的代表性理论已经受到了国际学界的广泛关注与高度评价，中国学术话语产生了世界性影响。

## 四、国际视野中的中国比较文学

文明之墙让中国比较文学学者所提出的标识性概念获得国际视野的接纳、理解、认同以及运用，经历了跨语言、跨文化、跨文明的多重关卡，国际视野下的中国比较文学书写亦经历了一个从"遍寻无迹""只言片语"而"专篇专论"，从最初的"话语乌托邦"至"阶段性贡献"的过程。

二十世纪六十年代以来港台学者致力于从课程教学、学术平台、人才培养，国内外学术合作等方面巩固比较文学这一新兴学科的建立基石，如淡江文理学院英文系开设的"比较文学"（1966），香港大学开设的"中西文学关系"（1966）等课程；台湾大学外文系主编出版之《中外文学》月刊、淡江大学出版之《淡江评论》季刊等比较文学研究专刊；后又有台湾比较文学学会（1973 年）、香港比较文学学会（1978）的成立。在这一系列的学术环境构建下，学者前贤以"中国学派"为中国比较文学话语核心在国际比较文学学科理论、方法论中持续探讨，率先启声。例如李达三在 1980 年香港举办的东西方比较文学学术研讨会成果中选取了七篇代表性文章，以 *Chinese-Western Comparative Literature: Theory and Strategy* 为题集结出版，[19]并在其结语中附上那篇"中国学派"宣言文章以申明中国比较文学建立之必要。

学科开山之际，艰难险阻之巨难以想象，但从国际学者相关言论中可见西方对于中国比较文学学科的发展抱有的希望渺小。厄尔·迈纳（Earl Miner）

---

18 曹顺庆主编《比较文学概论》，高等教育出版社 2015 年版。

19 *Chinese-Western Comparative Literature：Theory & Strategy*, Chinese Univ Pr.1980-6

在 1987 年发表的 *Some Theoretical and Methodological Topics for Comparative Literature* 一文中谈到当时西方的比较文学鲜有学者试图将非西方材料纳入西方的比较文学研究中。(until recently there has been little effort to incorporate non-Western evidence into Western com- parative study.) 1992 年，斯坦福大学教授 David Palumbo-Liu 直接以《话语的乌托邦：论中国比较文学的不可能性》为题（*The Utopias of Discourse: On the Impossibility of Chinese Comparative Literature*）直言中国比较文学本质上是一项"乌托邦"工程。(My main goal will be to show how and why the task of Chinese comparative literature, particularly of pre-modern literature, is essentially a *utopian* project.) 这些对于中国比较文学的诘难与质疑，今美国加州大学圣地亚哥分校文学系主任张英进教授在其 1998 编著的 *China in a polycentric world: essays in Chinese comparative literature* 前言中也不得不承认中国比较文学研究在国际学术界中仍然处于边缘地位（The fact is, however, that Chinese comparative literature remained marginal in academia, even though it has developed closely with the rest of literary studies in the United Stated and even though China has gained increasing importance in the geopolitical world order over the past decades.）。[20]但张英进教授也展望了下一个千年中国比较文学研究的蓝景。

新的千年新的气象，"世界文学""全球化"等概念的冲击下，让西方学者开始注意到东方，注意到中国。如普渡大学教授斯蒂文·托托西（Tötösy de Zepetnek, Steven）1999 年发长文 *From Comparative Literature Today Toward Comparative Cultural Studies* 阐明比较文学研究更应该注重文化的全球性、多元性、平等性而杜绝等级划分的参与。托托西教授注意到了在法德美所谓传统的比较文学研究重镇之外，例如中国、日本、巴西、阿根廷、墨西哥、西班牙、葡萄牙、意大利、希腊等地区，比较文学学科得到了出乎意料的发展（emerging and developing strongly）。在这篇文章中，托托西教授列举了世界各地比较文学研究成果的著作，其中中国地区便是北京大学乐黛云先生出版的代表作品。托托西教授精通多国语言，研究视野也常具跨越性，新世纪以来也致力于以跨越性的视野关注世界各地比较文学研究的动向。[21]

---

20 Moran T . Yingjin Zhang, Ed. China in a Polycentric World: Essays in Chinese Comparative Literature[J].现代中文文学学报,2000,4(1):161-165.

21 Tötösy de Zepetnek, Steven. "From Comparative Literature Today Toward Comparative Cultural Studies." CLCWeb: Comparative Literature and Culture 1.3 (1999):

　　以上这些国际上不同学者的声音一则质疑中国比较文学建设的可能性，一则观望着这一学科在非西方国家的复兴样态。争议的声音不仅在国际学界，国内学界对于这一新兴学科的全局框架中涉及的理论、方法以及学科本身的立足点，例如前文所说的比较文学的定义，中国学派等等都处于持久论辩的漩涡。我们也通晓如果一直处于争议的漩涡中，便会被漩涡所吞噬，只有将论辩化为成果，才能转漩涡为涟漪，一圈一圈向外辐射，国际学人也在等待中国学者自己的声音。

　　上海交通大学王宁教授作为中国比较文学学者的国际发声者自 20 世纪末至今已撰文百余篇，他直言，全球化给西方学者带来了学科死亡论，但是中国比较文学必将在这全球化语境中更为兴盛，中国的比较文学学者一定会对国际文学研究做出更大的贡献。新世纪以来中国学者也不断地将自身的学科思考成果呈现在世界之前。2000 年，北京大学周小仪教授发文（*Comparative Literature in China*）[22]率先从学科史角度构建了中国比较文学在两个时期（20世纪 20 年代至 50 年代，70 年代至 90 年代）的发展概貌，此文关于中国比较文学的复兴崛起是源自中国文学现代性的产生这一观点对美国芝加哥大学教授苏源熙（Haun Saussy）影响较深。苏源熙在 2006 年的专著 *Comparative Literature in an Age of Globalization* 中对于中国比较文学的讨论篇幅极少，其中心便是重申比较文学与中国文学现代性的联系。这篇文章也被哈佛大学教授大卫·达姆罗什（David Damrosch）收录于《普林斯顿比较文学资料手册》（*The Princeton Sourcebook in Comparative Literature*，2009[23]）。类似的学科史介绍在英语世界与法语世界都接续出现，以上大致反映了中国学者对于中国比较文学研究的大概描述在西学界的接受情况。学科史的构架对于国际学术对中国比较文学发展脉络的把握很有必要，但是在此基础上的学科理论实践才是关系于中国比较文学学科国际性发展的根本方向。

　　我在 20 世纪 80 年代以来 40 余年间便一直思考比较文学研究的理论构建问题，从以西方理论阐释中国文学而造成的中国文艺理论"失语症"思考

---

22　Zhou, Xiaoyi and Q.S. Tong, "Comparative Literature in China", Comparative Literature and Comparative Cultural Studies, ed., Totosy de Zepetnek, West Lafayette, Indiana: Purdue University Press, 2003, 268-283.

23　Damrosch, David (EDT)***The Princeton Sourcebook in Comparative Literature***: Princeton University Press

属于中国比较文学自身的学科方法论，从跨异质文化中产生的"文学误读"
"文化过滤""文学他国化"提出"比较文学变异学"理论。历经 10 年的不
断思考，2013 年，我的英文著作：*The Variation Theory of Comparative Literature*
（《比较文学变异学》），由全球著名的出版社之一斯普林格（Springer）出版社
出版，并在美国纽约、英国伦敦、德国海德堡出版同时发行。*The Variation
Theory of Comparative Literature*（《比较文学变异学》）系统地梳理了比较文学
法国学派与美国学派研究范式的特点及局限，首次以全球通用的英语语言提
出了中国比较文学学科理论新话语："比较文学变异学"。这一新概念、新范
畴和新表述，引导国际学术界展开了对变异学的专刊研究（如普渡大学创办
刊物《比较文学与文化》2017 年 19 期）和讨论。

欧洲科学院院士、西班牙圣地亚哥联合大学让·莫内讲席教授、比较文
学系教授塞萨尔·多明戈斯教授（Cesar Dominguez），及美国科学院院士、芝
加哥大学比较文学教授苏源熙（Haun Saussy）等学者合著的比较文学专著
（Introducing Comparative literature: New Trends and Applications[24]）高度评价
了比较文学变异学。苏源熙引用了《比较文学变异学》（英文版）中的部分内
容，阐明比较文学变异学是十分重要的成果。与比较文学法国学派和美国学
派形成对比，曹顺庆教授倡导第三阶段理论，即，新奇的、科学的中国学派
的模式，以及具有中国学派本身的研究方法的理论创新与中国学派"（《比较
文学变异学》（英文版）第 43 页）。通过对"中西文化异质性的"跨文明研究"，
曹顺庆教授的看法会更进一步的发展与进步（《比较文学变异学》（英文版）
第 43 页），这对于中国文学理论的转化和西方文学理论的意义具有十分重要
的价值。（"Another important contribution in the direction of an imparative
comparative literature-at least as procedure-is Cao Shunqing's 2013 *The Variation
Theory of Comparative Literature*. In contrast to the "French School" and "American
School" of comparative Literature, Cao advocates a "third-phrase theory", namely,
"a novel and scientific mode of the Chinese school," a "theoretical innovation and
systematization of the Chinese school by relying on our *own* methods" (*Variation
Theory* 43; emphasis added). From this etic beginning, his proposal moves forward
emically by developing a "cross-civilizaional study on the heterogeneity between

---

24 Cesar Dominguez,Haun Saussy,Dario Villanueva Introducing Comparative literature:
New Trends and Applications，Routledge,2015

Chinese and Western culture" (43), which results in both the foreignization of Chinese literary theories and the Signification of Western literary theories.）

　　法国索邦大学（Sorbonne University）比较文学系主任伯纳德·弗朗科（Bernard Franco）教授在他出版的专著（《比较文学：历史、范畴与方法》）*La littératurecomparée: Histoire, domaines, méthodes* 中以专节引述变异学理论，他认为曹顺庆教授提出了区别于影响研究与平行研究的"第三条路"，即"变异理论"，这对应于观点的转变，从"跨文化研究"到"跨文明研究"。变异理论基于不同文明的文学体系相互碰撞为形式的交流过程中以产生新的文学元素，曹顺庆将其定义为"研究不同国家的文学现象所经历的变化"。因此曹顺庆教授提出的变异学理论概述了一个新的方向，并展示了比较文学在不同语言和文化领域之间建立多种可能的桥梁。(Il évoque l'hypothèse d'une troisième voie, la « théorie de la variation », qui correspond à un déplacement du point de vue, de celui des « études interculturelles » vers celui des « études transcivilisationnelles . » Cao Shunqing la définit comme « l'étude des variations subies par des phénomènes littéraires issus de différents pays, avec ou sans contact factuel, en même temps que l'étude comparative de l'hétérogénéité et de la variabilité de différentes expressions littéraires dans le même domaine ».Cette hypothèse esquisse une nouvelle orientation et montre la multiplicité des passerelles possibles que la littérature comparée établit entre domaines linguistiques et culturels différents.) [25]。

　　美国哈佛大学（Harvard University）厄内斯特·伯恩鲍姆讲席教授、比较文学教授大卫·达姆罗什（David Damrosch）对该专著尤为关注。他认为《比较文学变异学》（英文版）以中国视角呈现了比较文学学科话语的全球传播的有益尝试。曹顺庆教授对变异的关注提供了较为适用的视角，一方面超越了亨廷顿式简单的文化冲突模式，另一方面也跨越了同质性的普遍化。[26]国际学界对于变异学理论的关注已经逐渐从其创新性价值探讨延伸至文学研究，例如斯蒂文·托托西近日在 *Cultura* 发表的（Peripheralities: "Minor" Literatures, Women's Literature, and Adrienne Orosz de Csicser's Novels）一文中便成功地将变异学理论运用于阿德里安·奥罗兹的小说研究中。

25 Bernard Franco La littératurecomparée: Histoire, domaines, méthodes，Armand Colin 2016.
26 David Damrosch Comparing the Literatures,Literary Studies in a Global Age,Princeton University Press,2020.

　　国际学界对于比较文学变异学的认可也证实了变异学作为一种普遍性理论提出的初衷，其合法性与适用性将在不同文化的学者实践中巩固、拓展与深化。它不仅仅是跨文明研究的方法，而是一种具有超越影响研究和平行研究，超越西方视角或东方视角的宏大视野、一种建立在文化异质性和变异性基础之上的融汇创生、一种追求世界文学和总体问题最终理想的哲学关怀。

　　以如此篇幅展现中国比较文学之况，是因为中国比较文学研究本就是在各种危机论、唱衰论的压力下，各种质疑论、概念论中艰难前行，不探源溯流难以体察今日中国比较文学研究成果之不易。文明的多样性发展离不开文明之间的交流互鉴。最具"跨文明"特征的比较文学学科更需要文明之间成果的共享、共识、共析与共赏，这是我们致力于比较文学研究领域的学术理想。

　　千里之行，不积跬步无以至，江海之阔，不积细流无以成！如此宏大的一套比较文学研究丛书得承花木兰总编辑杜洁祥先生之宏志，以及该公司同仁之辛劳，中国比较文学学者之鼎力相助，才可顺利集结出版，在此我要衷心向诸君表达感谢！中国比较文学研究仍有一条长远之途需跋涉，期以系列丛书一展全貌，愿读者诸君敬赐高见！

曹顺庆

二零二一年十月二十三日于成都锦丽园

# 引 言

　　英语世界对中国古典诗歌的关注和译介由来已久，相较而言，对中国古代文论的译介和研究起步较晚。19 世纪中叶，欧洲学者开始注意到中国诗学[1]，但是直到 20 世纪，中国古代文论作为中国古代文化思想的重要果实，才逐渐被译介到英语世界。

　　我在读博期间，开始关注中国古代文论的译介问题，选择《文心雕龙》译介作为学位论文，后出版《英语世界〈文心雕龙〉研究》一书。在此基础上，我对中国古代文论的译介发生了进一步的兴趣，作了一些整理和翻译工作，期间遇到不少疑惑，逐渐形成一些自己的思考。中国古代文论话语体系与西方批评话语如何遭遇？译者母语文化中的诗学思想如何影响译者对中国古代文论的理解？中国古代文论在异质语言文化背景中的书写是否会颠覆传统的视角？中国古代文论如何在世界文学思想之林占据一席之地？在新的历史形势下又应该怎样走向世界？中国古代文论作为一个对象的译介是否成立……这些问题在中国古代文论的翻译过程中得到最集中的体现，从某种意义上来说，也决定中国古代文论译介的效果。毋庸置疑，目前学术界不乏对此类问题的关注，但真正深入的思考远远不够。

　　本书内在逻辑是依据问题意识，而非具体的时间、主体、文本等因素，因

---

1　1867 年，伟烈亚力（Alexander Wylie，1815-1887）出版的《汉籍解题》（Notes on Chinese Literature），在集部提到了诗文评（Critiques on Poetry and Literature），并简单梳理介绍了中国历代文论作品，涉及《文心雕龙》及宋以后的诗论诗话。参见 Wylie, Alexander. *Notes on Chinese Literature.* Shanghai: Presbyterian Mission Press. 1867. 笔者所见为 1922 年的重印本，243 页。

此基于翻译中的若干核心问题展开，从中国古代文学翻译中的术语、修辞、文类、译者主体、话语秩序等方面入手，对一些翻译文本进行分析和讨论。望能不囿于个案研究，提供更多理论思考，反思中国古代文论的特点及其相较于他国文学思想在语言、文化、认知等各方面的异质性。

全书主要从以下几个问题入手：

## 一、译者主体性和译者身份的确立

译者是翻译的主体，也是民族文化建构的重要参与者。随着全球化时代的到来和翻译研究的"文化转向"，译者文化地位的边缘化现象逐渐得到改观，翻译主体研究方兴未艾。权力话语理论认为，社会中任何行为都受到权力和话语的操控。因此，译者的翻译行为必然受到他所处时代的操控。从中国古代文论的翻译来看，译者身份在很长一段时间里是模糊不清的，往往附属于其他身份，但是，译者有时也会挑战权力话语，为源语在目的语中确立话语地位。翻译中源语和目的语争夺话语权的过程，正是在译者作为主体的翻译活动中发生。

## 二、中国古代文论关键词翻译和话语秩序的建构

翻译不仅是语言符号的转化，更涉及意义的创新和重塑。外来词丰富了汉语文化，汉语词汇也为其他异质文化输入新鲜血液，从而形成文化交流中新的话语秩序。翻译者常面对术语缺失、词汇不对等、话语方式异质等问题，选择目的语时多有无奈和尴尬。然而，一些看似"蹩脚"的翻译却可能经过多年的应用和磨合，具备新的内涵，完成该词在目的语语境中的重塑，使原来极具中国特色的关键词逐渐为世界所接受，体现了国际话语新秩序的变化，为建立文学、文化领域中的话语新秩序起到积极作用。关键词翻译的研究，正可以揭示一国文化核心概念通过语言转换，在另一种文化语境中迷失、彷徨、最终确定身份的过程，有助于我们了解翻译过程中话语参与者之间的互动和平衡关系，及其对话语秩序的影响。

## 三、中国古代文论英译中的文类问题

关于中国古代文学文类或文体问题的讨论，古已有之。《文选序》云："凡次文之体，各以汇聚。诗赋体既不一，又以类分，分类之中，各以时代相次。"徐师曾《文体明辨序》云："盖自秦汉而下，文愈盛；文愈盛，故类愈增；类

愈增，故体愈众；体愈众，故辨当愈严。"近年来学术界普遍关注古代文学研究中的文体学问题，但对文体学的基本理论与方法的探讨还很不够。古代文学研究中文体分类研究比较薄弱，缺乏专题研究。分类研究常将文体问题简单化为体裁问题，综合研究更是寥寥无几。海外汉学研究者则喜用西方的 genre（文类）概念来探讨此问题，往往与中国古代文学文体分类研究貌合神离。文体分类名称的翻译很好地从侧面反映了这一问题。翻译实践中译者的选择有利于我们更清楚地了解中国古代文学文体传统分类原则，更有助于促进中外文体（文类）研究的交流和对话。

## 四、认知语言学视野下的中国古代文论英译研究

在翻译的语言学研究有所式微之时，以翻译的功能观为基础，从认知语言学的角度，提出翻译的认知观是十分必要的。翻译其实也是一种认知活动，译文反映了认知主体（译者）在自身语言系统和概念系统的影响下，试图重新勾勒原作者构建的现实世界和认知世界的过程。中国古代文论集中体现了汉语及汉语文化的语言系统和概念系统，译文很大程度受译者认知的支配，译者的体验和认知活动决定了译者与作者、作品、读者之间的互动关系。

汉语是一种高语境的语言系统，中国古代文论则是语境关联互文性的典范，文本中充满了种种隐喻。从广义的角度来看，中国古代文学中对经典文献、典故、俗语、成语等的引用，都可以看成是作者对隐喻的自觉使用，这种高度自觉的隐喻往往令译者纠结万分。符号学理论认为，显著度（salience）是符号某一部分相对重要或凸显的成分或特质。言语的意义是关于某物或某现象在精神上的反映，是物或现象的特点以及此物或现象与他物或现象之间的联系的综合反映。意义的理解与阐释在解码的过程中难免发生偏差，而文化因素的插入，更使意义千变万化，受到社会差异的模铸。隐喻显著度的研究，可以给中国古代文论翻译中隐喻翻译的难题提供理论的指导和解决的现实方法。

## 五、数字人文视野中的古代文论英译

随着计算机与互联网技术的迅猛发展，传统人文研究与其他领域更多地交叉在一起，翻译领域也发生了翻天覆地的变化。"数字人文"的兴起，与其说是技术方法的变革或研究领域的拓展，不如说是研究范式与思想观念的更新。在数字时代，中国古代文论外译所涉及的行为主体、外部场域、翻译过程

以及其他实践环节都出现了许多新现象、新问题。从中国古代文论翻译中对数据库的应用来看，"数字人文"时代的汉籍外译模式及传播机制方面均有所创新。

总之，深入系统地研究中国古代文论在英语世界的译介，分析英语世界对中国古代文论话语的翻译、阐释乃至重构，探讨中国文学立足于世界文学之本，是本书的主旨。然"识在瓶管，何能矩镬"，本书所涉及的问题为个人经验之谈，难免不全面，甚至碎乱。一己之见，只望抛砖引玉，就教大方。

本书主体撰写于 2019 年底，由于各种原因，迟迟未能完成修改，倏忽之间五度春秋悄然已逝，龙年已至，终于定稿。感谢国家社科基金及四川大学的支持，使我能在学术研究的道路上坚持努力。感谢我的学生，特别是宋能文、胡扬、韦焱等同学在项目中付出了诸多努力。还要特别感谢花木兰出版社的信任，使本书终能付梓。

2024 年春于锦江畔

# 第一章　中国古代文论英译概述

　　西方对中国古代文学的美学价值关注已久。早在 16 世纪，英国作家普顿汉（George Puttenham）就在《诗艺》（The Arte of Poesie,1589）中提及中国古代的诗歌艺术。作者可能并未直接接触汉语诗，但书中对古诗格律及形式的描述基本符合事实。[1]不过，与欧洲其他国家相比，英国直到 18 世纪才逐渐开始对中国文学的译介，至于中国古代文论在英语世界的发现还要更往后一些。

　　当我们考察中国文论英译问题时，首先要考虑的就是中国古代文论的界定。在先秦两汉时期，文学与经传史论等并无明确界限，"文学"一词的内涵也比今天的概念广博的多。孔子所提四科中，"文学"为文章博学之意[2]；韩非子则以"文学之士"称儒、墨[3]；到了汉代，班固《汉书·西域传》中载汉武帝"罪己诏"，中有"为文学者"，颜师古训为"学经书之人"[4]。可见，"文学"一词在先秦两汉文献中与诸子经史几不可分，往往等同于文献，文论思想则散见于各种经典中，而《诗经》这样的作品，首先也是被当做"经"来看。这与

---

1　Puttenham, George. *The Art of English Poesy.* edited by Frank Whigham and Wayne A. Rebhorn. New York: Cornell University Press. 2007. 该书作者有争议，但多数学者认为是普顿汉。作者称在与一位久居中国宫廷而精通中国古诗的意大利绅士交谈中，得知中国诗篇幅精简，形式押韵，且常可排列成图案。参见该书 180 页。

2　《论语·先进》中说："文学：子游、子夏。"，刑昺对文学的解释为"文章博学"。见阮元校刻《十三经注疏》，杭州：浙江古籍出版社，1998 年。2498 页。

3　《韩非子·六反》称："学道立方，离法之民也，而世尊之曰文学之士。"陈奇猷案："文学之士，指儒、墨言也。盖儒、墨皆以多读书见称。"《显学》篇又称："藏书册，习谈论，聚徒役，服文学而议说……"也指儒、墨。见陈奇猷校注《韩非子新校注》，上海古籍出版社，2000。第 1000-1001，1135-1136 页。

4　班固：《汉书》，北京：中华书局，1962。3915 页。

西方的情况非常相似，荷马史诗等典籍的解读以及英语中"literature"、法语中"littérature"的意义流变就是明证。中国古代文论思想首先是在这些文化典籍的译介中零散为英语读者所接触，真正的专论，包括随《诗经》一同译出的《诗大序》，都是从 20 世纪末期才开始逐渐在英语世界翻译与传播。

# 第一节　中国古代文论英译的发生

早在 1685 年，英文版《大学》（Great Learning）就由伦敦知名出版商理查德·奇斯韦尔（Richard Chiswell）出版，该本为英国皇家学会成员员纳撒尼尔·文森特（Nathanael Vincent, -1722）从殷铎泽（Prospero Intorcetta, 1626-1696）和郭纳爵（Inácio Da Costa,1603-1666）的拉丁文译本《中国智慧》（Sapientia Sinica）转译而来，这差不多是最早被译成英语的儒家典籍[5]。1735 年，法国耶稣会士杜赫德编辑出版了《中华帝国全志》，英国出版商瓦茨（John Watts）紧接着组织出版了四卷英译本，译者为理查德·布鲁克斯（Richard Brookes），包括了《赵氏孤儿》，这可能是中国文学进入英语世界的先声[6]。此后，托马斯·珀西（Thomas Percy, 1729-1811）译介清小说《好逑传》（Hau Kiou Choaan or The Pleasing History，1761），附录中还有对李白、杜甫的介绍[7]。后来他又编译了《中国杂集》，表现出对中国思想、文化、语言文学的兴趣[8]。此后传教士汉学家在研究汉语时往往会引古诗文为例，如英国传教士马士曼（Joshua Marshman）的汉语语法著作《中国言法》（*Elements of Chinese Grammar*，1814）[9]，马礼逊（Robert Morrison, 1782-1834）的《通用汉言之法》（*A Grammar of the Chinese Language*，1815）及《汉文英译》（*Translations from the Original Chinese, with Notes*，1815）中都有古诗文的英译。此外，外交人员如英国驻香港总督德庇时（Sir J. F. Davis, 1795-1890）也翻译了多种中国文学

---

[5] Jenkinson, Matt. "Nathanael Vincent and Confucius's 'great learning' in restoration England", *Notes & Records of Society*. 2006(60), 35-47.

[6] 杜磊：《赵氏孤儿》译介史论（1731-2018），上海外国语大学 2023 年博士论文。第 113-118 页。

[7] Percy, Thomas. *Hau Kiou Choaan or The Pleasing History,* London: General Books LLC, 1761, p. 394. 介绍转译自杜哈德(P. Du Halde)《中华帝国全志》。

[8] Percy, Thomas. tran. *Miscellaneous pieces relating to the Chinese*. London: Printed for R. and J. Dodsley, 1762.

[9] Marshman, Joshua. *Elements of Chinese Grammar,* Serampore: Mission Press, 1814, p. 555.

作品，并不乏对中国文学的讨论，例如探讨汉语诗歌的特点以及史诗和戏剧诗在汉语诗歌中缺失的原因[10]。

1824 年，英国皇家亚洲学会（Royal Asiatic Society of Great Britain and Ireland）成立，标志着汉学在英语世界正是诞生。汉学家们逐渐将眼光拓展到文学思想。汉学家理雅各（James Legge 1815-1897）在中国人王韬的协助下，翻译了大量中国经典，其与缪勒（Max Müller）合作出版的《东方圣书》50 卷（1879-1891）包含了儒家、道家的一些中国古代文艺思想，如《诗经》中的《诗大序》，《论语》、《庄子》、《礼记》中一些关于文学的看法等。

1867 年，传教士伟烈亚力（Alexander Wylie，1815-1887）出版《汉籍解题》（"Notes on Chinese Literature"）一书，整理了中国经史子集书目。关于集部，特别谈到诗文评（Critiques on Poetry and Literature），并介绍了中国历代诗论诗话作品，第一篇为《文心雕龙》。但是作者显然对中国古代文论思想了解有限，除《文心雕龙》之外，没有提及其他北宋以前的任何文论思想。

20 世纪后，英国汉学研究取得了一些新成就，中国典籍得到系统介绍，翻译版本增多，研究方向也越来越来细，出现阿瑟·韦利（Arthur David Waley，1889-1966）、翟林奈（Lionel Giles, 1875-1958）、赖发洛（Leonard A.Lyall,1867-）、佛来遮（W.J.B. Fletcher, 1871-1933）、卜道成（Joseph Percy Bruce, 1861-1934）、修中诚（Ernest Richard Hughes，1883-1956）等各有所长的汉学家，对中国古代文论思想也有了进一步的了解，如修中诚对《文赋》的译介就颇有见地。

20 世纪以来，美国汉学研究后来居上，如傅汉思（Hans Hermann Frankel，1916-2003）、管佩达（Beata Grant）、倪豪士（William H. Nienhauser, Jr.）、梅维恒（Victor H.Mair）、韩禄伯（Robert G. Henricks）、比勒尔（Anne Birrell）、康达维（Knechtges, David R.）、宇文所安（Stephen Owen）等汉学家对中国古代文论均有所关注。

## 第二节　魏晋南北朝文论英译概述

早期中国古代文艺思想散见于经史子集中，如先秦《尚书》《论语》《易经》《庄子》《孟子》《礼记》《诗经（毛诗序）》等，因此这些典籍的英译者也是最

---

10 Davis, J. F. "汉文诗解 On the Poetry of the Chinese", Transactions of the Royal Asiatic Society of Great Britain and Ireland, Vol. II, 1830. 393-401.

早的中国古代文论的译介者。魏晋时期,政治纷乱,思想杂糅,文风炽盛,文学创作及理论得到特别的发展,以至于鲁迅在《魏晋风度及文章与药及酒之关系》提出这是一个"文学的自觉时代"。这一时期有了更多对文艺作品创作、品鉴的思考,也出现了独立的文艺理论著作。西方学者逐步关注到这一时期的理论成就,《文赋》《文心雕龙》《诗品》等专论也逐渐进入英语视野。

## 一、陆机《文赋》的英语译介

英语世界对中国古代文论的系统研究,可以说是从《文赋》开始。1948 年,华裔学者陈世骧撰写了《以文学为光对抗黑暗》[11],将《文赋》译为英文,并对陆机生平及《文赋》创作时间进行了考证。1952 年,以这本小册子为基础修订的《陆机文赋》(*"Essay on Literature. Written by the Third-Century Chinese Poet Lu Chi"*)在美国出版[12]。

1951 年,英国汉学家修中诚出版 *The Art of Letters: Lu Chi's "Wen Fu"* 一书,含《文赋》英译及比较研究,并附曹丕《典论·论文》和《文心雕龙·原道》译文[13]。同年,哈佛大学方志彤(Achilles Fang, 1910-1995)在《哈佛亚洲研究》(*Harvard Journal of Asiatic Studies*)上发布译稿 "Rhymeprose on Literature. The Wên-Fu of Lu Chi" [14],并在同一期针对修中诚《文赋》译介撰写长篇书评[15]。此后,《新墨西哥季刊》(*New Mexico Quarterly*)又于 1952 年刊登了他的英译修订稿[16]。

自 20 世纪上半叶以来,《文赋》多次译成英语,先后出现了 9 个英语全译本,译者身份各异,包括香港学者黄兆杰、美国学者宇文所安、康达维、

---

11  Chen, Shih-hsiang, *Literature as Lighte Against Darkness.* National Peking University Centennial Papers, No. 11. Maine, 1948. 该文收录在北京大学创办五十周年纪念论文集中,全称为 "Literature as Light against Darkness: Being a Study of Lu Chi's 'Essay on Literature', in Relation to His Life, His Period in Medieval Chinese History and Some Modern Critical Ideas. With a Translation of the Text in Verse",包括文本英译。

12  Chen, Shih-hsiang. *Essay on Literature.* Portland, Maine: The Anthoensen Press, 1953.

13  Hughes, E.R. *The art of letters; Lu Chi's "Wen fu," A.D. 302, a translation and comparative study.* New York: Pantheon Books. 1951.

14  Fang, Achilles. "Rhymeprose on Literature. The Wên-Fu of Lu Chi (A.D. 261-303)", in *Harvard Journal of Asiatic Studies*, Vol. 14, No.3/4, 1951, pp. 527-566.

15  Fang, Achilles. "Review on 'The Art of Letters, Lu Chi's Wen Fu,' A.D. 302", *Harvard Journal of Asiatic Studies*. Vol. 14, No.3/4,1951, pp615-636.

16  Fang, Achilles. Lu Ki's "Rhymeprose on Literature", *New Mexico Quarterly*, Vol.22, No.03, 1952, pp269-287.

美国诗人山姆·哈米尔等。其中哈米尔的译文被中国"大中华文库"采纳。随着《文赋》英译的增多，在英语世界的影响逐渐扩大，相关研究也不断涌现。近年来各种英文编撰的中国文学史、中国文学作品选集以及世界文学作品选集都开始收入《文赋》，"《文赋》"或"陆机"词条也出现在文艺理论相关工具书中。

## 二、刘勰《文心雕龙》的英语译介

《文心雕龙》在我国古代文学理论的发展中至关重要，乃"体大虑周"的鸿篇巨制，从文学本质、作家、作品、世界等角度对文学发展、创作、批评等提出诸多重要命题。早在 20 世纪中叶，加州大学戈登在其硕士论文中翻译了《文心雕龙》第一章《原道》的主要内容。1947 年，哈佛大学汉学家兼蒙古学家柯立甫翻译了一篇评介俄国汉学家阿历克谢耶夫的论文，其中转译了《原道》首段。此外，前文提及的修中诚在其《文赋》英译后附录《文心雕龙》介绍，并翻译了《原道》一章。这些零星翻译主要将目光集中在《原道》篇，把它看作中国古代文艺思想的重要篇章[17]。

1959 年，施友忠翻译的《文心雕龙》第一个完整英译本由美国哥伦比亚大学出版社出版，名为 *The Literary Mind and The Carving of Dragons*。施友忠认为《文心雕龙》的成就与世界上任何经典文艺理论相比毫不逊色，但是"一本如此优美而重要的作品此前在西方鲜有耳闻"[18]，这与《文心雕龙》本身的价值与地位极不相称。施友忠的译本让诸多读者受益，特别是对中国古代文论或文学研究领域的西方学者来说，恐怕是案头必备。同时，施友忠在前言中梳理了中国古代文学思想和刘勰的文学观，并撰有专文。他的译介让更多海外学者加深了对《文心雕龙》的认识。此后，施译中英对照本于 1970 年在台北中华书局出版，多次再版；1983 年，香港中文大学又出版了中英修订本。

施友忠英译本得到多位汉学家回应，译本一出，汉学家海陶玮、霍克斯、侯思孟、柳无忌等纷纷在《哈佛亚洲研究学刊》（Harvard Journal of Asiatic Studies）、《亚洲研究杂志》（The Journal of Asian Studies）、《亚洲艺术》（Artibus Asiae）、《美国东方学会杂志》（Journal of the American Oriental Society）等期刊发表重要书评。这些专家肯定了英译的重大价值，也指出了一些翻译问题。

---

17 详见拙书《英语世界〈文心雕龙〉研究》，成都：巴蜀书社，2009。

18 Shih, Vincent Yu-chung. Preface. Liu, Xie. *The Literary Mind and the Carving of Dragons* (Bilingual reprint) [M]. Taipei: Chung Hwa Book Company, 1970.

最重要的是这些书评涉及刘勰文学思想及《文心雕龙》艺术、理论价值，聚合成以刘勰及《文心雕龙》为中心的学术话题。这对《文心雕龙》海外传播的影响不言而喻。

此后，《文心雕龙》有了更多英译，包括香港学者黄兆杰的选译（《中国古代文学批评》*Early Chinese Literary Criticism*，1983）及全译（*The Book of Literary Design*，1999）杨国斌在其博士论文基础上出版的全译（*Dragon-Carving and Literary Mind*，2003）。除此之外，《文心雕龙》篇章还有著名翻译家杨宪益与戴乃迭夫妇、王佐良、哈佛汉学家宇文所安等选译及各种研究专著与论文中的零散英译。

## 三、钟嵘《诗品》的英语译介

《诗品》号称"百代诗话之祖"，与《文心雕龙》可并称齐梁文论"双璧"。《文心》兼论诗文，《诗品》则专论五言诗，对后世诗论、诗话影响极大。因此，《诗品》在英语译介中也占据了重要的一席之地。

据目前的研究表明，钟嵘《诗品》尚无单行英译本，主要在中国文论译文集以及相关研究中出现。目前一般认为关于钟嵘《诗品》最早的成果是卫德明（Hellmut Wilhelm）和白牧之（E. Bruce Brooks）1968 年收录在《文林》（*Wen-lin*）中的两篇文章《论钟嵘与〈诗品〉》[19]和《〈诗品〉解析》[20]，其中对《诗品》部分词句有所翻译。此外，魏世德（(J. T. Wixted)在其博士论文《元好问的文学批评》（*"The Literary Criticism of Yüan Hao-wen"*）后附录了《诗品序》及"上品""中品"中所有品评的英译。另外黄兆杰在《中国古代文学批评》[21]中、宇文所安在《中古中国资料汇编》（*"Early Medieval China: A Sourcebook"*）中均翻译了《诗品序》[22]，并且附有对钟嵘《诗品》的评介。

此外，钟嵘《诗品》英译还散见于卫德明、白牧之、叶嘉莹、傅熊、阮思德（Bruce Rusk）、孙康宜（Kang-I Sun Chang）、苏源熙（Haun Saussy）、魏世德、张爱东（Aidong Zhang）、余宝琳（Pauline Yu）、陈绶颐（Ch'en Shou-yi,

---

19 Wilhelm, Hellmut. "A Note on Chung Hung and His Shih-p'in", *Wen-lin*. Madison: University of Wisconsin Press, 1968, pp.111-120.

20 Brooks, E. Bruce. "A Geometry of the Shi Pin", *Wen-lin*. Madison: University of Wisconsin Press, 1968, pp.121-150.

21 Wong, Siu-kit. *Early Chinese Literary Criticism*. Hongkong: Joint Publishing Company, 1983. pp.89-114.

22 Owen,Stephen. "Zhong Rong's Preface to Grades of the Poets." *Early Medieval China: A Sourcebook*, edited by Wendy Swartz et al., Columbia University Press, 2014, pp. 287-306.

1899-1978）等学者的相关研究中[23]。

　　魏晋南北朝在中国古代文论发展史中是一个非常重要的时代，西方学者在研究中国古代文论思想时不可回避，因此这一时期文论的英语译介实际上是非常丰富的。除了《文赋》《文心雕龙》《诗品》这样的重磅作品之外，如曹丕《典论·论文》、挚虞《文章流别论》这样的名篇也常被收录在各种文论集英译汇编中。

## 第三节　唐宋金元文论英译概述

　　隋唐以来，中国古代诗歌的发展进入兴盛的新时代。明星纷呈、佳作迭出，有关文学艺术的思考也越来越成熟。其中不乏创作主体的感悟，如大诗人李白、杜甫、韩愈等均有论及文学艺术的诗文。像杜甫的《戏为六绝句》《春日忆李白》均反映其诗论思想，有些英译收录在华兹生（Burton Watson）《杜甫选译》[24]、艾米·洛威尔《松花笺》[25]、宇文所安《杜甫诗全译》[26]等各种诗集英译中，但是，这些诗人的文集鲜有翻译。论诗专著中得到较多关注的是司空图《二十四诗品》，但其成书年代有争议，本书第二章有专节讨论其英译，此处不再赘述。唐代其他如皎然《诗式》《诗议》、王昌龄《诗格》等，则在一些研究中零星出现，比较完整的有包瑞车（Richard W. Bodman）博士论文中附录的《诗格·论文意》及皎然《诗议·论文意》等[27]。宋朝开始，诗话始兴，出现大量论诗著作。也吸引了英语世界学者的目光。总体而言，20 世纪以来，英语世界对中国古代的文艺理论有了更多兴趣，对宋代诗话有大量译介；金元一些文论也逐渐被关注。

## 一、欧阳修《六一诗话》的英语译介

　　《六一诗话》是最早以诗话为名的著作，为后世开创了中国诗歌理论著作

23　曾诣："钟嵘《诗品》在英语国家的转译呈现"，《湖南科技大学学报（社会科学版）》2018 年第 6 期，135-142 页。

24　Watson, Burton. Trans. *The Selected Poems of Du Fu*. New York: Columbia University Press. 2002.

25　Lowell, Amy. Florence Ayscough. *Fir-flower Tablets: Poems From the Chinese*. Westport Connecticut: Hyperion Press, Inc, 1971.

26　Owen, Stephen. *The Poetry of Du Fu*. De Gruyter Mouton. 2016.

27　张万民：《中国古代文论英译历程的反思》，《暨南学报（哲学社会科学版）》，2017，39（1）：1-11。

新体裁。作者欧阳修在书中述录逸闻轶事，品评诗人诗作，"以资闲谈"。表面上形式比较随意，实际却暗含作者的诗学思想，有着独特的批评视角。

由于《六一诗话》一些名句在中国文学批评史上多有引证，因此首先是通过日本汉学家及华裔学者的引用逐渐进入英语学界。比如特别值得注意的，第十二条梅尧臣论诗的选句[28]多次在相关英语研究中被翻译引用。如美国学者华兹生英译并出版了日本汉学家吉川幸次郎的《宋诗概说》（1967）[29]；美国华人学者涂经诒发表论文《〈人间词话〉的几个方面》（1973）[30]；其他如傅君励学位论文《苏轼的诗歌（1037-1101）》（1983）[31]、美国华人学者叶扬（Yang Ye）专著《中国诗歌的结尾》（1996）、汤雁方（Yanfang Tang）论文《认知或情感体验：阅读在中西文学传统中的理论与实践》（1997）[32]、顾明栋博士论文《文学开放性与开放的诗学：跨文化视角下的中国观》（1997）[33]等都有所引用。

对《六一诗话》的集中译介也是首先出现在学位论文中。20世纪80年代，美国亚利桑那大学张双英博士撰写学位论文《欧阳修的〈六一诗话〉》（"Liu-i Shih-Hua of Ou-yang Hsiu",1984），对欧阳修生平及《六一诗话》特点进行论述，并首次将《六一诗话》全文英译。另有2014年Jiayin Zhang在其博士学位论文《中国诗学的理论与轶事：中国宋朝的诗话发展轨迹》[34]（"Theory and Anecdote in Chinese Poetics: the Trajectory of Remarks on Poetry in Song Dynasty China"）第一章"欧阳修的《六一诗话》：诗话的最初舞台"中，选译了十三条。此外，有宇文所安《中国文论：英译与评论》（Readings in Chinese Literary Thought，1992）中选译了《六一诗话》二十八条中的十八条。

---

28 "诗家虽率意，而造语亦难。若意新语工，得前人所未道者，斯为善也。必能状难写之景，如在目前，含不尽之意，见于言外，然后为至矣。"何文焕：《历代诗话》，北京：中华书局，1981年，第267页。

29 Kojiro Yoshikawa.Translated by Burton Watson. *An Introduction To Sung Poetry*, Harvard: Harvard University Press, 1967.

30 Tu, Ching-I. "Some Aspects of the Jen-Chien Tz'u-hua", *Journal of the American Oriental Society*, Vol. 93, No. 3 (Jul. - Sep., 1973), pp. 306-316.

31 Fuller, Micheal Anthony. *The Poetry of Su Shi(1037-1101)*, Yale University, P.H.D, 1983.

32 Tang, Yanfang. "Cognition or Affective Experience: Theory and Practice of Reading in Chinese and Western Literary Traditions", *Comparative Literature*, Vol. 49, No. 2 (Spring, 1997), pp. 151-175.

33 Gu, Mingdong. *Literary Openness and Open Poetics: A Chinese View In A Cross-cultural Perspective*, The University of Chicago, Ph.D., 1997.

34 Zhang, Jiayin. *Theory and Anecdote in Chinese Poetics: the Trajectory of Remarks on Poetry in Song Dynasty China*, University Of California, P.H.D., 2014.

## 二、严羽《沧浪诗话》的英语译介

《沧浪诗话》是宋代诗话批评的代表作，包括《诗辨》《诗体》《诗法》《诗评》和《考证》五部分，合而为一部颇有体系的诗论著作。严羽"以禅喻诗"及"妙悟论"继承并发展了唐宋以来"以禅入诗""以禅论诗"的方法，为中国古代文论打开了新思路。有关诗之"别材""别趣"及入门法则的看法，也指明了后学鉴诗、作诗的一条门径。

1922 年，留美于哥伦比亚大学攻读博士学位的中国教育家、戏剧家张彭春（Peng Chun Chang）在美国文坛颇具影响力的期刊杂志《日冕》（*The Dial*）上发表了介绍与节译《沧浪诗话》的文章[35]，虽然张彭春仅选择并节选英译了"诗辨"与"诗法"两章，却对后来的研究者颇有影响。1962 年，德国汉学家德博在其《沧浪诗话：中国诗学典籍》中对诗话全文进行了德语翻译，并在序言中提到自己兴趣的来源，正是美国汉学家海陶玮所提供的张彭春英译文。这一德译本又反哺了后来的英译者，反过来影响了《沧浪诗话》在英语世界产生传播。如陈瑞山等英译者就明确表示自己受德博译本影响，甚至以其为底本再进行英文转译。

此外，陈世骧（Shih-hsiang Chen）（1957）[36]、华兹生（1967），卜寿珊（Susan Bush，1971）、林理彰（Richard John Lynn，1983）[37]、宇文所安（1992）、欧阳桢（Eugene Eoyang，1979）[38]、叶维廉（Wai-lim Yip，1993）[39]、He Dajiang[40]、余宝琳[41]、顾明栋[42]、汤雁方[43]等都翻译并引用了部分内容。刘若愚在《中国

35 Chang, Peng Chun. *"Tsang-lang Discourse on Poetry"*, *The Dial* v.73 1922, pp. 274-276.

36 Shih-hsiang Chen. "Chinese Poetics and Zenism", *Oriens*, Vol. 10, No. 1 (Jul. 31, 1957), pp. 131-139.

37 Lynn, Richard John. "The Talent Learning Polarity in Chinese Poetics: Yan Yu and the Later Tradition", *Chinese Literature: Essays, Articles, Reviews (CLEAR)*, Vol. 5, No. 1/2 (Jul., 1983), pp. 157-184.

38 Eoyang, Eugene. "Beyond Visual and Aural Criteria: The Importance of Flavor in Chinese Literary Criticism", *Critical Inquiry,* Vol. 6, No. 1 (Autumn, 1979), pp. 99-106.

39 Yip, Wai-lim. *Diffusion of Distances : Dialogues between Chinese and Western Poetics*, Berkeley: University of California Press, 1993.

40 He, Dajiang. *Su Shi: Pluralistic View Of Values And "Making Poetry Out Of Prose"*, The Ohio State University, Ph.D., 1997.

41 Yu, Pauline. "Charting the Landscape of Chinese Poetry", *Chinese Literature: Essays, Articles, Reviews (CLEAR)*, Vol. 20 (Dec., 1998), pp. 71- 87.

42 Gu, Mingdong. *Literary Openness And Open Poetics: A Chinese View In A Cross-cultural Perspective*, The University of Chicago, Ph.D., 1997.

43 Tang, Yanfang. *Language, Truth, and Literary Interpretation: A Cross-Cultural Examination, Journal of the History of Ideas*, Vol. 60, No. 1 (Jan., 1999), pp. 1-20.

诗学》、《中国的文学理论》、《语言—悖论—诗学：一种中国观》三本专著中均选译了《沧浪诗话》片段，并集中讨论了"诗辨"中以禅喻诗及创作标准。总体而言，"诗辨"与"诗法"部分是翻译和引用最多的；"羚羊挂角""空中之音"等术语选段受到英语世界较多关注。

直到 1996 年，《沧浪诗话》才有了第一个全英译本，出自陈瑞山的博士学位论文（Chen, Ruey-shan Sandy）。[44]该论文对原文作了研究式的翻译，注解甚详，为英语读者了解原文提到的引文、人物、时代、宗教名词、文论术语等提供了参考。

## 三、其他宋金元文论的英译情况

总体而言，英语学界对唐宋诗歌关注甚多，爰及诗话。除了以上作品的集中翻译与研究之外，宋代绝大多数诗话都已进入英语研究视野，在各种选集与诗论论著中时有出现。据笔者所目，从最早的《六一诗话》到《中山诗话》《后山诗话》，再到《白石诗说》《沧浪诗话》，被英语学界翻译、研究、引用的宋代诗话等文论多达二十七部，特别是在对苏轼、黄庭坚、王安石、晏几道等文人的研究中多有引用。

金元文学受两宋影响较深。金代长期与南宋南北对峙，作家大都由宋入金，直到金世宗以后才文学大盛，出现了赵秉文、元好问和王若虚这样的著名作家[45]。20 世纪 70 年代，魏世德完成了博士论文《元好问的文学批评》，翻译并全面研究了《论诗三十首》，还附录了此前苏文观与奚如谷的部分译文[46]，也有了王若虚的《滹南诗话》。该作在卜寿珊关于中国文人论画的著作（Susan Bush，1979）中有所选译。诗话中谈及陈师道论苏轼"以诗为词"的论断得到好几位学者的注意，如美国汉学家齐皎瀚（Jonathan Chaves）、罗秉恕（Robert Ashmore）等。相关文本还见于孙康宜、宇文所安所编《剑桥中国文学史》[47]、

44 Chen, Ruey-shan Sandy. *An Annotated Translation of Yan Yu's "Canglang Shihua": An Early Thirteenth-century Chinese Poetry Manual*, The University of Texas at Austin, Ph.D., 1996.

45 邓绍基：《辽金元文学的主要特点和发展概况--〈中国文学家大辞典·辽金元卷〉前言》，《江苏大学学报（社会科学版）》，2006, 8（1）:63-68.

46 张万民：《中国古代文论英译历程的反思》，《暨南学报（哲学社会科学版）》，2017, 39（1）:1-11。

47 Kang-i Sun Chang, Stephen Owen ed. *The Cambridge History Of Chinese Literature*, Cambridge: Cambridge University Press, 2010.

骆玉明《简明中国文学史》[48]的英语版中。

　　元代诗文理论对宋亦有承袭，并有一种复古之气。如杨载《诗法家数》论述了诗歌法度，推崇汉魏盛唐，其关于诗歌体裁、作法的内容得到宇文所安、易彻理（Charles Egan）、顾明栋等关注。此外，易彻理在同一本著作《绝句诗起源的理论研究》中，还选译了元代傅若金所作《诗法正论》。

## 第四节　明清文论英译概述

　　明清以来，文学流派层出，文艺理论得到新发展，尤其是小说、戏剧理论空前发达，出现李贽、金圣叹、毛宗岗父子、张竹坡、脂砚斋等人的小说点评，又有徐渭、王骥德、李渔等戏曲论著，并出现了王世贞《艺苑卮言》、胡应麟《诗薮》、陆时雍所作《诗镜总论》、叶燮所作《原诗》、王国维《人间词话》等理论著作以及各种诗论诗话。西方学者对明清文学的研究成果十分丰富，对明清文论的关注也较多，主要是在各种学术专著中的引用与讨论中，当然也有部分著作被集中翻译，但数量其实并不太多，比较突出的是王夫之《姜斋诗话》和王国维的《人间词话》。

### 一、王夫之《姜斋诗话》的英语译介

　　《姜斋诗话》是著名学者王夫之的诗歌理论著作。王夫之与黄宗羲、顾炎武等为明末清初最重要的思想家，他兼具知性与诗性，涉猎颇广，著述甚繁，向来是汉语学界多个领域的重要研究对象，在西方也有不少研究者。早在1938年，德国汉学界就开始关注船山思想，其后王夫之的名字逐渐出现在英语研究中。如美国汉学家恒慕义（Arthur William Hummel）、狄百瑞（Theodore de Bary）、列文森（Joseph R.Levenson）以及华裔汉学家邓嗣禹、陈荣捷等人都曾有过相关论著，但主要在于哲学思想。

　　较早关注船山诗学思想的有华裔汉学家刘若愚（James J.Y. Liu），他在《中国诗学》（The Art of Chinese Poetry，1962）及《中国的文学理论》（Chinese Theories of Literature，1975）中都涉及船山诗论"情景"说，并有少量翻译。香港大学的黄兆杰于1978年撰写了一篇《王夫之文论中的"情"与"景"》，收录在李又安（Adele Austin Rickett）主编的《中国文学路径：从孔子到梁启

48 Luo, Yuming. *A Concise History of Chinese Literature*, translated by Ye Yang, Leiden: Koninklijke Brill NV, 2011.

超》（Chinese Approaches to Literature from Confucius to Liang Ch'i-ch'ao，1978）中，特别强调了王夫之在中国文学批评史上的重要地位[49]。1983 年，他出版了《姜斋诗话》的英文译本（"Notes on Poetry from the Ginger Studio"）[50]，以《清诗话》丁福保版为基础，对《诗绎》十六则与《夕堂永日绪论·内编》四十八则进行了翻译与注释。此外，宇文所安《中国文论：英译与评论》选译了原文中的二十一条内容，是篇幅较集中的译作。

## 二、王国维《人间词话》的英语译介

《人间词话》继承了中国传统诗话传统，将西方文艺理论融入中国古代文学的评论中，自问世以来备受学界关注。目前，《人间词话》主要有两种英译，一为中国台湾学者涂经诒译本，一为美国学者李又安译本。

1970 年涂经诒译注本《人间词话》（*Poetic Remarks in the Humman World*）由台湾中华书局出版，英汉对照，注释较详，并在书后附有中英人名对照表。这是最早的《人间词话》英译本，但是只包含了初刊于《国粹学报》的六十四则。

1977 年，李又安的《王国维〈人间词话〉及研究》（*Wang Kuo-wei's Jen-Chien Tz'u-Hua: A Study in Chinese Literary Criticism*）由香港大学出版社出版。正如书名所示，这首先是一本研究著作，对中国古代文论作了总体介绍，又专门讨论了王国维的诗学思想以及中国诗歌中的"词"，最后才是《人间词话》的全文英译。她的译本分为卷一、卷二、附录、删稿四部分，还整理了已经出版的王国维所有论词文字，一并英译收入，可以说是目前最全的全译本。李又安的英译后来被选入凤凰出版传媒集团与译林出版社联合出版"新课标双语文库"系列（2010）以及《大中华文库》（2019），在国内发行出版[51]。

## 三、明清其他文论的英语译介

明清学者的文学思想在大量有关中国古代文学的英语论著中被提及。比

---

49　Wong, Siu-kit. "Ch'ing and Ching in the Critical Writings of Wang Fu-chih", in Adele Austin Rickett ed. *Chinese Approaches to Literature from Confucius to Liang Ch'i-ch'ao.* Princeton: Princeton University Press. 1978.

50　Wong, Siu-kit. *Notes on Poetry from the Ginger Studio*, Hong Kong: The Chinese University Press, 1987.

51　关于《人间诗话》在英语世界的传播及译介，国内学者彭玉平、王晓农、荣立宇、王洪涛等人均有研究。

如讨论美学意象时，引用"后七子"之一王世贞所作《艺苑卮言》；讨论禅宗对诗论的影响时，引用王士祯《渔洋诗话》《带经堂诗话》；讨论戏剧时用到李渔《闲情偶寄》；探讨诗歌创作传统的继承时，又引用沈德潜《说诗晬语》等。在这些引用、讨论中，也时时涉及英译问题，包括术语、范畴、金句等在内。明清时期的诗话文论刻印较广，对学者来说是比较容易获得的材料，因此大多数都在英语研究中出现过。

　　此外，西方学者对中国古代女性诗人有所研究，如伊维德（Wilt L. Idema）与管佩达（Beata Grant）合著的《彤管：中华帝国的女性书写》[52]（*The Red Brush: Writing Women of Imperial China*，2004）中，特别提及《随园诗话》对于女性诗人及诗作的记载，并选译了李氏女作诗嘲讽赵钧台的一段小故事；美国汉学家蔡九迪（Judith T. Zeitlin）的专著《魅旦：十七世纪中国文学中的鬼魂与性别》（*The Phantom Heroine: Ghosts and Gender In Seventeenth-century Chinese Literature*，2007）[53]中，对"仙鬼"一类特别题材诗歌进行整理与归类时，提及清代学者王士禄汇编历代女性诗人诗歌集——《然脂集例》，并选译了其中有关仙鬼诗来源不正不应收录的评价；美国汉学家方秀洁（Grace. S. Fong）在其专著《女性作者的自我：明清时期性别、能动力与书写之互动》（*Herself an Author: Gender, Agency, and Writing in Late Imperial China*，2008）[54]中，专门提到清代女诗人沈善宝所作《名媛诗话》的历史记载，并选译了沈善宝对于第十一卷创作动机与第十二卷条例收录原因的自述，探讨了作者在创作中"奉扬贞德"的观念；Wang Yanning 的博士学位论文《超越闺房：晚期中华帝国的女性游记诗歌》（*Beyond The Boudoir: Women's Poetry On Travel In Late Imperial China*，2009），在谈到沈善宝对同乡女诗人余季瑛与顾太清等的记述时，也对女士人们赏菊结社进行诗歌创作、交流的古诗作了翻译[55]。

52　Idema, Wilt L. & Beata Grant. *The Red Brush: Writing Women of Imperial China*, Harvard: Harvard University Press, 2004.

53　Zeitlin, Judith T. *The Phantom Heroine: Ghosts and Gender In Seventeenth-century Chinese Literature*, Honolulu: University of Hawaii Press, 2007.

54　Fong, Grace. S. *Herself an Author: Gender, Agency, and Writing in Late Imperial China*, Honolulu: University of Hawaii Press, 2008.

55　Wang, Yanning. *Beyond The Boudoir: Women's Poetry On Travel In Late Imperial China*, Washington University, P.H.D., 2009.

## 第五节　中国古代文论英译及研究的发展与展望

总体而言，英语世界对于中国古代文论的英语译介从早期附属于古代典籍逐渐开辟了专门的领域。其中最重要的当然是那些将中国古代文论作品真正看做文学理论的翻译与研究。从 20 世纪前叶开始，《沧浪诗话》《文赋》《文心雕龙》《二十四诗品》《人间词话》等重要文论作品逐步得到集中翻译和全面研究，出现了刘若愚的《中国的文学理论》《中国诗学》等总论性著作，还涌现了大量有关中国古代文学思想的学位论文，标志着英语世界中国古代文论的译介与研究进入了新的阶段。

到了 20 世纪 80 年代，中国古代文论的翻译与研究更加繁荣，并且出现了专门的中国文论读本，更系统地向英语世界介绍了中国古代的文学思想，如黄兆杰的早期文论选、宇文所安编译的文论集、陆大伟编译评注的中国小说批评、费春放编译的戏剧表演理论、孙康宜主编的女性诗歌集批评等[56]。这些资料的选译关注到中国文论的各个方面，以各自独特的理念丰富了英语读者对中国文论的了解。

此外，一些摘译出现在各种以英语撰写的文学史及中国文学选集中。如翟理斯（Giles）《中国文学史》（A History of Chinese Literature, 1901）、陈绶颐（Ch'en Shou-yi）《中国文学史略》（1961）、华兹生（Burton Watson）《早期中国文学》（Early Chinese Literature, 1962）、赖明（Ming Lai）《中国文学史》（1964）、柳无忌（Liu Wu-chi）《中国文学概论》（An Introduction to Chinese Literature, 1966）、梅维恒（Victor Mair，1943-）主编《哥伦比亚中国文学史》（2001）、孙康宜（Kang-i Sun）与宇文所安（Stephen Owen）《剑桥中国文学史》等均为英语世界中国文学史研究领域较为权威的著作。中国学者自己编写的文学史也较早被主动引入英语世界，早在 1958 年，外文出版社就出版了杨宪益与戴乃迭翻译的陆侃如、冯沅君《中国古典文学简史》英文版[57]。

文学选集如白之（Cyril Birch）《中国文学选集》（Anthology of Chinese

---

56　张万民：《中国古代文论英译历程的反思》，《暨南学报（哲学社会科学版）》，2017（01）:1-11。

57　Feng, Yuanjun. *A Short History of Classical Chinese Literature.* trans. by Xian-yi Yang and Gladys Yang. Peking: Foreign Languages Press, 1958. 该译本基于 1957 年中国青年出版社出版的由陆侃如、冯沅君共同撰写的《中国古典文学简史》，对原文政治色彩过浓的内容进行删改，增加了一些介绍与赏析内容，并对一些原文未呈现的作品选段进行摘译。

*Literature: from early times to the fourteenth century*）、梅维恒《哥伦比亚中国古典文学选集》（*The Columbia Anthology of Traditional Chinese Literature*，1994），闵福德（John Minford）与刘绍铭（Joseph S. M. Lau）《含英咀华集》（*Classical Chinese Literature: An Anthology of Translations*，2000），较新的康达维、张泰平夫妇（David R. Knechtges & Taiping Zhang）编纂的《古代与中世纪早期中国文学导读》（*Ancient and Early Medieval Chinese Literature: A Reference Guide*）等都比较有代表性。

除此之外，对中国古代诗人文人及文学现象的研究也是英语世界中国文学研究的重要议题，同时也是古代文论在英语学界得到应用的典范。比如在对诗人陶渊明、李白、杜甫、苏轼、元好问的研究中不乏诗论的引用，对严羽、袁枚的研究往往和"情境""妙悟""味"等范畴相联系。又如余宝琳对中西诗学中的意象进行比较[58]，浦安迪探讨了中国古典文学中的对仗现象[59]，康达维探究了饮食作为隐喻在辞赋中的表现及翻译[60]，各自从文学的某一方面出发，探讨了中国古代文学批评中的重要问题。

浩瀚的中国文学史中留下了许多宝贵的文学思想，也吸引了英语世界的不同译研者。早期主要是那些在初步接触中对中国思想、文化传统感兴趣的传教士、博物学家、外交家等，在翻译中国古代典籍时对文论有所涉及。但是，那时中国古代典籍被译为其他语言，完全是"被呈现"。因此，我们会看到，最先在西方产生影响的中国古代小说作品不是在国内脍炙人口的"四大名著"，而是在中国文学史上地位并不显赫的《好逑传》。明清之际，传教士、汉学家、外交官等对儒家经典的译介中，零星涉及到文学观，此后在中国文学的译介中，偶有文论的出场。19世纪中叶，理雅各在翻译《诗经》时将《毛诗序》介绍到西方，翟理斯于《中国文学史》中介绍并翻译了司空图的《二十四诗品》，20世纪初，英国汉学家克兰默-宾再次选译《二十四诗品》。可是，前者将《毛诗序》作为儒家思想的反映，是《诗经》的附属品；后者则明显从美学角度来看待《二十四诗品》，对其诗学话语及文论思想还没有足够的认识。中国文论在跨文化交流中所面临的这种窘境，当然有翻译难度自身的原因，但

58 Yu, Pauline. *The Reading of Imagery in the Chinese Poetic Tradition*, Princeton: Princeton University Press, 1987.
59 Plaks, Andrew H. "Where the Lines Meet: Parallelism in Chinese and Western Literatures", in *Chinese Literature: Essays, Articles, Reviews*, 10 (1988), pp. 43-60.
60 Knechtges, David. "A Literary Feast: Food in Early Chinese Literature", in *Journal of the American Oriental Society*, Vol. 106, No. 1, 1986, pp. 49-63.

也说明欣赏中国古代文学的西方译者对中国人自己怎么评论诗歌一开始并不怎么关注，缺乏译介的动力。

直到《沧浪诗话》《文赋》《文心雕龙》《人间词话》等相继译出，更多有关中国古代文论的深入的研究才逐渐展开。如魏世德（J. T. Wixted）的元好问诗学研究，王润华（Yoon-wah Wong）的司空图研究，王建元（Kin-yuen Wong）的《天地无言有其大美：中国"崇高"论》（1980），古添洪（Tim-hung Ku）的《从比较的观点透视中国的一种符号学诗论模式》（1981），奚密（Michelle Mi-Hsi Yeh）的《隐喻与转喻：中西比较诗学》（1982）等[61]，逐步将中国古代文论放到世界文学的比较视野中。

总的来说，早期中国文学的西传主要由西人主导，20世纪初开始，海外华人学者逐渐成为译介与研究的中坚力量。多数文论的首次英译都是由华裔学者完成。他们不断通过翻译、专论等将中国古代文论呈现于英语读者眼前，他们关于中国古代文论的看法对西方汉学乃至比较诗学、世界文学研究都有所启发。比如撰写了《中国的文学理论》《中国诗学》的刘若愚曾写道："将历史上互不关联的批评传统进行比较研究，例如中国和西方之间的比较，在理论的层次会比在实际的层次上导出更为丰硕的成果……文学理论的比较研究，可以导致对所有的文学的更佳了解。"[62]。这极大地启发了比较诗学重要代表人物厄尔·迈纳（Earl Miner），他认为这一观点"最富启发性"，"是一个优秀学者给我们的忠告"[63]。

到了21世纪，英语世界的中国文学译介与研究由被动转向主动，在"中国文学走向世界"的口号中，国内研究者更积极地参与其中，并与海外学者有了更多平等的互动。各种国际性的学术机构、会议、工作坊及其他学术交流与合作让中国学者有机会在世界舞台拥有更多话语权。此外，海外的研究者对中国文学的兴趣也由过去以意识形态、政治宗教等原因为主导转向真正的文学趣味，如康达维的《文选》翻译、宇文所安的《中国文论：翻译与评论》，都是基于译者对汉语及中国文学的主动亲近。中国古代文论在西方的译介中经

61 参见黄鸣奋的《英语世界中国古代文论研究概览》，见 1994 年第 4 期《文艺理论研究》78-83 页。

62 刘若愚：《中国的文学理论》，田守真、饶曙光译。成都：四川人民出版社，1987。第 3-4 页。

63 厄尔·迈纳：《比较诗学》，王宇根，宋伟杰等译。北京：中央编译出版社，1998。第 5 页。

历了最初"被言说"到主动"言说"的过程，其基本背景是世界文化格局的新变化、世界语言秩序的重构及世界文学的新气象。在这种转变中，翻译的动机、组织形式、翻译策略都发生了变化。翻译使中国文论话语以其他语言为载体被世界所知，由此推进更深入而广泛的研究。只有当中国古代文论被呈现、被比较、被讨论之后，才可能以更主动的方式真正进入世界文学的话语体系。

在中国古代文论的英语翻译与研究中，不乏新命题、新方法和新视角，也有受民族文化传统影响而呈现的偏颇。所幸的是，随着 20 世纪以来英语世界中国文学译介和研究的发展，中国本土学者开始反观英语世界对中国古代文论的译研，反思中国古代文论在世界诗学中应用的价值。另一方面，国内学者在国家文化政策的大形势下开始中国古代文论的主动译出工程，同时也越来越积极地在世界文学研究领域发声，把国内研究的最新成果推向英语世界，从而真正让中国古代文论思想成为世界文学思想中的有机组成部分。

# 第二章 译者主体性与译者身份的确立

    在中国古代文论的翻译研究中，主体性问题是一个非常关键的核心问题。翻译的主体对文本、策略、风格的选择，决定译本最后呈现的样貌，也影响其在目的语中的理解和传播。古代文论的译者比一般文献的译者需要满足更多的条件，包括语言、文化、学识、情志等，其主体性在翻译活动中的体现格外值得讨论。

## 第一节　主体与主体性

    翻译在过去长期被看作语码的转换，传统的翻译研究主要关注翻译的技巧、策略与功效，并不成为一门真正的学科，译者也被视为原作者的传声筒，似乎只是依附于原作者及原作而存在的"隐形人"。自 20 世纪 70 年代以来，翻译的"文化转向"使人们重新将眼光聚焦到译者的身份、作用、创造性，译者的主体性问题再次浮出水面。学者们纷纷重新审视译者在翻译活动中的主体地位，探讨译者主体性的特点和意义，思考主体意识的形成与建构，从事实层面将"翻译研究"作为一个新的学科领域推到人文研究的前沿。

    主体与主体性原本是哲学研究的一个核心问题，用以讨论人与外部世间的关系。但是，"主体"这一概念，最初并未与人特定联系起来，而是适用于任何存在体，包括人和世间万物。尽管古人具有某种意义的"自我意识"，但是在人类既依赖又敬畏大自然的时期，人在外部世界面前，充满了被动的无力感，感受最深的并非主体性。有学者认为，近代主体性的来历应该在宗教里找寻，正是从宗教中，人才学会如饥似渴地找寻自我，因此当奥古斯丁在自己的内心寻找上帝时，就形成了一种自我指涉的形式，从那时起，就可以看作人探索主体性的开端[1]。此后，人们逐渐从个体的实践中意识到自我的存在与意义，直到笛卡尔提出"我思故我在"命题，就从认识论的角度将理性的我与肉体分离，从自我的观察与被观察、思考与反思中寻找真理。"严格来说我只是一个在思维的东西，也就是说，一个精神、一个理智、或者一个理性"[2]。他从个别的我中抽象出普遍的意义，于是主体完成了经验之我到理性之我的转换。此后，伏尔泰对"理性的人"的阐述，狄德罗对灵肉统一的"我"的追问，卢梭对个体特殊性的辩驳，都以内省的方式获得对主体及主体性的新认识[3]。尔后，理性、精神、意识在很长一段时间内都被看成主体的重要特性，成为众目聚焦的话题，如康德、费希特、黑格尔等人虽然对主体性有着不同的理解，但都肯定了"自我意识"、理性或精神在主体性中的重要意义；马克思则认为，人只有在人的实践活动中才能体现出的人的主体性。

自启蒙时期以来，人的主体性问题一直是西方哲学发展的一条重要主线，从主体性被忽视的物我同源时代，到精神、理性成为主体性的重要特点，再到主体与人直接联系，在这一过程中，人的重要性不断得到彰显。然而主体哲学并非一帆风顺的，特别是在现代西方哲学中时时遭到质疑与反驳。萨特把"非知"（non-savoir）和"要成为"（avoir à être）看成主体性的两个重要特点，指出自我意识并不是自我认识，意识尤其不是某个主体的意识。主体性之所以被定义为"非知"，是因为个体或有机体"要成为"其存在。"非知"与"要成为"的提出，其实质是打破反思在主体哲学中的优先地位[4]。海德格尔则认为作为主体的人虽然是世界的征服者，但在现代科技的发展中，表象关系进一步变为控制关系，人自身最终也变成被控制过程的一部分[5]，从而有失去自我的危险，

1 （德）彼得·毕尔格：《主体的退隐：从蒙田到巴特间的主体性历史》。陈良梅、夏清译，南京：南京大学出版社，2004。第20页。
2 笛卡尔：《第一哲学沉思集》，庞景仁译，商务印书馆，1985。第26页。
3 参见（德）彼得·毕尔格：《主体的退隐：从蒙田到巴特间的主体性历史》。陈良梅、夏清译，南京：南京大学出版社，2004。
4 参见让-保罗·萨特：《什么是主体性》前言。吴子枫译，世纪文景、上海人民出版社，2017。
5 朱清华：《海德格尔对主体"自我"的解构》，载《世界哲学》2009年第6期，107-115页。

因此他指出，"语言是存在之家"，打破这种主体-客体二元对立的模式，以"此在"的话语重新构建主体性。到了后期，他更是最大限度地跳离形而上学主客对立的语境，纵身一跃，进一步完成与"此在"的剥离。利奥塔认为"人不是语言的主人"，主体不过是在语言中预留的一个位置，因此世界通过语言才得以开启，从而让行动中的人在语言中消失[6]。曼·弗兰克则强调保留主体的概念，但是他认为，几百年的社会现实和认定实践逐渐证明，"主体性"只是多年来形而上学一统天下的思维的虚构。曼·弗兰克指出：

> 事实上真正的主体性并不存在，主体始终处在被统治、被禁锢的状态。在后现代哲学如拉康、德律兹和瓜塔里看来，如果要说主体，那么应当说存在着两种主体，一种是"真正的主体"，一种是"虚假的主体"。真正的主体并不存在于意识哲学、认识论和自我心理学所试图寻找的地方，即不存在于反思的思辩游戏之中，因为，反思的主体已经是一种"异化了的主体。"……在后现代哲学家眼里，真正的主体，即本我（Id）或本能的欲望冲动或无意识，是戴着荆冠的受苦受难的基督，但同时，它又是真正意义上的叛逆者，在本质上是桀骜不驯的、颠覆的、反秩序的。[7]

可见，对弗兰克而言，有自我意识的主体——人的行动仍是开启世纪的力量，语言只是个体间互动的媒介。

事实上，关于主体和主体性的阐释，一直是一个历史性的问题，在不同时期有不同的表现。不论是形而上学的主体论，还是后现代对主体的消解，主体性始终是理解我们所处时代的核心范畴，在各个领域发挥着作用。当主体性的概念被用于讨论翻译主体时，译者的主体性问题才逐渐浮现出来。

文化转向前的传统译论中，译者从来没有被看作独立的主体，原文始终被置于至高无上的权威地位。正如韦努蒂所描述的，在出版社、评论家及读者的眼里，好译本的评价标准在于是否阅读顺畅，是否没有被任何语言或风格的特点影响其透明性，从而呈现出原作的个性、目的及主要意义——换言之，译本实际上要不像翻译，而是原作的影子[8]。传统译论语境下的作者中心说，要求

---

6　（德）彼得·毕尔格：《主体的退隐：从蒙田到巴特间的主体性历史》。陈良梅、夏清译，南京：南京大学出版社，2004。第1、3页。

7　曼·弗兰克：《正在到来的上帝》，见让-弗·利奥塔等，《后现代主义》，赵一凡等译，北京：社会科学文献出版社社，1999。第38-39页。

8　Venuti, Lawrence. *The Translator's Invisibility: A History of Translation.* London and

译者追随原作，成为"隐形人"，谈及文学的主体性，通常会涉及作者、读者、作品，而译者则被悬置。早在80年代，我国学者就开始讨论文学的主体性。比如刘再复就认为：

> 人既是主体，又是客体……文学中的主体性原则，就是要求在文学活动中不能仅仅把人（包括作家、描写对象和读者）看做客体，而更要尊重人的主体价值，发挥人的主体力量，在文学活动的各个环节中，恢复人的主体地位，以人为中心，为目的。[9]

在这篇文章中，刘再复提出文学的主体不仅只有作者，而应该涵盖文学作品从构思、创作到阅读等活动方方面面涉及的人，但是，作为一位文艺理论家，他的视野中并没有出现译者，更别提译者的主体性，这也是以往讨论文学主体时的常态。

可以说，20世纪70年代以前，翻译的地位一直很低，仅仅作为语言文学领域中一个小小的分支而存在，翻译研究者们主要从语言转换的角度来看待翻译的形式与意义问题。直到90年代仍有学者甚至认为不需要专门的"翻译理论"，如格特（Gutt）就认为，从认知的角度出发，我们称为"翻译"的现象完全可以用语用学中的交际关联理论（relevance theory）来解释，因此"专门的翻译理论根本没有存在的必要"[10]。直到20世纪70年代，霍尔姆斯发表论文《翻译的名和实》，标志着翻译学科的初步建立，其后埃文·佐哈提出"多元系统"（polysystem）概念，指出多元系统内的各个元素总是处在相互争夺中心地位的竞争中，使整个系统处于不断进化的动态过程[11]。他认为译作与原作一样，也处于文化和语言关系的网络系统中，因此不能仅仅从字句形式与意义的处理来讨论翻译问题，而是应该综合考虑影响翻译的多种因素。这一假说使翻译研究跳出传统文本批评的园囿，进入新的研究天地。此后，苏珊·巴斯奈特（Susan Bassnett）和勒弗维尔（André Lefevere）等人在此基础上进一步发展，提出翻译研究的"文化转向"。苏珊·巴斯奈特在《比较文学批评导论》（*Comparative Literature—A Critical Introduction*）中重申翻译学科的重要性，

---

New York: Routledge. 1999. zhup1.

9　刘再复：《论文学的主体性》，《文学评论》1985年第6期，第11-12页。

10　Gutt, E.A. "A theoretical account of translation—without a translation theory", in *Target*. Vol2, No.2,1990. pp135-64.实际上，格特在翻译中借用关联理论，也可以说形成了翻译的"认知关联理论"。

11　Baker, Mona. *Routledge Encyclopedia of Translation Studies*. London: Routledge, 1998.p179.

甚至预言比较文学将被翻译研究取代，将翻译研究的地位置于前所未有的高度。后来二者合作的《建构文化》（*Constructing Cultures*）一书中提出：

> 一种文化的形象通过翻译在另一种文化中被建构得越多，就越需要我们去了解改写的过程是怎么发生的，最终产生什么样的改写或翻译结果。为什么有些文本被改写或翻译，而其他文本却没有呢？改写或翻译的先后顺序是怎样确定的呢？在已确定的顺序中还要考虑哪些翻译技巧？在我们这个时代，改写者和翻译者是真正从基本层面建构文化的人。[12]

在他们看来，翻译要面对的问题不再如圣经翻译者圣·杰罗姆时代那样，仅仅是一项语言转换的任务，而是一项"在不同文化之间斡旋"（mediating between cultures）的任务[13]，因此涉及到怎样在全球体系与地方体系间进行协调、沟通的问题。当世界各民族之间的文化交流日益频繁之际，翻译活动变得越来越重要，探讨世界文学时几乎不可能避开翻译问题，曾经被置于"附属"甚至"他者"位置的译者得到前所未有的关注。译者作为翻译活动最重要的主体，译者的主体性逐渐得到彰显，其核心问题自然聚焦于译者的身份和地位。

## 第二节　中国古代文论翻译主体及其主体性的体现

中国古代文论的翻译并不是从中外文化交流的一开始就有的。正如我们前文所述，在中国与外部世界的交流中，首先得到关注的是思想文化和信仰观念。在漫长的文化交流中，外部思想的译入比中国典籍的译出更具优势，译者在其中的作用也比较明显。

### 一、中国翻译史中译者主体性的不自觉体现

一般认为，中国的翻译史似可追溯到周朝。《周礼》《礼记》等文献中有关于"象胥"的描述，"象胥"作为接待四方使节及宾客的下属官员，肩负通译事宜。《国语·周语》中又提到"舌人"，实际也就是象胥之职。及至秦汉，译官是掌管外交事宜的"大行令""大鸿胪"等的下属官员，但是，在新中国成

---

12 Bassnett, Susan and Lefevere. *Constructing Cultures: Essays on Literary Translation.* Clevedon, UK: Multilingual Matters.1998. p10.

13 Bassnett, Susan. "The Translator as Cross-Cultural Mediator", in Kristen Malmkjær and Kevin Windle (eds), *The Oxford Handbook of Translation Studies.* 2012. Online publication. DOI: 10.1093/oxfordhb/9780199239306.013.0008. pp 8 of 9,9 of 9.

立以前，最为后人关注的，则是东汉至唐宋的佛经翻译，明末清初的科技翻译和鸦片战争后至"五四"前的政治、文学翻译这三次翻译的高潮。在这些重要的翻译活动中，译者提出了一些看法，但并未形成一定的理论体系，也谈不上构成共同的研究范式，译者主体性更是一个未曾明确提出的概念。但是，如果我们对这些时期的翻译活动和译论进行考察，我们会发现，译者主体性并未受到明显的压抑，译者在作品选择、翻译策略及语言风格等方面都表现出一定的自主意识。也就是说，译者主体性以一种不自觉的方式呈现出来。

以下以隋唐及以前的佛经翻译和清末民初的小说翻译为例。

## （一）佛经翻译中的译者主体性

东汉时期，佛教东传，有人认为，东汉明帝永平年间，僧迦叶摩腾来华译经，开佛经汉译之先河[14]。从东汉桓帝末年安世高开始，出现大规模译经活动。早期的译经主体以胡僧为主，汉人协助笔录。在此过程中，口述者与笔录者共同协作，各自融入对佛经的理解，经过口述与笔录两次转换，译文反映了译者对经义的理解。但由于当时译者双语转换能力还不够，过多拘泥于源语言语法，译文中音译较多，文笔生硬。安世高、支娄迦谶等高僧在翻译佛经时，往往通过借用中土文化的用词及概念，如道教的"吐纳术""元气说"等，有的显得牵强附会。究竟是胡僧有意误读，还是笔录者的文化联想，不得而知。这样的翻译方式，使得初期的译文在形式上极度异化，在概念上却有归化之意。即使语言生硬，这种试图顺应中国文化的做法可以说是翻译中最早的译者主体性的表现。

魏晋时期，文尚玄老，佛经翻译也顺此文风，用中国固有的概念术语来理解和比附印度佛经中的名相概念[15]。从三国时期起，月氏僧人支谦、祖承康居而长住交趾的康僧会等外裔僧人就开始兼顾形式与意义，探讨佛理名相时，常直接引道家、儒家著作。他们译经，删改编译较多，既是释佛理，也是讲道儒，对佛教中国化起到关键作用。汤用彤曾指出，二者虽为西域外裔，但在中国长大，实际深受中华文化影响，所以"其学均非纯粹西域之佛教也。[16]"与早期

---

14 据南朝齐王琰《冥祥记》，明帝感梦，派使者西域求法，"将西域沙门迦叶摩腾等赍优填王画释迦佛像……"并未提及译经。但是迦叶摩腾既然来华传经，应当就会涉及翻译。
15 参见汤用彤：《汉魏两晋南北朝佛教史》，上海：上海人民出版社，2015。
16 汤用彤：《汉魏两晋南北朝佛教史》，上海：上海人民出版社，2015。第97页。

的外来胡僧支娄迦谶、安世高不同，支谦与康僧会是侨居中土的外裔，深谙中土文化，译经也如一般中国文士那样辞尚文雅，他们实际上是双语者，在翻译活动中利用语言优势，创造性地将佛经与本土文化相结合，虽然于佛理有损，但确是佛教中国化的重要环节。

此外，本土的僧人也在佛经的研学中逐渐通梵语，如晋代僧人竺法雅"少善外学，长通佛义"，门下弟子一开始只有中国典籍的根基，而不善佛理，因此他与曾西游印度的晋僧康法朗在讲佛法时"以经中事数拟配外书，以生解之例，谓之'格义'"，又与道安、法汰等人"披释凑疑，共进精要"[17]。以中国原有的典籍来比附佛经，从某种意义上来说是东汉时期佛经翻译附会中土方术的延续，其对文辞通顺典雅的要求也更进了一步。道安更是"外涉群书，善为文章"，与竺法雅相比，更加博闻广识，以至于当时人语："学不师安，义不中难。[18]"因此，道安认为过去译经多有谬误，与理多违。他博览群书、颇通外典，故能"寻文比句"，将过去译文中辞意不通之处改过来，并作分析。时至鸠摩罗什，中西佛学交流日繁，佛教义理已在中土生根，其发展要求佛教经典与其他思想逐渐剥离，因此，先旧译文受到越来越多的质疑。鸠摩罗什天竺人氏，自幼从师受经，通晓梵语，来华后又晓汉语，因此订正旧经，以更灵活的方式开创新的翻译时代。谈及西方文体，他认为"天竺国俗，甚重文制，其宫商体韵，以入弦为善。……但改梵为秦，失其藻蔚，虽得大意，殊隔文体。有似嚼饭与人，非徒失味，乃令呕哕也。"（《高僧传》）这说明他深刻地意识到两种语言的差异致使翻译后的文本不但义理不全，还失去了梵语特有的音乐性，因此他的翻译既注重经义，又尽量保留原文语趣。

逮及隋唐，佛教发展出不同宗派，终于完成与其他思想学派的剥离。在各种翻译活动中，逐渐出现不少翻译理论。如隋代彦琮的"八备"说，实际上是针对佛经翻译者的品格、学识、语言能力甚至态度、心理等提出具体要求，因此有学者认为其视角从翻译过程及文本转移到译者，涉及的是翻译主体性的条件问题[19]。唐朝玄奘精通佛理，汉梵两熟，翻译了大量经典，并提出了"五不翻"原则，即秘密故不翻、含义多故不翻、此无故不翻、顺古故不翻、生善

---

17 慧皎《高僧传》卷四之《竺法雅四》。
18 慧皎《高僧传》卷五之《释道安一》。
19 王宏印：《中国传统译论经典诠释：从道安到傅雷》。武汉：湖北教育出版社，2003。第30-49页。

故不翻。他认为难以用汉语对等的概念来翻译的术语应该用音译来处理，如果强行使用中国固有的思想话语来翻译，既容易和儒道混淆，又可能有损佛理。玄奘的理论既为佛经翻译归化的程度划出界线，对译者的翻译活动做了一定限制，同时又是译者主体在翻译中对语言比较的认识。从玄奘个人的翻译实践来看，他虽然坚持以梵文为本，但本人也灵活多变地采用了各种翻译技巧，其对佛经及梵语的理解，即使是印度本土学者也称赞不已[20]。

从佛经初译的附会、格义，到佛经翻译日渐成熟后的"八备"、"五不翻"，即使在翻译实践受到众多约束的情况下，译者仍然保留了一定的自由空间，但与作者、原文地位相比，译者作为主体的地位始终是被掩盖的。在这种译者主体地位的失落中，译者主体性不自觉地在夹缝中寻找一丝空间。

### （二）清末民初的文学翻译

明末清初，中国社会危机重重，而欧洲来华传教士在宗教活动之外，带来形形色色的西方思想，让中国人展开新的眼界。在这样的时代背景下，来华耶稣会士与中国的有识之士共同促进了大量自然科学类著作的翻译，掀起第二次翻译高潮。清朝末年，鸦片战争给中国敲响警钟，在失败中不断反思的中国士大夫大力倡导"洋务运动"，提出"中学为体，西学为用"的主张，并与传教士们合作翻译了大量的西学著作，当时如京师同文馆及江南制造局翻译馆等机构，都是重要的翻译主体。此后知识分子逐渐将眼光投向文化领域，翻译的范围从科学逐渐拓展到政治、经济、教育、文学作品。西方的一些小说经由翻译家之手，进入中国人的视野。清末明初的小说翻译有两个非常有趣的例证，一个是一心变革，提出"小说界革命"的梁启超；一个是忠于清帝，推崇桐城古文的林纾。二人的翻译活动截然不同，却反映出译者主体性的个体特点。

梁启超作为中国历史上一个影响深远的人物，一个启蒙思想家，其翻译活动及理论对晚清民国时期翻译文学与小说革命来说，可谓有开山之工。1897年，梁启超在其《变法通义》中提出："必以译书为强国第一义"，明确指出翻译明智强国的重要意义。他同时提出译书的三个要求，即"择当译之本""定

20 柏乐天：《伟大的翻译家玄奘》，《翻译通报》1951年第6期，柏乐天（P.Prodhan），印度学者，认为玄奘是"有史以来翻译家中的第一人，他的业绩将永远被全世界的人们记忆着。"转引自马祖毅，《伟大的佛经翻译家玄奘》，《中国翻译》1980年第2期。第20-21页。

公译之例""养能译之才"[21]。这三个要求实际涉及译本选择、译语规范的确定及译者培养三个方面，明显突出了译者在译书过程中的重要地位。1898 他偶然接触到日本政治小说《佳人奇遇》，开始尝试翻译；年末，他在《清议报》创刊号上发表《译印政治小说序》和《佳人奇遇》，认为"各国政界之日进，则政治小说，为功最高焉"。1902 年，梁启超创办《新小说》，并发表《论小说与群治之关系》和《世界末日记》，发起"小说界革命"的宣言。同年，梁启超的《十五小豪杰》在《新民丛报》发表；《俄皇宫中之人鬼》在《新小说》发表。梁启超翻译的小说，均从日文译出。除日本作品之外，其余都是根据欧美作品的日文译本译出。如《世界末日记》、《俄皇宫中之人鬼》都基于德富卢花的日译本，前者译自法国天文学家 Camile Flammarion 短篇小说 *La Fin du Monde*（*The Last Days of The Earth*，1894），后者则译自英国作家 Allen Upward 的短篇小说 *The Ghost of the Winter Palace*（1896）；《十五小豪杰》更是几经辗转，本是法国近代著名科幻作家凡尔纳写的一部冒险小说，原名"Deux Ans de Vacances"（《两年假期》），明治时期由森田思轩根据英本重译为《十五少年》，梁启超则在日译本的基础上译为《十五小豪杰》。这些小说进入中国语境的路径原本就复杂，这也使汉译者有了更多改写的自由。比如科幻小说《世界末日记》以其末世哲思被梁启超冠以"哲理小说"而非"科学小说"，在日译基础上删节、改写，使世界末日增添了许多东方色彩。同时，他添加多处按语，直接表达了激发民智和爱国热情的政治诉求。《十五小豪杰》则循《佳人奇遇》的旧例，将长篇小说改写为章回制，以适应当时报刊连载的特点。不论是内容的改写还是叙述方式的变通，都反映了梁启超作为译者的创造性和主动性，体现了梁启超借小说改变国民性的翻译目的。

　　同为清末重要翻译家，林纾却并不识外语。1897 年，已在不惑之年的林纾因偶然的原因，受朋友之托，开始翻译《巴黎茶花女遗事》，一时洛阳纸贵，康有为将其与严复并举，称"译才并世数严、林"[22]，严复也感叹茶花女"销尽支那荡子魂"。从此，林纾在翻译的道路上一发不可收拾。他后来与曾留学海外的魏瀚、陈家麟等人合作翻译了 180 多种西洋小说[23]，这些小说让中国知

---

21 参见梁启超：《变法通议·论译书》，《饮冰室合集·文集之一》，北京：中华书局。1989。

22 引自陈福康：《中国译学理论史稿》，上海：上海外语教育出版社，1992，第 131 页。

23 马祖毅：《中国翻译简史——五四以前部分》（增订版），北京中国对外翻译出版公司，1998 年。第 430 页。

识阶级接触到外国文学，丰富了当时中国民众对于西方文学与文化的认知。不通外语的林纾却译了这么多翻译作品，并且译著多以他闻名，这一方面是因为林纾译书前已因其古文造诣享有一定声誉，另一方面也说明翻译过程并不仅仅是对源语的解码，还有对目的语的编码。林纾所作的工作就是通过口译者对原文意思的阐述，重组目的语码，并以古文的形式呈现出来。这种特殊的身份，让林纾在翻译过程中根据古文的特点及中国读者的传统思想背景对原著进行改写。他的译文一般都在原文基础上有较多删改，既有口译者的原因，也有古文特点的影响。欧美小说常以人名为题，林纾则根据故事主要内容来译题，使中国读者一观文题而窥故事线索。比如"David Copperfield"被译为《块肉余生述》（今译《大卫·科波菲尔》），"Oliver Twist"被译为《贼史》（今译《奥列佛尔》或《雾都孤儿》）。又如 La Dame aux camellias 原意为"茶花女"，他改为"巴黎茶花女遗事"，增添了故事发生的地点；"Uncle Tom's Cabin; or, Life Among the Lowly"（《汤姆叔叔的小屋：卑贱者的生活》）则被译作《黑奴吁天录》，点出故事反奴隶制的主题。此外，由于林纾不通外文，译本的选择权主要是在合作者，合作者本人的学识及理解能力可能影响林纾的翻译；他本人也经常根据自己的理解随意增删改写，这一点常为他人诟病。但是，两种译者主体各自发挥作用，最后就在西洋内涵与古文外壳的纠结协调、口述者与笔译者的沟通创变中形成一种独特的译文风格。

梁启超、林纾，以及清末的一大批科学、政治、文学著作的翻译者，其主体性已经比以往更加凸显，但是，译者主体性仍然处于一种不自觉的状态。在当时的译论中，虽然已经开始关注译者本身，但其最后的指向仍是文本，特别是原文本，因此才会有严复关于"信""达""雅"的论述。

## 二、中国古代文论译者主体身份的失落

尽管如前所述，在过去的翻译活动中，译者主体性从未被真正压抑，每一次翻译活动中都可以看到译者主体性的反映。但是长久以来，译者的主体地位处于一种受压制、被忽略的状态。相比于将国外思想、文学译入中国的译者们，中国古代文论的译者主体更是长期被边缘化。在五四以前的中国翻译史中，关于中国文献的译出偶尔也占一席之地，比如明清之际欧美传教士在科学传教的同时，也将不少中国典籍译为西文。但与有关外来文献译入中国的记载相比，其影响、意义在过去提及甚少，直到晚近才被意识到。一是因为规模不大，二

是因为早期的翻译主体基本都是西人，不像佛经翻译和西学翻译潮中，有大量中国人自己的参与和互动。和哲学思想及文学作品相比，中国古代文论的翻译更是很迟才发生的事，那些译者的名字，可能只有专门研究者才有所耳闻。可以说，中国古代文论的译者身份极度边缘化，这可以从以下几个方面来阐述。

### （一）译出活动相较于译入活动的边缘化[24]

如前所述，在整个中国翻译史中，译出活动与译入活动相比本身就是边缘化的，因此，这也使得从事中国古代文论译出活动的译者的身份更进一步边缘化。东汉至隋唐时期，佛教思想在中土的传播得到王公贵族及士大夫的支持，在民间也造成一定影响，因此佛经翻译活动兴盛。尽管佛经的引入借助了本土哲学思想及固有宗教的一些概念、术语，却没有引起中国典籍外译的对等行为。佛经翻译作为我国历史上第一次翻译高潮，首先由外国僧人主导，然后经历了中外译者合作时期，后来中国译者主体才开始凸显。如果翻开《高僧传》目录，在"译经"卷中提及的几乎全是外裔僧人，据孔慧怡考证，外来译者远远多于本土译者[25]。外来译者出于宗教目的将佛经译入汉语，但它们对中土文化的了解远没有本土译者深，也谈不上将本土文化介绍到西域；本土译者同样因为对佛理的尊崇而参与到翻译中，但中土文化的历史悠久和自给自足让传统主流文化一向以中心自居，认为想要了解华夏文化的人自然应该学习汉语，对外语并没有多少兴趣。于是不论是外来译者还是本土译者，都缺乏将中国典籍译出的动力。在中国早期与邻邦的交往中，也不乏文化的交流，比如大唐与吐蕃和亲，文成公主就携带了大量物件，包括佛像、珠宝、食物、织物等，还有各种经卷，也是儒家思想传入吐蕃之始。但是这些经卷主要以汉语形式存在，且吐蕃派遣"酋豪子弟，请入国学以习《诗》《书》"（《旧唐书·吐蕃传》），华籍译出活动就显得不必要了。

第二次翻译高潮同样伴随着宗教的传播。但是，基督教传入中国，比佛教东传之初面临更大的困难。本土的道教根深蒂固，外来的佛教也早已扎根发芽，而且基督教与中国传统的宗族、血亲观念有颇多抵触，因此基督教在中国的传教史一开始就充满了波折。明嘉靖年间，方济各、沙勿略等耶稣会士到达中国广东的离岛，但不得进入大陆；后来范礼安则选择有学识的传教士，在澳

---

24　此处"译出活动"主要指将中国文献译为其他语言，"译入活动"主要指将他国文献译为汉语，是基于中国立场，并不以译者国籍及母语为区分。

25　孔慧怡：《重写翻译史》，香港：香港中文大学翻译研究中心，2005年。第63页。

门学习官话；直到明万历年间，利玛窦和罗明坚才首次获准进入中国。利玛窦等"适应派"深知顺应中国文化的重要性，他本人不仅能用汉语写作，并着汉人服饰，与多位士大夫交好，被称为"泰西儒士"。自此开始，虽然基督教在中国几度被禁，这些传教士却在中西文化交流史上扮演了非常重要的角色。作为将《圣经》及西学典籍译入汉语的主体，他们在向中国人传播西方宗教及科学思想的同时，对中国语言文化、中国人的思想体系、政治体制等产生兴趣。为了更好地向中国人传道，他们也必须熟悉汉语文化，了解中国古代典籍。同时，为了给罗马教廷及支持他们传教的欧洲人一个交代，他们也有必要将中国的语言、文化、艺术、政治等介绍给欧洲。虽然在明清时期，中国的四书五经、诗歌、小说逐渐通过翻译走出国门，但与西学的译入相比，中国典籍的译出附属于最初的宗教目的，而且其主体同样是以外来译者为主，缺乏本国译者的参与及互动。对中国古代文论颇有研究的东亚其他国家学者，又因为身处汉语文化圈内，一般都熟知汉语，以汉语为主要研究语言，故并不需要大量译出活动。比如《文心雕龙》早在唐朝就东传日本，稍后传入韩国，都是直接以汉语的形式得以传播的。

### （二）古代文论翻译相较于其他典籍翻译的边缘化

不但译出活动是边缘化的，在译出典籍中，古代文论与其他典籍相比也是边缘化的。早在利玛窦 1582 年来华时，就主张将天主教思想与中国本土的孔孟之道和宗法思想相结合，他在介绍自然科学知识的同时，也试图向罗马教皇及西方社会展现中国社会文明。一般认为他最早将《四书》译为拉丁文，题为《中国四书》（Tetrabiblion Sinense de moribus，1593），但因为没有正式出版，原译本已佚。此后，意大利耶稣会士罗明坚翻译了《大学》第一章，并最早将《孟子》译为拉丁文。康熙元年，意大利耶稣会士殷铎泽（Prospero Intorcetta，1625-1696）和葡萄牙耶稣会士郭纳爵（Ignatius da Costa，1599-1666）出版了拉丁文小册子《中国的智慧》（Sapientia Sinica），包括《大学》和《论语》的部分内容。后来，殷铎泽、郭纳爵等人陆续补译了《四书》的部分内容，又与比利时耶稣会士柏应理（Philippe Couplet，1623-1692）、鲁日满（F. de Rougemont，1624-1677）、奥地利耶稣会士恩理格（Christian Herdtricht，1624-1684）等人奉法国国王路易十四敕令合编《中国哲学家孔子》（Confucius Sinarum Philosophus），中文题名为《西文四书直解》，包括中国经籍导论、孔子传和《大学》《中庸》《论语》的拉丁译文。到 18 世纪初，比利时耶稣会士卫方济（Francais Noël，1651-1729）以《中国哲学家孔子》为基础，译出四书全部内容，并将《孝经》和《三字经》也译为拉丁文。《五经》则在 1626 年就由法国耶稣会士金尼阁（Nicolas Trigaut，1577-1628）译为拉丁文《中国五经》（Pentabiblion Sinense），并在杭州刊刻。18 世纪末，俄罗斯东正教入驻北京，传教团的教士将四书五经中的部分典籍译成俄文[26]。自 19 世纪初始，随着基督教新教的传入，马礼逊、理雅各等人将大量中国经典译成英文。其中涉及到零星的文学观，但并不成系统。

纵观中国文献外译的历史，传教士关注并翻译的文献中，中国古代哲学思想占了主要部分，文学作品主要包括被视作"经"的《诗经》和少量引起西人兴趣的小说、戏剧。比如理雅各翻译《诗经》时介绍了《诗经》的各种序言和评注，算是对中国古代文学思想有所讨论。此后，西方汉学家注意到中国古代文学作品的美学价值，《诗经》《楚辞》、唐诗宋词的翻译与研究在西方汉学界逐渐兴起，但对中国古代文论的翻译与研究却似乎没那么热情，起步也较晚。之后翟理斯在《中国文学史》中翻译了司空图的《二十四诗品》，英国汉学家克兰默-宾选译了《二十四诗品》中的十首，都是将其作为诗歌作品。直到今天，《沧浪诗话》《文赋》《文心雕龙》等被译成多种语言，相关的研究也多起来，但与中国文学作品相比，与其他思想文化类文献相比，中国古代文论的译出数量非常有限，仍是相当边缘化的。

## （三）古代文论译者身份相较于其他身份的边缘化

古代文论的翻译活动本身与其他活动，如传教、教学、文学研究等相比，其地位也是边缘化的。早期的译者大多是传教士，毫无疑问，传教是他们来华的主要职责。即使抛开这一基本宗教的背景，翻译自身的价值也常常被其他功能所掩盖。后来的不少译者翻译中国古代文论的起因各不相同，有些是偶然为之，有些则是为了教学或者科研目的，这就往往使古代文论的翻译沦为教学、科研的工具，翻译活动自身的价值、译者的主体性得不到重视。更值得注意的是，这些译者可能兼具各种身份，其中译者的身份往往是最微不足道的。

以早期参与中国古代文论英译的华人为例，他们大多留学或执教海外，因

---

26 参见赵晓阳：《传教士与中国国学的翻译》，鞠曦主编《恒道》第二辑，吉林文史出版社 2003 年。

为各种机缘而涉足中国古代文论的翻译。比如首次将《沧浪诗话》介绍给英语世界的张彭春（CHANG Peng-Chun）是近代教育家、外交家和戏剧活动家，是中国现代话剧的主要创始人之一。1916 年，他首次倡议创办南开大学，1946年作为中国正式代表参加联合国大会第一届会议，被任命为联合国经济及社会理事会常任代表，提出了创立"世界卫生组织"的建议案。1947 年在联合国人权委员会第一次会议上当选人权委员会副主席，直接参与了《世界人权宣言》的起草。众多社会身份是张彭春最常见的标签，几乎没几个人知道他曾经翻译过《沧浪诗话》。张彭春曾赴美留学，获得哥伦比亚大学教育学博士学位，也正是在那一段时间，他应哥大教授斯宾冈（J. E. Spingarn）的强烈要求，首次将严羽《沧浪诗话》中的"诗辨""诗法"两章译成英文。但是很显然，张彭春并非一个专注于中国文学的研究者，他的翻译是在西方文学理论家的推动下产生，是西方学者试图从中国文论中为个人文学观点寻找印证的结果[27]。尽管这被看作"第一部用英语翻译出来的中国文学批评著作"[28]，现在已经鲜为人知，后人提起张彭春，也很少提及这段译事。

再如翻译过《文赋》的旅美华人学者陈世骧，先后在哈佛大学、哥伦比亚大学、加州大学等高等学府执教，主要从事中国古典文学与比较文学的教研工作。同样翻译过《文赋》的方志彤则在哈佛大学比较文学系获得博士学位，一直执教于哈佛大学东亚系，其翻译主要是对《文赋》在西方的译介情况的一种呼应，首次在《哈佛亚洲研究》上发表时，包括长长的附录和注释，后来他将此称为"汉学译本"[29]。对陈世骧与方志彤来说，《文赋》的翻译实际上是作为《文赋》研究的一部分，二人显然是以教师和汉学家的身份来翻译这一文本的。

又如美国学者宇文所安翻译了很多中国文学作品，其对于中国古代文学思想的关注与译介颇受称道。他本人在《中国文论：英译与评论》的序言中明确表示自己选译中国文论的初衷是为了满足教学的需要；此外，他也在多种场合表明自己作为教师和中国文学研究者的身份。对宇文所安而言，翻译是其教学、科研工作中重要的一环，除了各种译本的出版，他在课堂上也进行英文翻

27 钟厚涛：《异域突围与本土反思——试析〈沧浪诗话〉的首次英译及其文化启示意义》，《文化与诗学》，2009 年第 1 期，第 56-67 页。

28 Spingarn, J. E. "Forward to Tsang-Lang Discourse on Poetry", in *The Dial*, Volume Lxxiii, the Dial Publishing Company, 1922. p.271.

29 Fang, Achilles." Lu Ki's 'Rhymeprose on Literature'", in *New Mexico Quarterly*, Vol22,No.3,1952,p281.

译，因为他期待学生能够通过另一种语言的"异化"来真正地阅读。对他来说，中国文学的翻译不是简单的文本字面的转换，而是"在转译的同时'重现'（re-tell）中文文本，使文本中的美感和智慧变得清晰，同时对英语读者有说服力。"他指出："译文不是原文，不是艺术本身，如果是，那就不再是真正的翻译。"[30] 由此可见，宇文所安本人对于翻译的价值是给予了很高的评价。但是，不论是他本人还是其他人，都很少用"翻译家"来称呼他，似乎人们潜意识里认定"翻译家"这个称呼是不全面的，也意味着翻译家的身份可以被包含在汉学家、教授、文学研究者的称呼之中。这倒不是说这种现象说明人们对翻译工作有所看轻，但却实实在在地反映了翻译得不到独立认可的事实，也说明"译者"的身份在各种领域之间飘摇不定，难以确认。

当然，这种情况不独在中国古代文论的翻译中如是，可以说在大多数翻译领域中都是如此。比如理雅各作为基督教新教最早的来华传教士，主持英华书院，主办了鸦片战争后外人在中国出版的第一份中文刊物《遐迩贯珍》，对中国近现代教育、新闻事业的发展都做出了重要贡献，更因其翻译的《中国经典》以及他在汉学研究方面的成就荣获第一届儒莲汉学奖，并成为牛津大学第一任汉学讲席教授。他在汉籍西译方面的成就毋庸置疑，他的四书五经译本直到现在仍为国内外汉学研究、教学领域所使用。汉学界提及理雅各的名字，一定会首先想到他的翻译成就，但是在他位于牛津以北的墓碑上，刻着"赴华传教士与牛津大学首任汉学教授"，并没有"翻译家"的字样。

从以上几点来看，由于译者身份的边缘化、译出活动的边缘化以及文论翻译在典籍翻译中的边缘化，中国古代文论的译者身份曾一度处于缺失的状态。这些中国古代文论的译者，对中国文学思想在世界上的传播影响深远，但他们的翻译成就更多是作为教学、研究的一部分，他们作为译者的身份也是隶属于传教士、汉学家、教授等身份的。

随着中国文化软实力的加强，海外中国文学研究的发展，沟通中西的译本越来越重要，译者的主体身份也渐渐得到认可。比如《文心雕龙》的第一个英译者施友忠是华盛顿大学的教授，其翻译既是缘于个人的喜爱，又是因为教研的缘故应朋友之邀而作。他的翻译在后来颇有影响，使他作为译者的身份在其教授、

---

30 刘苑如访谈：《冬访宇文所安——"汉学"奇才／机构"怪物"的自我剖析》，《中国文哲研究通讯》第 28 卷第一期，转引自《文汇学人》专刊 2018 年 12 月 28 日第 4、5 版简体字版《我是大学这个机构的仆役》。

汉学家身份中得到凸显。又如《文选》的翻译者康达维多年投身中国古代文学的翻译与研究，他认为忠于原文非常重要，但他也特别指出翻译的独立性：

> 翻译中国中古文学的一些译者，包括我自己在内，经常容易或常常陷入的圈套和陷阱。如果译者能认破这些圈套和陷阱，并尽力避免的话，翻译就不会是人们通常认为的是一种可悲和可卑的文化活动。我甚至认为，如果译作适当的话，翻译本身就是一种高水准的学术活动，和其他学术活动具有同等的学术价值。[31]

从这段话我们可以看出，康达维对于自己译者的身份是确定的、自觉的。也许在不久的将来，失落的译者主体将会回归中国古代文论的翻译中。

## 三、中国古代文论译者主体性的发挥

古代文论翻译中，译者主体性问题究竟应该从何入手呢？我们认为这是一个非常值得关注的问题，可以从多个角度来考虑。从在翻译活动中所处的位置来看，译者身负多种角色，是读者、中介者、评论者、协调者多种身份。所涉及的方方面面来看，我们不妨从翻译前、翻译中、翻译后三个阶段来看译者主体性的问题。

首先，译者在着手翻译活动前，总是以读者的身份对源文本进行阅读、欣赏、诠释，从而选择翻译的对象。当然，在一切都高度市场化的今天，也不乏为了薪酬被动"接活"的译者。他们有的并未对源文本认真阅读，仅凭着雇主的要求就硬着头皮开始翻译活动，与其说是"译者"，不如说是"译工"。真正的译者首先是一个好的读者，在阅读中对作品的审美价值、社会意义、文化内涵以及展现的作者风格等有一定的预判，从而决定什么是"当译之本"。反过来，在万千作品中，译者的选择与解读又决定了原作者、原作品在译文读者眼中的基本形象。这就要求译者不但需要对两种语言高度敏感，对两种文化有深刻认识，对文本有相当的鉴赏力，最好还要与原作者声气相投。据说译才林纾对作品有着天生的判断力，通过书名、目录、以及口述者说出的故事梗概，就能判断作品良莠，从而选择那些最受读者欢迎的内容。但是，由于他不懂外文，终究受制于口述者的学识眼界，因此也翻译了不少并不怎么有价值的作品，他的译者主体性在作品选择方面就有一定局限。

---

31 康达维：《玫瑰还是美玉——中国中古文学翻译中的一些问题》，李冰梅译，赵敏俐、佐藤利行《中国中古文学研究》，北京：学苑出版社，2005年，第26-44页。

中国古代文论与一般文学作品及其他类型的文本不同，往往既有思想性，又具有语言上的诗化特征，对原文读者提出更高的要求，因此目的语读者对译者的依赖性更高。译者的选择有可能会决定目的语读者的眼界。比如《二十四诗品》最早的英译是放在诗歌选集中，最早通过翻译而阅读到《二十四诗品》的读者恐怕主要也将其视为诗歌作品，对其诗学价值的关注则在美学价值之后。又如宇文所安在《中国文论：英译与评论》中，选译了中国古代的文学思想的代表著作，解析了中国古代文学思想的历史发展与特殊理路，并通过文本细读的方法对中西文论作出双向阐释。对英文读者而言，这部专注于文论的译介著作，无疑刻画了他们心中的"中国古代文论"的整体形象。但是，正如宇文所安本人所意识到的，过去总是由文本所编织而成，正如"我们脑中的建安和魏是被梁朝的摄影镜头所拍摄进去的"[32]，译文读者眼中的中国古代文论也可能是译者所构建起来的。在译者对中国古代文论的选择、解读中，其主体性始终是凸显的。

其次，在翻译中，译者主体介入到整个翻译过程。译者对翻译的态度，对文本的理解，对语言风格的把握，对细节的处理，都会影响到翻译方法及策略的选择。无论是遣词造句还是篇章组织，译者个人的风格将会体现在其习惯的语音、句法、修辞等层面，译者的主体性将在对文本的操纵中显露无疑。在中国古代文论的译介中，这一点尤为明显。因为古代文论的撰写受到古汉语修辞特点及中国传统思维方式的双重影响，其风格是十分独特的。在过去的几千年里，汉语的外在表现形式及内部语法、语义经过多年的历史演变，已经发生了重大的变化。中国古代文论无论从语言文字、诗学内涵还是艺术表现等层面，与一般文学作品及其他类型的文本存在诸多差异，即使是母语者也可能存在阅读障碍。历代学者通过注、疏、校、证、笺、训、诂等方式作出各自的诠释，有延续、也有抵牾。这些解读交织成互文的网络，构成复杂的意义平面，给译者理解原文提供便利，但也使他们在斟酌字句时面临选择的困境。

古代汉语与现代汉语、中文与其他语言的差异使中国古代文论的译介必须经过从语内翻译到语际翻译的转换过程。在这一转换过程中，译者个人的态度与方法直接影响到最后呈现的译文风格。同样是《二十四诗品》，翟理斯、克兰默-宾、杨宪益等译得诗意盎然，克兰默-宾的译文被看作基于原文的再创作也不为过。宇文所安则更注重诗中的哲思与表现手法，不但翻译得中规中

---

32 宇文所安：《中国文论：英译与评论》，王柏华、陶庆梅译，上海：上海社会科学出版社。"中译本序"，2003。第 3 页。

矩，还附有大量注释和解说。原作的内容与语言形式有机地融为一体，译本却很难将原来的韵味、美感和深度同时呈现出来，译者只能根据各自的理解与追求来进行取舍，从而呈现出风格迥异的译文。究竟是向读者展现其诗歌之美，还是哲思之深，是译者不得不作出的选择。译者的选择最终又会影响译文读者对这一作品的感观。

第三，译者的翻译活动并非从译文诞生起就结束，对于译者来说，翻译后不能从此掩卷，而是需要不断反思、修正，主动从各种人群对译本的反馈中吸取教训。对于中国古代文论的译介者来说，更是要充分发挥译者主体性，通过研究、讨论，参与到译本流通的各个环节。我们已知的古代文论译者几乎都对所翻译的对象有所研究。他们的翻译与研究是海外中国文论研究的开端。不论是因为研究而开始翻译，还是因为翻译而深入研究，或者是翻译作品得到的评论，都是译文生存并产生影响的重要因素，对中国古代文论在域外的传播起到重要的作用。因此，在中国古代文论译后的反思与研究中，译者的主体性特别需要得到强调。此外，译文的完成意味着新旅途的开端，要想在目的语境中获得生命，就需要尽可能地使译本真正传达到读者手中。这一过程发生在译者、读者以及赞助人、出版商、评论人等各环节所形成的场域中，受到语言文化和社会政治环境的影响。译者在其中应当与其他各因素积极互动，推进译本的真正形成。

当然，译者作为翻译的主体，在翻译前与翻译中已经和这些因素发生关系。在翻译活动中，他总是面对着多种对象：他要揣测原文作者想表达的意思，从而想方设法重新组织语言，并在跨文化的语境中更好地将意思传达给目标读者；他可能设想其他译者在处理翻译时会采用什么方法；还可能考虑出版商、读者、专业评论者会怎么看待自己的译文。因此，这时的译者作为翻译活动的主体，似乎又是原文本的客体，还是原作者与译文读者之间的中介者，又是其他译者的竞争者，评论家的评论对象……这些因素或者在现实中真实面对，或者处于译者的想象中，并影响到译者主体性的发挥。以下两节就以作为诗人的译者克兰默-宾和作为学者的译者宇文所安来看看译者是如何介入到文本中的。

## 第三节　隐身与创新：克兰默-宾在英译《二十四诗品》中的介入

克兰默-宾（L. Cranmer-Byng，1872-1945），是一位英国汉学家、诗人，凭

着对中国文化与文学的热爱，撰写了不少汉学著作，编辑出版了许多英国汉学家对中国文献的译著，其中也包括他本人对中国古诗的翻译与介绍，对中国古诗在英语世界的译介及研究起到很大的推动作用。克兰默-宾本人也是一位诗人，因此他翻译的古诗别具诗韵。

## 一、克兰默-宾与《二十四诗品》

　　克兰默-宾是一位前拉斐尔诗派诗人，曾因创作的诗歌在伦敦享有盛誉，因此当他首次将《长恨歌》（*The Never-ending Wrong*, 1902）翻译成英语并介绍到英美时，就受到了欢迎。后来克兰默-宾对中国越发感兴趣，和卡帕迪亚（S.A. Kapadia）共同组织编写了"东方智慧系列丛书"，其中包括了他自己翻译的《诗经》（*The Book of Odes, Shi King: The Classic of Confucius*, 1905）、《碧玉琵琶：中国古诗选》（*A lute of jade, being selections from the classical poets of China*, 1909）及《宴灯》（*A Feast of Lanterns*, 1916）等。作为该丛书的主编之一，克兰默-宾充满着促进中西文化交流的美好愿望，也表现出对东方智慧的深深认可。

　　克兰默-宾对中国古诗的看法应该受翟理斯影响较大，其英译的诗歌大多数是基于翟理斯《中国文学史》及《古文选珍》遴选出来的，其中唐诗较多，包含了司空图《二十四诗品》的部分内容。[33] 在《碧玉琵琶》的扉页赫然写着"献给翟理斯教授"，书中也多处引用翟理斯的言论。他坚持以英诗的韵律形式来翻译中国古诗，与此前的翟理斯、此后的宇文所安等学者式的译者不同，他的译作更注重诗歌原来的韵味和美感，总是以优美的文字和浪漫的文风将中国古诗裹在英语的外壳中重新展现在读者眼前。也正因为如此，他常常在翻译时按照个人的感悟增删内容，发挥想象，使译作与原作表现出很不同的模样。

　　在《碧玉琵琶》中，克兰默-宾选译了《二十四诗品》中的十首[34]。将他与翟理斯的译文对照起来看，克兰默-宾的译作明显更富诗意，但是与原文相比，

---

33　关于《二十四诗品》是否为唐人司空图所作，学界有许多争辩，也尚无定论。此处仍作为司空图的作品论之。

34　除了第三品《纤秾》、第十三品《精神》、第十二品《豪放》、第十六品《清奇》、第二品《冲淡》、第六品《典雅》，第十九品《悲慨》、第九品《绮丽》、第四品《沉着》、第二十四品《流动》之外，克兰默-宾在关于司空图的介绍中，还引用了翟理斯翻译的第一品《雄浑》的部分内容。他的选译完全打乱秩序，可见其把各品看作独立的诗作。

也有更多的偏离。他通过标题翻新、意象补足、句法重构等方式，重新建构起唐代诗人的精神世界，以一种不为读者察觉的隐身姿态宣示了译者的存在，积极地介入原文本在目的语环境中的重新阐释和建构过程。此处仅以《纤秾》和《精神》两篇为例，来看克兰默-宾在翻译中呈现的创新。

## 二、诗人的创新

### （一）标题重写

《纤秾》一篇，前人有许多研究和讨论，其"比物取象"的表达方式加上古汉语本身凝练、含混的特点，使其意义十分费解。首先从标题来看，"纤""秾"实际是一对相对的概念。纤，纤细；秾原指花木繁盛，也用来形容人的丰腴艳丽。如宋玉《神女赋》中"秾不短，纤不长"，即指女性身材不肥不瘦，刚好合适。"纤秾"并举，再加上文中关于"美人"的意象，很容易让人联想到女性恰达好处的身材，增之一分则太多，减之一分则太少。好的诗歌就应当文辞得当，恰如美人婀娜的身姿。

关于"纤秾"这一标题的翻译，也是仁者见仁，智者见智[35]。在汉学界比较有影响的几个翻译中，翟理斯译为 Slim-Stout，杨宪益和戴乃迭译为 The Ornate Mode，宇文所安则译为 Delicate-Fresh and Rich-Lush。翟理斯和宇文所安都依照原文结构将题目译为对立概念的组合，但二者的处理明显不同。翟理斯突出原文的简介，用两个简单词对应，但是 stout 一词在英文中一般指强壮、粗壮、结实，和强调女性美的丰腴完全不一样。宇文所安为了更好地表现出纤秾的原意和隐喻义，分别用组合来表示"纤"与"秾"，"纤"释为"细致与新鲜"，"秾"释为"丰富与秾郁"，分别从"人"与"植物"两个方面的含义来阐释"纤秾"，涵盖的意义更广，但与原本简洁凝练的题目风格就不太一样了。

---

35 此处主要来源于以下译本，为方便事宜，后文涉及《二十四诗品》译文无特别说明处，均同此：

Herbert Allen Giles, *History of Chinese Literature*, London, 1901，第 179-188 页。

L. Cranmer-Byng, *A Lute of Jade: Being Selections from the Classical Poets of China*, London: John Murray, 1909. p103-110.

A Yang Xian-yi and Gladys 杨宪益和戴乃迭,"Twenty-four Modes of Poetry",*Chinese Literature*. No.7,1963)

宇文所安,《中国文论：英译与评论》,王柏华、陶庆梅译，上海：上海社会科学出版社。2003。331-384 页。另见英文版：（Stephen Owen, *Readings in Chinese Literary Thought*，Cambridge，MA: Harvard Council on East Asian Studies，1992. p. 299-358.

杨宪益戴乃迭夫妇的翻译中"ornate"一般指华丽、富有修饰的，可见，他们认为"纤秾"主要是侧重于"秾"，同时，他们以"mode"作为所有题目的核心词，实现了"二十四诗品"的"品"所表现出来的整体感。无论哪一种译法，都说明译者明确意识到这首诗是在谈"诗品"，是"论诗"诗。

克兰默-宾和这些译者的处理方式截然不同，他虽然很明显地参照了翟理斯的译文，却完全没有采用翟理斯对题目的翻译，而是将其冠以"Return of Spring"，即"回春"或"春回大地"。乍一看，这个题目和原来的"纤秾"似乎没有什么关系，但是，如果仔细阅读这首诗，流水、深谷、美人、碧桃、柳阴、流莺，各种意象与声音扑面而来，确实构成一幅生机盎然的春意图。克兰默-宾将诗题改作"Return of Spring"，正是在提醒读者从诗中寻找每一点与"春"有关的元素，与他一起体悟诗歌中的春意与美感。当然，克兰默并非将"纤秾"误解为一首描绘春天的诗，他深深明白司空图诗歌中充满象征与隐喻。正如他在介绍中所提到的，"红松山林与桃花流水的山谷中有美人踟蹰，那不过是象征着一种诱惑，将我们从特定的道路引向更大的世界。我们所有的感官都是为了让我们挣脱自我的牢笼，最终奔向精神世界的无限自由。[36]"可见，克兰默-宾将诗题为"回春"，并不是误会了"纤秾"的主题，而是因为在他眼里，"纤秾"所表现的诗格恰恰能用"春"的隐喻来表现。但是，司空图的二十四诗品均以诗的某一种品质为题，从而构成一个系列，呈现出某种整体感，而克兰默所用的题名却使这首诗更独立地存在。克兰默-宾译文的读者或多或少被他的译笔引向一条不同的欣赏之路。

与此类似的还有第十三品《精神》。翟理斯将标题"精神"译为"Animal Spirits"，宇文所安译为"Essence and Spirit"，宇文所安将"精神"译为并列结构，大意为"精华与神（韵／气……）"，翟理斯则将其译为偏正结构，以"animal"来修饰"spirits"。"animal"一词在14世纪前常指任何有感知能力的生物，也包括人类，来源于拉丁语 *animale*，本意是"有呼吸的生命存在"。表动物的含义在17世纪以前其实并不常用，比如在钦定圣经（KJV）中一般是用 beast 来表示陆地动物的。

---

36 此处译文为自译，读者可参阅大中华文库系列中周静译文。大中华文库采用翟理斯英译《二十四诗品》，前面附有克兰默-宾对司空图的介绍。见（西晋）陆机（唐）司空图著，（美）哈米尔等译《文赋　二十四诗品》，北京：译林出版社，2012。《二十四诗品》第17页。

"Animal"与"Spirits"连用，很容易让人联想到经济学家凯恩斯（John Maynard Keynes，1883-1946）后来提出的"动物精神"的概念[37]。凯恩斯借用拉丁语 *spiritus animalis* 这一概念来解释人类面对不确定性时如何作出决策，认为我们做出的积极决策只是"动物精神"（animal spirits）的结果，并不可能取决于冷静的数字预期。这里所说的"Animal Spirits"并不等同于非理性因素，而是包括冲动在内的人的直觉、心理、精神、情感，是影响市场心理和经济行为的主要因素，翻译成"动物精神"并不妥当，但已在经济学领域广为接受。这一概念早在公元前 3 世纪左右的古希腊哲学、医学文献中就已经出现。解剖学先驱埃拉西斯特拉首先提出了生命的"灵气说"，半个世纪以后，解剖家盖伦在此基础上提出，人的身体有三套循环系统，及静脉、动脉和神经，分别流淌着血液、生命灵气（*pneuma zootikon*）和精神灵气（*pneuma psychikon*），血液中的营养和生命灵气结合，由脑实质在脑部形成精神灵气，并通过神经管理人的运动和感觉，这也是理性的来源[38]。其中"精神灵气"在拉丁义中就译为 *spiritus animalis*。后来常指人在感知活动中表现出来的血气与精气，在文学语言中也指生机、活力。翟理斯此处使用这一词来翻译"精神"，显然就是指这种血气、灵气、生气，和司空图原文是有一定吻合的。

跟宇文所安和翟理斯不同，克兰默-宾另辟蹊径，将"精神"译为"the Color of Life"。这又是一个与原文完全不同的译名，甚至和原来的"精神"一点关系也没有，但是要理解为生命中让人为之一振的亮色，似乎与司空图有一点重叠的影子。与其说这是一种诗歌品质的界定，不如说是一幅诗意画面的呈现。为了呈现这些重写的标题所暗示的画面，克兰默-宾在正文的翻译中似乎有意增加了一些意象。

（二）意向补足

在《纤秾》的翻译中，为了描绘他所题的春景，克兰默-宾在翻译这首诗时特别注重意象的突出，还增加了一些新的意象。原诗内容为：

采采流水，蓬蓬远春。

窈窕深谷，时见美人。

---

37 凯恩斯在其《就业、利息与货币通论》The General Theory of Employment, Interest and Money,1936）中提到这一概念。

38 C. U. M. Smith, Frixione, Eugenio, Finger, Stanley, and Clower, William. *The Animal Spirit Doctrine and the Origins of Neurophysiology.* Oxford: Oxford University Press. 2012.pp32-34.

碧桃满树，风日水滨。

柳阴路曲，流莺比邻。

乘之愈往，识之愈真。

如将不尽，与古为新。

克兰默-宾译文如下：

A lovely maiden, roaming

The wild dark valley through,

Culls from the shining waters

Lilies and lotus blue.

With leaves the peach-trees are laden,

The wind sighs through the haze,

And the willows wave their shadows

Down the oriole-haunted ways.

As, passion-tranced, I follow,

I hear the old refrain

Of Spring's eternal story,

That was old and is young again.

关于"采采流水，蓬蓬远春"的含义，有众多不同解释。有的认为"采采"是草木繁盛的样子，如《诗经·秦风·蒹葭》有"蒹葭采采"，《传》云"萋萋也"，由此可表"鲜明"意，如祖保泉的译注就比较有代表性；有的认为有众多、华美之意，如《诗经·曹风·蜉蝣》中有"蜉蝣之翼，采采衣服"；也有人认为此处指流水的声音，但是从词源来看，似乎论据不足。另外"采"本意是掇取，采摘，《诗经》中也有叠用的情况，如"采采卷耳"（《诗经·周南·卷耳》）、"采采芣苢"（《诗经·周南·芣苢》），意为"采之又采"，但后面都接有被采撷的对象。

从克兰默-宾的翻译来看，他取"采"的本意。然而流水并非采撷的对象，从结构上来看，理解为"掇取、采撷"似与旧例不符。但是，译者在译文中为动词"cull"补足了宾语"lilies and lotus blue"，有其个人的想象与发挥。我们对照翟理斯的译文，可以推测克兰默-宾的阐释受其影响，因为翟理斯将这一句译为"Gathering the water-plants from the wild luxuriance of spring"，同样将"采采流水"理解为采摘水生植物。不同的是，克兰默-宾使用了"cull"一词，并进一步将水生植物具象化。"cull"作为动词在早期的英语中指"从众多对象中挑选、采集(最好的)",特别是常应用于文学领域。此处用这一词来翻译动词"采",正好暗指其文学意义。

　　Lilies 本指百合花类植物,water lilies 为睡莲,此处 lilies 置于流水语境中,实际就是指睡莲这一类植物。lotus blue 则与中国古代诗歌中常出现的"青莲"相符,从植物学的定义来看,也是一种睡莲。但 lotus(荷花)一词总是让西方读者联想到东方,在英语里通常指向古代中国、埃及、印度传统文化及神话中的特定植物意象。因此,译者由"流水"而引申为"水生植物",再具体为青莲、荷花,不但让诗句更形象,还为英语读者建构了一种充满东方韵味的诗境。

　　关于《精神》,克兰默-宾译文如下:

　　　精神

　　　欲返不尽,相期与来。

　　　明漪绝底,奇花初胎。

　　　青春鹦鹉,杨柳楼台。

　　　碧山人来,清酒深杯。

　　　生气远出,不着死灰。

　　　妙造自然,伊谁与裁。

　　　The color of Life

　　　Would that we might for ever stay

　　　The rainbow glories of the world,

　　　The blue of the unfathomed sea,

　　　The rare azalea late unfurled,

　　　The parrot of a greener spring,

　　　The willows and the terrace line,

　　　The stranger from the night-steeped hills,

　　　The roselit brimming cup of wine.

　　　Oh for a life that stretched afar,

　　　Where no dead dust of books were rife,

　　　Where spring sang clear from star to star;

　　　Alas! what hope for such a life?

　　如前所述，克兰默-宾将诗题改为 The Color of Life，似乎是为了和题目相呼应，译文中使用了许多与色彩有关的词汇。开篇第一句向来不好理解，大概意思是创作的生气返求诸身，则用之不竭，于是心有所期者自然而至。克兰默-宾并没有受限于原诗，而是引入原文中并未出现的"彩虹"（rainbow），以彩虹的绚丽多姿来呼应题目中的"色彩"。对西方读者来说，彩虹也是一个涵义丰富的词，既可以指古希腊神话中艾瑞斯（Iris）女神脚下连接奥利匹斯山与俗世的七彩阶梯，也可以是《圣经》中大洪水过后雨过天晴的征兆，还可能让人联系到华兹华斯看到彩虹时的怦然心动与雀跃之情。原文模糊悠远的涵义被具化为彩虹的意象，然后在目的语语境中重新带给英文读者神秘、圣洁、希望、永恒等感触。

　　"明漪绝底"原本是水面波纹映在清澈水底的模样，却被演绎成"深不可测的大海的蓝色"。奇花初胎变为具体所指："迟开的珍奇杜鹃花"（The rare azalea late unfurled），暗示火红的颜色[39]。"青春鹦鹉"中的"青春"，其中"绿色"的含义在汉语中已经成为"死隐喻"，一般读者不太注意。更有不少学者认为这里主要是暗指声音，和后面的色彩形成对比，因此理解为春光中鹦鹉的歌唱。国外译者似乎都特别注意到"青"的色彩意，翟理斯译为"verdant spring"，宇文所安译为"green springtime"，克兰默-宾译为"greenery spring"，都将"青春"理解为"青葱的春天／春光"，突出了颜色的特征。"碧山"被译为"night-steeped hills"，可能取"深青色"之意，是山林浓荫遮蔽的暗色调，如夜色浸润一般。

　　"清酒深杯"原本只是描述酒的清冽，被翻译成 The roselit brimming cup of wine，变成"满满一杯玫瑰红的葡萄酒"。中国古代的酒有清浊之分，由于当时的制酒技术导致酒液中有一些微生物，酒色浑浊呈绿色，还有浮渣漂于上，看起仿佛绿液上浮着细小的蚂蚁，即"浊酒"，也被称为"绿蚁"或"蚁绿"。经过浓缩、过滤，清酒酿造工艺更复杂，浓缩过滤掉将浊酒中的渣滓去掉，酒色变得清冽，酒味更醇厚，就是"清酒"了。比如白居易的诗句："绿蚁新醅酒，红泥小火炉。"同为唐人的陆龟蒙的《村夜二篇》："开瓶浮蚁绿，试笔秋毫劲。"后来李清照有"薄衣初试，绿蚁新尝"的诗句，晏殊也有"绿酒初尝人易醉，一枕小窗浓睡。"可见古时候绿色为酒的常见颜色，在浊酒基

---

39　杜鹃通常是火红的，一般认为英语 azalea 词根可能是原始印欧语中的"as-"，意为燃烧，闪亮。这也很容易让人联想到火红的颜色。

础上加工而来的清酒很有可能是透明偏绿的颜色。唐代也有果酒，唐高祖、唐太宗都深爱葡萄酒，《太平御览》中就有关于唐太宗亲自参与酿制葡萄酒的记载，关于葡萄酒的诗句也不少。但是，说到清酒，一般是指粮食酒，特别是米酒，与浊酒相对，不太可能指葡萄酒。克兰默-宾将其译为玫瑰红的葡萄酒，可能是受到唐诗中关于葡萄酒描述的影响，同时又突出了他想要表达的"色彩"主题。

围绕"color"这一关键词，克兰默-宾从原文的"明漪""奇花""青春""清酒"中发掘出各种色彩，在读者眼前展现了一幅绮丽的画面。

## （三）句法篇章重构

在翻译《纤秾》时，克兰默-宾首先将第一句"采采流水，蓬蓬远春"和第二句"窈窕深谷，时见美人"看作一个整体，译为一个长句，这符合一般学者对前两句的看法。但是他依照英语的习惯，将人作为主体，突出地置于句首。克兰默-宾又将第二句"时见美人"中作为诗人观察对象的"美人"放到主体的位置，成为句子的主语，并以主动的 roaming（徜徉、漫步）来代替被动的"见"，将被动的"美人"转换为事件的主导者。在英语的浪漫主义诗歌中，人或者诗人"我"被置于最显眼的位置，是一种典型的诗歌视角。比如华兹华斯《咏水仙》第一句：I wandered lonely as a cloud……克兰默-宾创造性地用英语诗歌的常用视角打破了原诗的叙述模式，将英语读者带入他们熟悉的诗歌视野中。

最后两句"乘之愈往，识之愈真。如将不尽，与古为新。"原文并没有明确的主语，特别是最后一句，究竟什么"不尽"，什么"与古为新"是不清楚的。克兰默-宾译为"As, passion-tranced, I follow, /I hear the old refrain/ Of Spring's eternal story, /That was old and is young again."译者再次增添了主体"I"，将原来主语不定的诗句变为明确的个人感受："我"紧随着上句柳阴遮蔽、流莺歌唱的小径，激情盎然，恍恍惚惚，再次听到那关于永恒春天的古老吟唱，那是古老的歌谣，却又重新具有青春的新意。至此，译者将原本抽象、含混、难以捉摸的结语变为明确、具体、有主角参与的故事结局。美人踟蹰于山谷，在桃花流水之间撷几朵莲花，一条林荫小道，草长莺飞，诗人漫步林荫小道，听黄莺鸣唱春天。这些意象于声光叠加在一起，构成一个关于春日的完整故事。当然，这既是一个完整的故事，也是一段关于诗歌的隐喻。

在《精神》中，第一句"欲返不尽，相期与来。"原文意义模糊，所指不明，克兰默-宾却添加了一个指示代词"that"，引出第二、三、四句。他用排比的方式将一组与色彩相关的意象衔接起来，并与远指代词"that"构成前指照应。在二十四诗品中，句与句之间的关系较为松散，主要通过意义的内部一致性而联系在一起。第一句"起"，第二、三、四句"展"，第五、六句"总"。克兰默-宾则通过形式上的衔接与照应，将《精神》划分为二个主要部分，第一句与第二至四句合为一体，五、六句感慨总结，最后形成关系紧密的篇章。正如韩礼德所言："语篇是语义关系推进的产物。……它不只是对语篇之外的现实的反映，它更是创造现实和改变现实的过程中发挥积极作用的合作者[40]"。通过重新组织语句，克兰默创造了与原文不同的篇章结构，并通过这一篇章反映了他对原文意义的再阐释和再创造。

## 三、译者的隐身

说到译者的隐身，就不得不提及韦努蒂（Lawrence Venuti）。他主张译者不应当隐形而应该在译文中表露出语言转换的痕迹。他的异化翻译思想集中体现在其著作《译者的隐形——翻译史论》（1995）中，他梳理了 17 世纪以来欧美国家的翻译理论发展历程，对翻译策略进行了详细的解读与批判，并结合历史、民族、文化、政治等讨论了不同时期的译者与翻译活动。过去，在大多数国家，流畅与透明化是对翻译的基本要求，也就是说，译者应当隐去自己在译文中的痕迹，这使得译者的身份越来越边缘化。

韦努蒂在施莱尔马赫理论的基础上提出，译者可以采取归化或异化翻译，前者以民族主义为中心，在译语文化中显示源语文化的异质性，邀请原作者到译语中去；后者则有意偏离本族文化，标记出外国文本中的语言和文化差异，让读者置身异域。由此可见，异化并不一定带来生硬的效果，也可以是通顺、透明的，即使是异化的翻译也需要归化的语言。不管采用什么翻译策略，由于翻译是一种双重书写，是根据接受方的文化价值来改写原作的活动，因此一切翻译的阅读也应当是一种双重阅读，既是传播性的也是解释性的文字。[41]带着"翻译违抗"（violence of translation）[42]的异化翻译并不是一种翻译策略，而

---

40 韩礼德：《功能语法导论》（第 2 版），彭宣维等译，北京：外语教学与研究出版社。2010 年。第 355，390 页。

41 Venuti, Lawrence. *The Translator's Invisibility: a history of translation.* 2nd ed. New York: Routledge. 2008. p276.

42 学界多翻译成"翻译的暴力"，但在韦努蒂的论述里，"violence"并非真正的暴力，主要指译者对原文所做的修改、增删等与原文向违背的行为。实际上这一术语的翻译也经历了"翻译的暴力"。

是对待外国文本的态度。

韦努蒂在评价 20 世纪美国著名诗人庞德的翻译时指出：庞德的翻译总是聚焦于能指，从而造成一种不透明的效果使之引人注目。其翻译既与原文有所区别，又和目的语文化所通行的文化价值并不一致。韦努蒂认为，庞德"使用纠结的句法、反复的头韵以及充满隐喻的古风语句"（gnarled syntax，the reverberating alliteration, the densely allusive archaism）来放慢原作的节奏，暂时抵抗了原作者的同化效果[43]。虽然这主要基于古英语诗歌《航海者》（Seafarer）的现代英译，但他对庞德的评价也适用于《华夏集》的英译。

同为杰出的诗人，克兰默-宾也让我们看到了那种译者有意为之的违抗，甚至可以说，克兰默-宾用英语诗歌的语言重写了司空图的作品。他在保留原有诗意、主旨的基础上，充分发挥了译者的主体性，在译作中加入大量的个人体验和感悟。当英文读者在阅读译文时，很有可能感受不到中国与西方语言文化差异所引起的隔阂，而是在欣赏一篇英语的杰作。同时，文中所描绘的意象又不知不觉将读者带到异域。当然，有些诗文的翻译略有过度阐释之嫌，是否歪曲了原作的意义，我们还需进一步考量。但是像《二十四诗品》这样的古典作品，即使在汉语语境下也留下许多猜想，我们又怎能苛责这位英文译者呢？

阅读克兰默-宾的译文，让人感觉似乎就是在阅读一首英文诗歌，尽管其中有一些东方的意象，保留了东方思维的神韵，但从语言文字上来看，译作如此流畅自然，不会让读者因中英语言文化的差异而产生阅读障碍。从《纤秾》与《精神》两篇来看，译者隐身于译文之后，悄悄抹去翻译的痕迹，似乎是韦努蒂笔下的"隐形人"。但是，从另一个角度来看，隐身的译者在翻译过程中为了使译文流畅、美好，贴近读者的阅读习惯，对文字精雕细琢，对内容偷梁换柱，甚至重名标题，改写篇章，实际上却极大地发挥了译者的主观创造性。艾略特评价庞德的译作时，曾称"庞德重新创造了中国诗歌"，克兰默-宾是否也重新创造了《二十四诗品》呢？从克兰默-宾的个案来看，他从不掩饰其对于中国古诗的喜爱与推崇，极力赞美司空图的深邃思想，这从其对司空图的介绍中就可以看出来。虽然他对原作进行了一些修改，但其本意并非抹杀中国古诗的特征，而是尽力通过自己的阐释与翻译来呈现中国古诗的意境。

但是，尽管他试图反映司空图的哲思，却并没有突出其"诗论"的一面。

---

43 Venuti, Lawrence. *The Translator's Invisibility: a history of translation*. 2<sup>nd</sup> ed. New York: Routledge. 2008. p29.

这不禁让人深思：在翻译中国古代文论时最理想的状态究竟是译者的隐身还是原作者的隐身？在这种协调过程，译者应该如何平衡读者的阅读习惯和原作的语言文化特点？译者如何在"信"的同时，隐藏或彰显译者的风格、品味？译者的主体性究竟应该放在什么位置？这些都是我们在翻译中国古代文论中需要进一步思考的问题。

## 第四节　厚译与描写：学者宇文所安在古代文论英译中的介入

"厚译"（thick translation）一词，脱胎于美国学者克利福德·格尔茨（Clifford Geertz）关于民族志研究的"厚描"概念（Thick Description，或译"深度描写"）。格尔茨的著作《文化的解释》开篇第一章，即为"厚描：迈向文化的解释理论"（Thick Description: toward an interpretive theory of culture）[44]。格尔茨借用英国哲学家吉尔伯特·赖尔（Gilbert Ryle）关于儿童眨眼的例子，说明在民族志研究中，描述的关键不在于对特定社会的精确描述，而在于抓住每一个细节，区分那些相同和不同，并思考差异产生的方式、角度、层面等，而且这应当是人类学表达模式的自觉体现。[45]这种自觉的阐释特性与翻译研究不谋而合，因此，很快在翻译研究中找到应和。1993 年，美国学者阿皮亚（Kwame Anthony Appiah）提出"厚译"（Thick Translation）概念。阿皮亚提出，翻译的意义转换过程不同于一般的交流会话，因为其跨语言、跨文化特性，源语言中的指称、概念在目的语中可能找不到对等的表达，译文读者可能

---

44 Geertz, *The Interpretation of Cultures: Selected essays.* New York: Basic Books. 1973. pp3-32.

45 赖尔曾在《关于思想的思考》一文中举例：两个不断眨眼的孩子看起来行为一样，但谁是生理性的眼抽动，谁是有意的眨眼，甚至是否二者存在模仿行为等，都需要进一步描述。赖尔认为，对二者进行区分，不但需要对该现象及其发生的情境作更详细的描述，还需要进一步阐释，因为二者相互依存，互相解释，在特定文化中对于二者的阐释是复杂而难以记录的，因此需要"厚描"。可见这种厚度不在于事实本身，而在于对事实的描述。格尔茨借用这一概念，引出人类学田野调查的案例，表明民族志研究中同样总是充满推论与暗示，说明民族志研究的解释性和建构性本质。参见 Ryle, Gilbert. "Thinking and reflecting" and "The thinking of thoughts", in *Collected Papers. Volume II: Collected essays 1929-1968.* London:Hutchinson. 1971.pp465-79, 480-496. 另 Geertz, *The Interpretation of Cultures: Selected essays.* New York: Basic Books. 1973. pp6-10.

会因为语境知识的缺失而产生阅读障碍。而"厚译"的方式通过添加各种注释、评论、导言、解读等，为翻译文本补足背景，从而保留一些原文本的语言文化特点，让读者置身于原文本的语境中，更好地贴近原作。[46]

"厚译"概念的提出，是对源语文化的尊重与理解，是对顺应目的语文化的归化翻译策略的一种反击，是对翻译实践中早已存在的注解式模式的理论总结与升华。它将翻译与解释、描写置于同一平面，让翻译活动介入语言、概念、文化范畴等相互影响的动态历史，突出译入与译出的语言文化差异。更重要的，"厚译"意味译者主体性的凸显，表现为译者在翻译中打破目的语优势地位、释放源文本"异质性"的努力。这种努力在文化特征明显的文本翻译中尤为突出，在中国古代文论的英译实践中有大量实例。由于文学思想极为复杂，中国古代汉语的表达方式与结构颇具特点，术语、概念、典故、修辞等多个层面的差异都很容易让读者产生阅读障碍，也是翻译家难以解决的问题。我们考察中国古代文论的主要英译，凡是有一定影响的译者，无不竭尽全力对文本做出注释，试图让英文读者一窥中国古代文论的真颜。这需要译者对翻译对象在中国文学史上的位置以及其阐释的历史有足够的了解，需要深厚的学术功底来支撑。

在各种汉学典籍中，古代文论兼具文学性与思想性，对译者而言是极大的挑战，这种特殊的性质决定其翻译主体以学者型译者为主。我们知道，译者有很多类型，有的译者本人就是创作者，比如巴金、鲁迅、周作人、冰心、杨绛等，既是声名显赫的大作家，又是成果斐然的翻译家；穆旦（查良铮）、黄灿然等既是诗人，又翻译了大量的文学作品。还有一些译者则同时是学者，他们的研究伴随着翻译活动进行，或者因为翻译而成为某个领域的专家，例如"歌德专家"杨武能教授翻译了大量歌德作品，"哈代专家"张谷若，因翻译哈代作品而深受读者喜爱。早在 18 世纪初，一些中国古代典籍就被译为英语，早期的译者主要是传教士、外交人员、商旅人士等，除了本来的身份以外，也可能身兼多种职责，在教育、新闻、政治等领域发挥作用，在当时的中外文化交流中扮演了重要的角色。一些来华人士回国后成为汉学专家，使中国典籍的翻译进入学者型翻译的新阶段。比如在 19 世纪，理雅各成为牛津第一位汉学讲席教授，翟理斯成为剑桥大学第二任汉学教授；20 世纪，伦敦会教士修中诚

---

46 Appiah, Kwame Anthony, "Thick Translation", in Lawrence Venuti (ed.) *The Translations Studies Reader.* London: Routledge. 2000

先后任教于牛津大学、美国加州大学。他们在大学等研究机构从事汉学研究，培养学生，使欧美的汉学得到系统发展。他们的教学及汉学研究与翻译活动紧密交织，是不折不扣的学者型译者。在后来的古代文论的翻译者中，除了少数例外（如前所述偶译《沧浪诗话》的张彭春、将《二十四诗品》作为诗歌翻译的克兰默-宾等），大多数译者都是从事中国语言、文学、历史、哲学等研究的学者。其中宇文所安作为哈佛大学东亚系与比较文学系的教授，译著丰富，可谓将翻译与教学、研究完美结合的典范。他的《中国文论读本》[47]不仅仅是中国古代文论作品的选编和翻译，还融合了大量注解和阐释，汇集了他本人对中国古代文学思想的深刻而独到的见解。为了让英文读者了解中文原文的模样，宇文所安采用了相对"笨拙"的方式，牺牲译文的文雅也在所不惜。他通过对翻译过程、文本背景的阐释，对文本意义的历时性解说，叠加各类注释，形成一本厚厚的"读本"（Readings），以期完整地讲述中国古代文论的故事，这很好地说明了中国古代文论的"厚译"模式。

《中国文论读本》的"厚译"，主要通过几种形式来"描写"：一是阐释，二是注释，三是附录[48]。

## （一）《中国文论读本》的文外阐释与文内阐释

《中国文学读本》基于一门给西方学生讲中国文学理论的课程，因此其主要目的是将中国文学思想的精髓传递给西方读者。如何以"世界文学"的视域看待中国文学思想的独特性，如何阐释中国文学理论就成了最重要的问题。该书中的阐释可以分为文外阐释与文内阐释两种。

文外阐释即对于翻译过程、翻译理念、文本背景的阐释；一般通过序言、前言、导读、后记等副文本来实现。宇文所安在英文版序言中解释了撰写该书的原因和背景，并特别说明了文本选取的基本原则，他清楚不可能囊括两千多年中国文学史的批评传统，因此按照时代选取了一些坐标式（landmarks）的文本，以便日后在这一开放的结构中加以补充。中译本的序言则进一步阐明本书

---

47 即 *Readings in Chinese Literary Thought* 英译名《中国文论：英译与评论》。因本部分有些内容参照英文本，且作者在中译本序中也称《中国文论读本》，故后文在指称该著作时有时使用这一名称。

48 严格来说，注释也是一种附录，但是因为注释与文本翻译、评论的关系更紧密，且在中国文献中一般注释不是放在全书末尾，而是放在页下或章节之后，与书末的其他内容不太一样（该书英文版正式如此处理），所以我们将注释与其他附录分开来讨论。

的另一个目的：在"观念史"的研究方法之外提供新的研究路径——视文本为思想过程。在原著问世十年之后，作者重新思考了中国文学思想的研究，并提出一些方向性建议，如文学理论与社会学、历史研究的融合。中译本在英译本序言的基础上增补的内容，反映了译者（同时也是研究者）在译后对翻译的缘由、目的、文本选择等问题的历时性反思。

另一重要的文外阐释是该书的"导言"部分。在导言中，宇文所安解释了中国古代文学思想的传统及其话语体系，并梳理了中国文学思想资料的多种形式，以术语、论说等为例，说明中国文学思想的多样性及其异于西方文论的言说方式。最后，他对翻译的体例作了解释。每一段翻译，都是在将历史悠久的传统中"发展起来的一套概念语汇，翻译给另一个拥有一套完全不同的概念术语的传统"，难度不言而喻。在他看来，"对于思想文本，尤其是来自中国的思想文本，翻译的优雅往往表明它对译文读者的概念习惯做了大幅度让步。……在中文里原本深刻和精确的观点，一经译成英文，就成了支离破碎的泛泛之谈。唯一的补救之策就是注释，如果不附加解说文字，那些译文简直不具备存在的理由。"同时，他又指出"注释必须节制。"[49]他一方面试图通过文本的选择、翻译、评论、注释对中国文学批评史进行深度描写，一方面又意识到这种描写方式的种种不足。"导言"为全书提纲挈领，表明贯穿本书翻译与评论的关键问题，阐明翻译过程中影响策略的基本原则，为具体的译文和文内阐释提供了很好的注解。

文内阐释主要指对文本本身的阐释。《中国文论读本》的基本表现形式为一段原文，一段译文，然后是评论。这些评论针对原文相关的问题进行详细讨论，根据所选资料的特点，或对字句详尽解释，或对术语作文献考据，或以西方文论比较、对照、互证，涉及内容丰富多样，形式不一而足。例如，曹丕《典论·论文》和欧阳修《诗话》被更多地当作文学作品处理，因此其评论部分更接近内容赏析；又如《文赋》与《二十四诗品》既被看作文学思想，又被视为文学作品的文本，如果不详细分析诗行字句，不借鉴前人的阐释传统，单从译文是无法让读者理解其真实面貌的，所以宇文所安追随中国古代的注疏传统，逐字逐句进行注解。以《文赋》为例，他首先从思想、语言、篇章特点几个方面对陆机《文赋》进行介绍，然后在每段原文与译文之后详细讨论该段出现的

---

49 宇文所安：《中国文论：英译与评论》，王柏华、陶庆梅译，上海：上海社会科学出版社。2003。第14页。

重要字词，并在前人注疏的基础上，梳理该词的含义及演变历史。值得一提的是，作为跨语言的翻译者和解释者，他非常关注中国文学思想语汇与西方文论话语的异同，因而对一些不太会引起中国读者注意的概念做出了新的阐释。比如《文赋》第一句"余每观才士之所作，窃有以得其用心"，他的翻译是：Whenever I consider what is made by persons of talent (Cai*),there is something within me that lets me grasp their strenuous efforts (or "use of mind", Yong-hsin)。其中"才"与"用心"都标注了拼音，并在附录的术语列表中有更详细的解释，但是对于一般中国读者习以为常的"所作"（特别是动词"作"），他却花了大量篇幅来讨论。他没有简单的将"所作"理解为"诗作"（poi ê sis）或"创作"（creation），而是追溯"作"的早期含义，将中国古代的"圣人之作"与西方关于诗作和创造的概念相比较，说明二者的差异[50]。这一阐释不但解释了其翻译的结果，还拓宽了读者对古代文学思想中"作"的理解视域。在其他章节中，宇文所安虽然不一定如此逐字逐句的解释，但这种对译文的中西互证的文内阐释却俯首可拾，充分显示了他的译者主体性。

## （二）《中国文论读本》的注释

除了对文本的阐释以外，译文还包括大量注释。《中国文论读本》和大多数西方学术著作一样，主要采用尾注的形式，将所有注释置于全书末尾，并分章节列出，对引文出处、译者见解以及其他需要解释的问题加以注释。这一方面是西方学术著作的传统，另一方面是为了保证文本阅读的连贯性。中文版对这一模式进行处理，将注释移至每章之后，这很可能是受中国传统学术文献评注模式的影响。我国传统文献中，往往通过夹注、眉批、旁注等形式与文本并置，对原文本进行阐释，最终与原文本融为一体，成为经典的一部分。《中国文论读本》的中文版在注释形式上的改变，反映了中外文献撰写方式及其背后的思维差异。从功能来看，大致可以分为指示类注释、解释类注释、存疑类注释、互证类注释、见解类注释、翻译类注释等。

### 1. 指示类注释

主要对本书他处已出现的词句解释或来源于本书以外其他文献的相关引文、注释做出标识。任何一部学术著作中都必然提及前人的言论，古代文论的

---

50 宇文所安：《中国文论：英译与评论》，王柏华、陶庆梅译，上海：上海社会科学出版社。2003。第 80-81 页。

形成同样受到前人的影响。各个时期的中国古代文学思想都是对之前时期文学思想的不断承袭、反思、阐释，因此总是指向过去的文献，包含大量直接或间接的引用。此外，宇文所安本人在翻译和解读这些文献时，也涉及对各种文献的引用。在该书中，引文的出处都以尾注的形式注出，统一放在书后。例如：

（1）第一章注释 3: See Ch'en Shih-hsiang, "In Search of the Beginnings of Chinese Literary Criticism," in *Semitic and Oriental Studies: A Volume Presented to William Popper on the Occasion of His Seventy-fifth Birthday.*

指向陈世骧的论文，说明相关观点的出处。

（2）第二章注释 21: From Wang Ch'en's 王沈 *Wei shu* 魏书, cited in P'ei Sung-chih's 裴松之 commentary to the *Annals*, in the *San-kuo chih*, p.888

引文指向原始文献及转引文献，是典型的引文出处。

（3）第三章注释 19: see pp.35-36....

回指本书第一章出现过的内容。

## 2. 解释类注释

解释类注释又可称为知识类注释，主要指字词的意义解释和人物、典故、事实、校勘及一些专有名词的解释。古典文论中必然涉及大量中国古代文化知识，其中有不少知识点对中国读者来说也未必人人皆知，特别是影响文本理解的知识点更需要进行注释。此外，由于这些问题影响译者的翻译结果，有时宇文所安也会对翻译的处理做出解释。例如：

（1）导言注释 2: Tzu, translated here as the "literature of knowledge," was one of the four divisions of traditional Chinese bibliography, the others being Confucian Classics, history, and belles letters.

是对"经史子集"中的"子"作解释，属于中国传统文化概念的解释。

（2）第二章注释 9: The graph 乐 has two pronunciations: *lo* meaning "delight" and *yüeh* meaning "music." Hsün-tze is playing on the tautology.

说明"乐"字的多音义项，属于字词意义的解释。

（3）第二章注释 18: *Ch'ing* is an emendation. The original text

read *ching* 静，"calm"．

说明文中的"情"在原文基础上作了校改，属于校勘知识。

（4）第三章注释 4：Fu Yi, writer of prose and fu, and Pan Ku, historian and writer, were perhaps the most eminent literary men of the second half of the first century…

涉及人物傅毅、班固的介绍。

（5）第三章注释 9：literally, "they gallop Y's and Lu's," the names of two famous steeds of antiquity.

解释了古代马名"骥""騄"，涉及古代文化知识中的动物。

（6）第四章注释 30：Another legend had it that when Yü was controlling the great flood, a sacred tortoise appeared in the Lo River, which carried the "nine Divisions," nine sets of enumerated categories which comprehended the operations of nature and the state. They appear in the "Great Plan," Hung-fan 洪范，　chapter of the Book of Documents.

这是讲述"河图洛书"的传说典故。

（7）第四章注释 86：……The translation "form has been used to keep these concepts broad in English, but here an essential distinction exists in the Chinese: hsing stresses determinate externality; t'i stresses normative quality.

译者解释自己把"形"译作"form"的原因（因前文将"体"也译作"form"），并指出汉语"形"与"体"的本质区别，这为翻译的不足作了额外补充。

### 3. 存疑类注释

存疑类注释主要是说明译者本人也不清楚或没有定论的问题。翻译中译者往往面对多种选择，这类注释澄清译者对一些概念、观点的个人理解，同时也说明翻译可能存在多种结果，使呈现出来的翻译文本更具有开放性。例如：

（1）第三章注释 4：……It is not clear whether the "relation of a younger brother　（literally "middle brother,' implying the existence of others still younger）　to an elder brother" refers to a personal friendship or comparison of quality……

这里表明译者本人也不能判断此处"伯仲之间"是指二人友谊还是暗示二者高下，是译者本人未有定论的问题。

（2）第四章注 109：It is unclear whether this principle applies to different trees, to the parts of one tree, or to the development of a single tree through time. This ambiguity in the analogy opens a wide variety of possible application s to literature.

宇文所安对《文心雕龙·通变》中"譬诸草木，根干丽土而同性，臭味晞阳而异品矣"提出疑问，不清楚刘勰的比喻究竟是指草木的部位还是草木的生产过程，这一疑问既说明中西方隐喻思维的差异，也表明他对自己翻译结构所持的开放态度。

### 4. 互证类注释

主要是通过与其他文本比较，参照不同理论、观点、文献之间的相似或差异等关系，达到探求和判定某个问题的目的。这种互证可以是汉语内部的，也可以是跨语言文化的。例如：

（1）第四章注释 36：Hsü Fu-kuan....modern scholar...... T'ang commentator...... Lu Chi..... Yen Yü.....[51]

译者将陆机、唐以前的评家、严羽及现代评论家如徐复观等人的观点对比参照，来讨论陆机《文赋》中"物"的含义。

（2）第五章注 167：perhaps the closest analogy in English can be found in editing Shakespeare's sonnets, where wonders can be worked in the understanding of lines by moving commas.

译者阐释《文心雕龙·章句》中"句者，局也"时，从句法与篇章意义的关系出发，讨论句读对理解的意义，在注释中，他用莎士比亚诗歌编撰的例子来进行对比与互证。

### 5. 见解类注释

见解类主要是译者本人针对文本涉及的理论性问题提出个人看法，反映了译者在翻译、研究的过程中对文本的独特理解。这类注释大多较长，此处就不一一例举。

事实上，各种注释的分类并不是泾渭分明，只是从其功能方面做一个概括。各类注释常常互相交叉融合，译者的个人见解在引述、互证、质疑中随处可见。总之，《中国文论读本》中注释非常丰富，对任何有兴趣了解中国古代

---

51 因该注释较长，不全文录出，请参阅 Stephen Owen, *Readings in Chinese Literary Thought*, Cambridge, MA: Harvard Council on East Asian Studies, 1992. P 603.

文论的英文读者来说，无异于重要的阅读指南，对爱好中国文化的读者来说，也是丰富的知识宝库。注释旁征博引，不但有中国历代关键评注，还有西方理论、事实的参照，在加上译者个人的见解，即使对中国学生来说，也提供了进一步了解中国古代文论以及世界文学思想的途径。

### （三）《中国文论读本》的附录

宇文所安在中文版前言中提到："这本翻译加解说的选集……从一开始就注定要走向笨重、繁冗。"[52]他在解说与注释外，还在书末添加了厚厚的附录，包括术语集释、参考书目、引用文献、索引（包括术语和概念、作者和书名、文献来源等）。引用文献及其他索引主要是依照西方学术文献撰写的惯例，将文中引用的书目、重要概念、人名、文献等列出，并指出其在正文中出现的页码，方便读者快速检索。但术语集释和参考书目则是宇文所安为本书专门设置的。

宇文所安梳理了中国古代文论中出现的重要术语按拼音顺序依次列出，附上中文名，做出详细的解释，说明这些术语包含的多种意义以及解释的历史。凡是在正文中出现并有必要参照其固定术语意义的字词，均在后面加"*"号。这样做的好处是在正文的翻译与评论中可以避免一些不必要的重复，即使有意义上的差异，也可能用一致的方式来处理，因为读者可以参考术语集释中的解释来进一步理解译文及原文。参考书目是在引文文献之外，按照国别、主题、形式等列出中国古代文论的重要参考书，这对于学习、研究中国古代文论的人来说，是一份扎扎实实的学习指南，方便读者拓展研究视野，真是裨益良多。

宇文所安和克兰默-宾是两个截然不同的译者。宇文所安以翻译为教学、研究的必经之路，他厚厚的译评也许在某些地方不得不放弃一些文本的美感，但是却有着世界文学的眼界，从精神上描述了多样态的中国古代文论，这也是为什么他的译作又重新被译成中文并备受比较文学及文艺学研究者、学习者的青睐。他在正文之外，通过厚厚的附加材料，将中心内容紧紧包裹起来，形成一个不可分割的整体，尽力使不完整的选本更完整地描述中国古代文论的特点。克兰默-宾更多地体现了他诗人的一面，在对《二十四诗品》的翻译中，他极大地发挥了译者的创造性，重新建构起唐代诗人的精神世界。不论是学者型的译者宇文所安，还是诗人型的译者克兰默-宾，都在翻译中宣示了译者的存在，介入原文本在目的语环境中的重新阐释和建构过程。

---

52 宇文所安：《中国文论：英译与评论》，王柏华、陶庆梅译，上海：上海社会科学出版社，2003，第12页。

# 第三章 中国古代文论关键词翻译和话语秩序的建构

关键词的阐释，是中国古代文论研究中一个重要的问题，近来颇受关注。但是，目前国内的关键词研究主要集中在文化关键词的研究中，即使讨论文论关键词，也常常从西方文论的视角出发，以雷蒙·威廉斯的"文化关键词"研究为基础，循索绪尔以来的"语言学转向"而展开。纵观中国古代文学研究领域，对关键词的研究也取得了一些重要成果，如李建中教授在多篇论文中讨论了中国传统文化关键词及其在文学思想中的体现，将中国文化关键词的根源追溯到轴心时期，分析并总结了"前关键词时期"的研究范式[1]；张晶对中西文论关键词的联系与差异加以比较，提出二者的比较不仅是可能的，也是必要的，并指出："关键词研究作为一种研究方法，其实古已有之，只是在现代才走向自觉，并且在更为精深的理论指导下，具有更强烈的现代意味。"这些研究探讨了中国古代文化及文论关键词在文学理论建构中的重要作用，推动了中国古代文论研究的发展。但是，不得不承认，关于这一问题的思考还不够系统、深入，大有进一步研究的空间。

## 第一节　关键词研究与中国古代文论的翻译

以往学者们对于中国文论关键词的阐释，主要是以中国古代传统训诂学

---

1　参见李建中：《中华元典关键词的原创意蕴与现代价值》，《文化关键词研究》第一辑，武汉大学出版社，2014年；李建中：《词以通道：轴心期中国文化关键词的创生路径》，《社会科学战线》，2013年第4期，第9-14页。

为基础的历时研究，梳理历代学者的论点，在辨析、比较、喻论中逐步确立关键词的内涵。这一方法能深入探讨关键词意义的产生、发展源流，但是一般局限于中国文化语境之下，缺乏世界的视野。现有的中西文论关键词的比较将中国文论关键词置于世界文学的背景中，但数量有限，且往往是理论论证，缺乏具体的实践论据。事实上，中国古代文论思想要走向世界，翻译是其必经之路。翻译中的关键词研究，恰恰可以弥补现有文论关键词研究的缺憾。不仅可以兼顾历时、共时两个方面，还可以能更好地将中国古代文论思想推介给世界。

中国古代文学批评离不开各种关键词的交织、互文，有时文论本身就是以关键词为核心构成的文本。刘勰《文心雕龙》五十篇，除《序志》外，上篇原始表末，解义释名，下篇敷理举统，雕采论文。每一篇题名或表文体，或论创作，无一不是中国古代文学思想史上的关键词。司空图《二十四诗品》更是将诗歌品格浓缩为"雄浑""冲淡""纤秾""沈著""高古""典雅""含蓄""流动"等二十四个关键词，以诗论诗。其他如曹丕《典论·论文》、陆机《文赋》，不仅涉及"气"、"神思"等关键词，同时也是关键词"文"的重要注解。因此不谈关键词，根本就无法对中国古代文论进行深入研究，更不可能认识中国古代文学思想的本质。

不少关键范畴在中国传统文化的长期积淀中产生，含义往往复杂多元，即使是国内学者也多有争议，翻译者更容易产生误解。译者在阅读原文本后，翻译既是一种对原文本意义解析、语言解码的实践活动，也是译者自身思想的体现。中国古代文学的翻译因其独特的语言特征和创作特点，向来被认为是非常艰难的事业，而兼具思想性和文学性的古代文论更是难中之难。其中，关键词的翻译问题就是一大难点。有些关键词以象喻义，其丰富的内涵浓缩在一个具体的意象中，这对译者来说是一个巨大的挑战。直接以"象"译之，在不同语言中其"所指"可能大不相同；以"意"译之，其意义的多元性、含糊性又难以一词概括。在这种纠结煎熬中，好的结果可能差强人意，但也可能因为译者对关键词的不够了解而直接出现误译。

有趣的是，一些明显的误译在目的语境中经过长时间的扩散、接受，却可能产生新的内涵，丰富目的语的词汇系统，甚至成为经典的误译。还有一些翻译看似过于简单，实际却有一定道理，并且在历经岁月洗礼后逐渐沉淀下来，被接受、被使用，成为新语境中的新词语、新意义，这就是关键词在另一种文化语境下的意义模筑作用。例如《文心雕龙》中"风骨"一词的翻译，就是这样的例子。1959 年，当《文心雕龙》的第一个全文英译者施友忠将"风骨"译为 wind and bone，招致一些汉学家、翻译家的质疑。如霍克斯就认为 wind and bone 太浮于表面，无法让英语读者获得足够的信息[2]。国内学者也对此有所感悟，如曹顺庆、支宇所言："'风骨'英语翻译的尴尬状态所反映的并不仅仅是两种语言文字表面的差异，而且更是深层话语体系的异质性差异。其中所涉及的关键性问题就是异质话语的对话问题。[3]"然而，后来的译者和研究者却有不少采用了施友忠的译法，如宇文所安的 Wind and Bone, Feng-ku，杨国斌的"Wind"and"Bone"等。这一关键词的翻译由被批判到被接受，实际上创造性地将原本专属于中国古代文论话语的范畴引入英语话语，"反映了话语参与者之间的互动和平衡关系，及其对话语秩序的影响"[4]。

　　类似的这些中国古代文论中的关键词往往拥有很强的生命力，也是中国文学史发展、变迁的见证和产物，在不同的历史时期，文人对关键词的意义内涵作出各自的解释，形成关键词的不同内涵。对特定时期关键词的内涵一一分析，辨别其在不同时期、不同流派论说中的意义取向，可以还原不同时期的历史文化背景，透视当时的文学思想，亦可管窥当时的人文社会和世界观。在此基础上，再与西方关键词进行背景的比较，从而确定翻译时选用的词汇是否恰当，有多少契合，有多少叛逆，又有多少创新；探究何种翻译最能反映源文化内涵，何种翻译更容易被目标文化所接受，这种种讨论将会推进中国文论关键词的研究，并促使中国古代文学文论的话语体系进一步世界化。

　　此外，中国古代文论关键词不仅是中国文学批评史中单个的专业术语，还是该领域的重要范畴，其研究本身就代表了一种研究方法，是文论研究的新范式。研究关键词时，其基本要求是历时地看待一个词语或概念，研究它在生成和发展中经历的种种变化，以此凸显社会历史的变迁和文化的发展演变。具体到中国古代文论关键词的翻译，首先我们要注意文论关键词的演变与中国文学批评史的关系，通过关键词的意义来探索中国古代文学思想的发展，因为关键词意义的历时挖掘和共时辨析往往反映了文论思想的变迁。第二，我们要注

2　Hawkes, David. "Reviews on *The Literary Mind and the Carving of Dragons*". in *The Journal of Asian Studies*, Vol.19, No.3, 1960.p332.

3　曹顺庆，支宇：《在对话中建设文学理论的中国话语——论中西文论对话的基本原则及其具体途径》，《社会科学研究》2003 年第 4 期，第 138-143 页。

4　详见刘颖：《从〈文心雕龙〉"风骨"英译及阐释看关键词的重塑和话语秩序的建立》，《中外文化与文论》第 17 辑，四川大学出版社，2009 年 2 月。第 49-60 页。

意不同文学流派，不同文学理论家使用关键词的"共性"与"个性"。"共性"植根于这些文论关键词的元文化背景，比如中国传统的思维方式、共有的世界观，相通的哲学思考等；"个性"则基于不同理论家的时代特征、个人文学体验等。甚至在同一个文本中，这些关键词也可能指向不同的意义。例如，同样是"文"，有时可以理解为"文采"、"文学作品"，有时却要追溯到最初的"错画"[5]，需要理解为图文、样式，因而可能译为"pattern"。翻译时尤其需要注意这些"个性"。第三，文论关键词研究本身是"跨文化、跨语言、跨学科的研究，同时也是影响研究"[6]，文论关键词的翻译更是离不开其在不同语言文化中的变化、影响。总之，中国古代文论关键词的翻译，必须立足于关键词意义的历时研究，同时借助中外文论术语概念和意义的横向比较研究，再经慎重思考，最终得出翻译结果。这种结果不一定（实际基本不可能）是完美的，但重要的是翻译过程中的种种思考，不同结果在目的语语境中的接受情况，以及其在目标社会文化中所发生的改变。当下很多文化的冲突与融合就体现在关键词新产生的意义内涵中，因而对中国古代文论关键词的翻译与传播作深入的研究，不仅有利于我们对中国古代文论关键词的发掘与继承，还能帮助我们梳理异质语言文化交流、碰撞时发生的种种复杂因素，思考中国古代文学思想独有的价值和特点，在与其他语言文化的交流互动中增加丰富的内容，使中国文学在当代世界获得新的意义。

目前，经由传教士、汉学家、当代学者的翻译、研究及诸如此类的努力，一些中国传统文化关键词已经逐渐在异国语境中形成意义记忆。比如"道""阴阳""风水"等，在其他语言中以源语形式也即音译的形式占有一席之地，丰富了世界语言的内涵。什么时候"风骨""神思""气""味"也能以同样的方式成为世界文明中世人共享的关键词呢？这正是关键词翻译及研究的最终目的。

# 第二节　中国古代文论关键词"文"的英译实践

古代文论著作是中国古代文学家、思想家留下的瑰宝，反映了中国古代文学的特点以及古人对文学的反思。古代文论在转换成现代汉语时，也可能产生

---

5　《说文解字》："文，错画也。象交文。凡文之属皆从文。"

6　高玉：《文论关键词研究的理论基础与学术模式建构》，《社会科学战线》，2020 年第 10 期。第 182 页。

意义的增减、扭曲，要翻译成完全不同的另一种语言更是异常困难，但又实属必要。翻译活动中不仅涉及到翻译者对文本的理解，还涉及到不同文化背景中观念的碰撞。要使中国古代文学在"世界文学"语境中共生、共进，要得到"信""达""雅"的译文，就非得下一番苦功不可。对于关键词的翻译，就很好地体现了译者对原文字句的文化内涵乃至历史渊源的了解，既是国外读者理解中国古代文学思想的关键，又能为母语读者的深入研究开疆拓宇。一般而言，我们母语者在看到一些关键词时，由于和作者具有共同的历史记忆和文化语境，已经习惯将其作为模块整体理解。译者在翻译关键词时则需对源语反复咀嚼，不断玩味、考证，从而不得不思考一些母语阅读者容易忽视的问题。对于母语者而言，历代文论著作是构成社会群体文学常识的重要部分，这些关键词也或多或少被打上集体意识的烙印，其含义可谓"不言而喻"。这种"无需多言"的理所当然，反而使得母语者对关键词疏于细致的考问。可是译文的读者并不具备这种长期积淀下来的共同认识，也无法体会这些关键词的深意，故译者须从目的语中寻找最能表达原意的话语。比如评论《文心雕龙》时，刘知己说"体大虑周"，鲁迅则说"解析神质，包举洪纤"，可是究竟什么是"体"，什么是"神质"，非母语读者就摸不着头脑。译者作为特殊的读者，是源语与目的语之间的通灵人，必须思索这些母语读者不太会深究的问题。这些中国古代文论关键词的翻译过程，本身就是理路研究的重要组成部分。因此，笔者以几个关键词的英译现状为例，探讨古代文论关键词翻译实践的困境，并试图提出解决的办法。

## 一、"文"的复杂与含混

　　"文"作为中国文化当之无愧的关键词，当然也是中国古代文论中重要的关键词。《说文》道："文，错画也。象交文。"故文为相交的图案。在《易·系辞》言："物相杂，故曰文。"所取与此类似。《周礼·考工记》中"青与赤谓之文，赤与白谓之章"，意思是青、赤交错起来形成的色彩图案叫做"文"，则"文"与"章"各指两种不同的色彩图案。这也仍是从色彩花纹的含义。《说文序》中又说："依类象形，故谓之文。其后形声相益，即谓之字。"可见这时"文"已可用来指文字初创时出现的文字符号。《广雅·释诂》说："文，饰也。"《释名》中则说："文者，会集众采，以成锦绣。合集众字，以成词义，如文绣然也。"[7]可见"文"的视觉美学含义逐渐拓展延伸到文字文章的美了。后来的古文字学家章太炎认为一切著于竹帛者皆可称为文章，而与其同时代的刘师培则对"文"的含义进行考证，从审美的角度，把凡是有所呈现，给人以感官美的事物都看做"文"，所谓"言语既然，则笔之于书，亦必象取错交，功施藻饰，始克被以文称"[8]。追溯起来，中国古代关于"文学"的概念正是在"文"这一关键词的元初意义基础上逐渐发展起来的。

"文"的含义非常复杂，包含甚广，甚至可以说"文"这一关键词涵盖了整个中国传统文化的方方面面。在具体应用中，"文"可以用于人物的品评，如"文王"这一谥号就寄托着后人对姬昌的崇敬与哀思，暗含对其赫赫文功的赞赏。孔子叹曰："文王既没，文不在兹乎！天之将丧斯文也，后死者不得与于斯文也；天之未丧斯文也，匡人其如予何？（《论语·子罕》)"此中"文"则由周礼延伸至文明礼乐、政事法规等方面。探讨"文"的重要文论著作《文心雕龙》，不仅题首第一个字是"文"，开篇第一个字也是"文"："文之为德也大矣，与天地并生者何哉！"他从日月山川、林籁泉石、云霞草木、动植生灵等天地万物自然呈现的"文"出发，进而谈及作为天地之心的"人"之"人文"。他先放眼宇宙，在聚焦微观的人，由天地"道之文"到自然万物，再到万物中的有心之器——人。接下来又从河图洛书所呈现的朴素自然图案出发，论及太极，易象，由文字、文章而再返"道之文"。在这样一个既闭合又具开放性的整体中，刘勰以"文"的历史词义为中心，融合了"文"的多重含义，从自然之"形文""声文"转而指向"人文"，创造性地解释了这一复杂可变的概念。

国外学者对这种中国古代文字/文学的自然观多有关注。比如宇文所安就在谈及《文心雕龙》时提到，"文"是万物自然秩序最终的"圆满实现"（"entelechy"），而人作为有心之器，其"文"的外部表现形式就是文字、文章。因此，中国古代的文学观就不同于西方的模仿观，文学作品不是对自然的模仿，而是这种体现的最终结果。作者不是通过作品"再现"外部世界，而是达成最后这一阶段的媒介。因此，不论是作为"文字"的"文"还是"文学"的"文"，不是人模仿自然的创造性行为，而是自然万物的一部分。宇文所安

---

7 毕沅注："当云文，彣也。""彣"同样可指错综斑驳的色彩和华文，也可指文采，才华，《集韵》认为古通"文"。见清王先谦撰集《释名疏证补》，上海古籍出版社，1984.卷第四，《释言语第十二》。
8 转引自董丽娟：《浅析刘师培的文章起源观》，《内蒙古师范大学学报》（哲学社会科学版），2013年1月第1期。48-51页。第50页。

指出，正因为如此，诗人追随孔圣，以"述而不作"的方式书写诗篇[9]。海外汉学家余宝琳也持类似的看法，认为中国古代的诗歌与西方诗歌不同，记录了"诗人对周遭世界的实际反映，而诗人自身就是这个世界不可或缺的一部分"[10]。张隆溪则对这种观点提出反驳，认为这种文学创作自然观抹杀了中国古代文学的创造性，而文字的自然观则显然受到费诺罗萨和庞德《汉语作为诗歌的媒介》中观点的影响，实际上是一种误解[11]。

诚如张隆溪所言，不少汉学家的评论隐隐否定中国诗歌的创造性、虚构性，过分的文化相对主义可能造成中西文化交流的障碍。尽管如此，我们不得不承认，从"文"这一关键词含义的流变中，我们确实看到中国古代文学批评中"天人合一"概念的影响，这一点与西方传统的模仿、创造文学观是不太一样的。文的含义如此复杂，有时让译者无从下手。苏源熙曾在一篇专论"文"的文章中表示，刘勰融合了"文"的多种含义，"包括标记、图案、条纹、斑点、皱痕、纹路、螺纹、彩条；书写、图表、表达、作文；仪礼、文化、文饰、教育、装饰、优雅、文明，有时与'武'相对，有时与'诗'相对"，因此他"对于'文'的翻译犹豫不决"[12]。

## 二、《文赋》题目中"文"的英译

面对中西文学创作观的差异及"文"的复杂多变，在古代文论的翻译实践中究竟是怎样处理这一关键词呢？我们看到，在不同的文献和不同场合中，翻译家的处理都是非常不一样的。以《文赋》为例，文题翻译各有不同。陈世骧译为"Essay on Literature"[13]，牛津大学教授修中诚译之为"The Art of Letters: Lu Chi's 'Wen Fu'"[14]，方志彤译为"Rhymeprose on Literature"[15]，美国诗人

9　Owen, Stephen. *Traditional Chinese Poetry and Poetics: Omen of the World*. Madison: U of Wisconsin P, 1985. p84

10　Yu, Pauline. *The Reading of Imagery in the Chinese Poetic Tradition*. Princeton: Princeton UP, 1987. p35.

11　Zhang, Longxi, "What is wen and why is it made so terribly strange?", in *College Literature*,1996. Vol.23, No.1, pp15-35.

12　Saussy, Haun. "The Prestige of Writing: Wen, Letter, Picture, Image, Ideography". *Sino-Platonic Papers*, No.75,1997. pp1-40.

13　Chen,Shih-hsiang. *Essay on Literature*. Portland, Maine: The Anthoensen Press,1953.

14　Hughs, E. R.　*The Art of Letters: Lu Chi's "Wen Fu"*, A. D. 302. New York: Pantheon Books Inc, 1951.

15　Fang,Achilles. "Lu Ki's Rhymeprose on Literature", in *New Mexico Quarterly*, Vol.22, No.3,1952. pp269-287.

萨姆·哈米尔（Sam Hamill）译为"Wen Fu: The art of Writing"[16]，余宝琳用过"Exposition on Literature"[17]，宇文所安译为"the Poetic Exposition on Literature"[18]。这几个比较典型的翻译，分别用了"letters""literature""Writing"等翻译"文"。这些选择有何共性与特性呢？事实上，这三个词在英语中有着非常紧密的联系。首先，早在12、13世纪，"letter"除了字母的含义，就有文学、书写、学问等意思，通常认为这与表示字母的法语词"lettre"及拉丁语"literra 或 litera"有关。当用复数形式时，法语 lettres 法语常涉及文学，如 belles lettres 指"美文、纯文学"，这一词在英语书写中也常被借用。又如英语短语"man of letters"通常指文人、作家，采用的也是此意。拉丁语 literra 常指字母、书写、书信、文件等，但复数形式也可指文学、文献、书籍，由此引申为学问、教育等意思。而汉语中的"文"具有同样的性质，也是涵盖了文字（与字母相比），书写、文学、学问等多种含义。由此可见，修中诚选用"letters"是经过了慎重考虑的，试图表达关键词"文"的综合多义，通过西方术语"letters"得到复写。

但是两位华裔学者都选用了"literature"一词，似乎回避了"文"的其他含义，这又是为什么呢？其实，《文赋》作为中国文学批评史上最早的完整的文论作品，以"赋"的形式畅谈诗文创作过程，兼具艺术与思想之美。题之以"文"，并非指向文学作品本身的铺陈叹誉，而是讨论"作文之厉害所由"。"文"不但与文字、书写没有多大关系，甚至不是讨论文学作品优劣的。故钱钟书称"《文赋》非赋文也，乃赋作文也。"[19]也许正因为中国学者对于《文赋》性质的一些共识，两位译者更强调"文学创作"之意，而采用了"literature"一词。此外，"literature"的词根就是拉丁语"litera/littera"，和"letter"是同源词，因此"literature"从词源来看，又是可以覆盖文字、书写、文献等意的。与此相比，哈米尔采用"writing"更突出了了文本被书写的过程，这一点与陆机本意相符。但是，"writing"不仅可以表示文学创作这一书写过程，还常常表示书写这一行为、动作，如文字的书写，书信、文件的书写等，因此又容易产生一些误解。

---

16 20世纪80年代，萨姆·哈米尔翻译出版该译本，我国"中华大文库"经典英译系列采用该翻译。

17 Yu, Pauline, *The Reading of Imagery in the Chinese Tradition*. Princeton: Princeton University Press, 1987. p160.

18 Owen, Stephen. *Readings in Chinese Literary Thought*.Cambridge, Mass: Council on East Asian Studies, Harvard University,1992. pp73-181.

19 钱锺书：《管锥编》，北京：中华书局，1979，第1206页。

比如讨论书法艺术的作品，似乎也可以冠之"Art of Writing"。事实上，西方有不少著作以"art of writing"为题，有的探讨写作的艺术，有的从技术层面探讨写作，还有的就是讲书法艺术的。因此，这一翻译显得有点缺乏针对性，不能从题目上很好地提示内容。

不过，我们注意到，译者大多点出作者名和《文赋》原拼音，直接用 wen 指代"文"。这一策略在保存和表现《文赋》的异质性方面起到了一定作用。"文赋"中的"赋"作为中国古代文体的关键词，其翻译同样值得关注，这一点我们在后面的章节详细讨论。

## 三、《文心雕龙》中"文"的英译

前面提到，《文心雕龙》中对"文"这一概念的使用可谓颇有代表性。关于该作中"文"的讨论，在西方学者的研究中屡见不鲜。不论是讨论标题中"文"的含义，还是"文"作为关键词在整部《文心雕龙》中的意义，乃至引申到整个中国古代文化传统中"文"的内涵，英译者的选择与研究都给我们许多启发。

"文"既是《文心雕龙》标题中的第一个字，也是这部书全文的第一个字。首句"文之为德也，大矣！"开篇点题。第一句部分翻译如下：

修中诚：Great is the spiritual power comprised in wen [the art of composition]; it is something born with the birth of heaven-and-earth. How can this possibly be the case?

——文[创作的艺术]所包含的精神力量是多么伟大啊；这是随着天地的诞生而诞生的。这种情况是怎么可能的呢？

施：*Wen*, or pattern, is a very great power indeed. It is born with heaven and earth. Why do we say this?

——文，或者图案样式真是一种伟大的力量啊！它与天地同时而生。我们为什么这么说呢？

吉布斯：Wen as a power is great, indeed. Together with Heaven and Earth was it born. But the question is, how?

——文作为一种力量真是伟大。它和天地同时而生。但问题在于，怎样呢？

宇文：As an inner power (*tê*), pattern (*wen*) is very great indeed, born together with heaven and earth. And how is this?

——作为一种内在的力量（德），图案样式（文）真是伟大啊！它和天地同时而生。这是怎样的呢？

黄：Harmony, harmony such as you see in poetry, is universal; with the beginnings of earth and sky it was born.

——和谐，正如你在诗歌中所见到的和谐，是普遍存在的；它在天地初始之时诞生。

杨：Great is the virtue of patterns! How are they coeval with heaven and earth?

——文（也以"图案样式"来译）的美德真是伟大啊！他们是如何与天地同时出现的？[20]

从以上翻译我们发现，译者的理解主要有两种。第一种是将"文"理解为文学、创作。如修中诚使用了"the art of composition"，无疑是强调了文学创作艺术的伟大，说明译者认同《文心雕龙》的主要内容是讨论创作；黄兆杰直接使用 poetry，进一步将"文"的含义限定为诗文。我们知道《文心雕龙》讨论的文体远不止诗作，因此 poetry 并不能很好地涵盖"文"的范围。但是，与 poetry 相关的 poetics，我们一般翻译为诗学，事实上不仅有关诗歌，也涉及其他文类创作、欣赏的方方面面，关注的是艺术的规律。亚里士多德的著作《诗学》正是这样一部美学著作。有不少学者将《文心雕龙》与亚里士多德《诗学》相提并论，窃以为黄氏将第一句中的"文"翻译为 poetry，也有此意。

另一种则强调"文"的初始含义，即"错画"、图案、样式，这些译者认识到刘勰是从初始的"文"出发，谈自然之外在表现，从而引申到人之外在表达——人"文"，因此他们采用 pattern 一词来翻译"文"。什么是 pattern 呢？pattern 源于法语"patron"，而 patron 的词根 pater / patrisy 指"父亲"，故该词表示赞助人，还有"作为模范的人"之意[21]。因此 pattern 在英文中可指模范、被模仿的典型。应用在具体实践中，可能指用于制造某物件前所设计的样式，如织绣用的图样，制造用的模具等，后来也用于样书"pattern book"。在此基础上又逐渐衍生出花纹、样式、图案等用法。联想到《文心雕龙·原道》中"傍及万品，动植皆文"，"人文之元，肇自太极"，河图、洛书无不为上天的自然

---

20 以上引文中之后所附为本文作者对英文译文的直接回译，主要是为了表现译文的结构和基本组成元素，并不是符合阅读习惯的恰当翻译。

21 Klein, Ernest. *Kleins Comprehensive Etymological Dictionary of the English Language*, Elsevier Publishing Company, 1971. P1141.

呈现，启迪人们发明文字、炳耀文学。这种"与天地并生"的文，确实是万物表达之典范。

值得注意的是，大多数翻译都保留了拼音"wen"，可见，"文"作为一个中国古代文论的关键词，已经深入人心。译者明白，难以用英文中的任何一词来全面反映"文"的内涵，不管个人强调的是文最常用的当今含义，还是其初始指向，都加上拼音，已说明这是一个来自不同文化的术语。这种方式无形中增加了读者的对该概念的疏离感，时刻提醒英文读者切勿用自己母语文化背景将其泛化。

当然，"文"在《文心雕龙》中出现的频率非常高，有时指文字、有时指文学、文采、礼乐、彩饰等，确实让译者难以适从。篇首第一个"文"的翻译，仅为管中窥豹，可见一斑而已。

# 第三节　中国古代文论关键词"道"的英译实践

"道"产生影响的领域远不止文学，但是作为中国传统文化的一个元关键词，在中国古代文论中也经常出现。当今最常见的翻译是直接使用"Tao"或"dao"，但在具体使用中往往需要个别考虑。

## 一、"道"的文化内涵

"道"的内涵是十分复杂的，由于其在哲学思想、社会文化中的历史渊源，是很难用只言片语解释清楚的。作为中国传统思想最基本的元概念，该关键词的内涵从文字的表现上就可以看出一些端倪。从甲骨文、金文、先秦篆字再到汉以后基本定形的正书，其主要组成部件总是离不开人和道路两层含义。

从词汇的起源来看，甲骨文中的 𠂤，在郭店竹简中是"道"的异体字，两侧表示"路、行走"，中间为"人"[22]。金文中"道"一般写作或 𠱸，由表示"路、行走"、表示"首"、和表示脚的"止（趾）"的符号构成，"止"又可换为"寸"（肘）。其意义"道路、行走"与字形构造密切相关。汉以后，手、脚、

---

22 郭静云：《由商周文字论"道"的本义》，载于朱镇豪主编《甲骨文与殷商史》，北京：线装书局，2009，第203-204页。其中指出郭店楚简中与"道"相同，裘锡圭将这个字视为"道"的异体字，郭推测这个字可能是"道"的最初形态。但是本身有多种变体，其意义并不统一，学者们围绕这一符号的讨论非常之多，它与"道"的关系目前仍然存疑。

行的含义合并为辵（辶），逐渐成为后来"首"加上"辶"的字形。许慎《说文解字·辵部》"䢊，所行道也，从辵首；一达谓之道。𨕙，古文道，从首寸。"段玉裁注"道者，人之所行，故亦谓之行。道之引伸为道理，亦为引道。首者，行所达也。"[23]

由此可见，"道"的本义是人行走在道路上的样子，由此引申为多种含义。其意义与思想内容归纳起来如下：

首先，表示"道路"，人之所行者。具体的道路，是人在日常生活中为了通向某一目的地而行走的经验中产生的形下之道，由此人们逐渐悟出达到某一抽象终点的形上之道，于是，"道"就成为具体道路与抽象道法的结合。这是由人的认知经验决定的，正如与之相关的"路线"、"途径"等词，原意构成点与线的空间指向，同时也兼具抽象含义，甚至到今天人们使用更多的是这些抽象隐喻用法，而非空间本意。这在其他语言文化中也有类似表现。比如英语中的"way"，法语中的"route"等，本意都是具体的道路，但同时都可表示方法、规则、惯例等。总之，这种空间隐喻将"道"的具体与抽象意义统一起来，形成一个既具有实在性，又具有超在性的统一概念。

其次，强调行走，也即强调人这一主体。"道"字在各个时期的形态都没有脱离人，不论是先导之"首"还是行道之"足"，始终是"道"字的重要组成部分。人与道合为一体，道不断延伸，时刻处于未知变化中，离开人的实践，则道不可证，不可悟。《尔雅·释宫》称："一达谓之道路，二达谓之歧旁，三达谓之剧旁，四达谓之衢"[24]，其中"达"表示道路通畅，没有交叉、阻碍，所谓"行不相遇也"（《说文解字》）。可见，"道"实际上是通向某个目的的"道"，是通衢之"道"。而且，"一达"则道路具有明确的方向性，人正是通过在道路上行走，最终达到目标。这也是为什么可以引申出"方法、途径"含义的原因。例如"富与贵，是人之所欲也；不以其道得之，不处也"（论语·里仁）[25]，此处"道"表示正确的途径和方法。通达、正确的"道路、方法、途径"则进一步升华为"规律、义理、准绳"等意义，乃至万物所循之"道"。

其三，道为引导。甲骨文与金文中，人都在行道之中，且人以"首"导之。两侧行道如两条轨道将人夹在中间，使人不偏离原本的道路。故"道"有"经

---

23 ［清］段玉裁：《说文解字注》，北京中华书局，2013，第76页。
24 ［晋］郭璞注，［宋］邢昺疏：《十三经注疏·尔雅注疏》，上海古籍出版社，2010。
25 杨伯峻：《论语译注》，中华书局出版，1962，第38页。

过、取道"的含义，如"风道北来"（《山海经》），"从郦山下，道芷阳间行。"（《史记·项羽本纪》）等。有学者认为，"导"（導）本来就是在甲骨文"道"的基础上衍生出来的产物[26]。故"道"有时用如"导"（導），意为"引导、治理"，例如《论语·学而》"道千乘之国，敬事而信"中的"道"可解释为"治理"的意义[27]。此外，方法、规律、经验等以人首为导，实际是需要以言语加以总结，才能保存流传，因此，道又为言说。天地万物之道在人身上最明确的呈现不外乎言之文，正如刘勰所言，"心生而言立，言立而文明，自然之道也。"（《文心雕龙·原道》）

具象的"道路、行走"，隐喻而得的"方法、规律"，引申而出的"引导、言说"等义相互交织，再与各种思想流派的个别解读相结合，就构成相当复杂的关键词"道"。春秋时期百家争鸣，各家各派各言其"道"。如《论语》中"道"体现了儒家的人生哲学、政治观念和生命理念，是"至理"在人生各个方面和阶段的体现。而老庄则将"道"视为天地万物所共由者，将其上升到万物本源的至高地位。老子之"道"具有世界万物本源的内涵，是宇宙和万物生成的源头。这个本源的状态是"混沌"的，同时有自身运行的规律：

> 有物混成，先天地生。寂兮寥兮，独立不改，周行而不殆，可以为天下母。吾不知其名，强字之曰道，强为之名曰大。大曰逝，逝曰远，远曰反。故道大，天大，地大，人亦大。域中有四大，而人居其一焉。人法地，地法天，天法道，道法自然。[28]（第二十五章）

可见，"道"先于天地而生，有其独立运行的规律，且循环往复。老子用"有无、难易、高下、美恶"等二元概念来阐释"道"，不仅反映出事物之间"对立统一"的核心思想，也说明"道"是事物尚未有所区分时的混沌状态，是一切事物之根源。在老子眼里，万物从无到有，由简到繁，"道生一，一生二，二生三，三生万物。万物负阴而抱阳，冲气以为和。""道"因此是万物本源，具有本体性特征。顺应"道"的自然规律，应用于人事治理，则成"无为"。

其后，庄子对"道"的阐释超然物外，回复自然本性。《庄子·知北游》中"夫昭昭生于冥冥，有伦生于无形，精神生于道，形本生于精，而万物以形

---

26　参见张法：《作为中国哲学关键词的"道"》，《郑州大学学报（哲学社会科学版）》，2019 年 7 月第 4 期，14-18 页。

27　杨伯峻：《论语译注》，中华书局出版，1962，第 4 页。

28　本文引用《老子》原文均来源于陈鼓应《老子今注今译》，北京：商务印书馆，2016。

相生也"[29]表明由"精神"生万物的过程亦以"道"为本源，是一个从"无"到"有"最后归于"无"的过程，"人之生，气之聚也。聚则为生，散则为死……故万物一也。"（庄子·知北游）由此"以道观之，物无贵贱"（庄子·秋水），在"道"之下，万物皆同，生死相通，这造就了庄子超脱的世界观。庄子理想中的境界超脱不羁，与老子的高深微妙、静谧沉郁有所区别。庄子的超然物外与其内在自我独立的追求是相契合的，是其于乱世之中跳出外物的困扰，自我反思的结果。

　　老庄之后，汉代崇尚黄老，对老子思想的继承主要体现在"休养生息"的政治运用和宇宙生成理论的完善，逐渐将"无为、清静"的思想应用到治国策略和人生修养中。西汉儒学地位不稳，重视道家政治上的休养生息无为而治，"道"成为"清虚以自守，卑弱以自持"的"君人南面之术"（汉书·艺文志）；东汉儒学地位稳固，"道"成为主张修生养性、得道保全的人生哲学，强调明哲保身的个人修心养性之术。而这两种体悟都是对老子学说的实用价值的发掘。这一时期，"道"的宇宙本源地位仍然十分稳固，汉代学者充实了老子的宇宙生成论，将阴阳、三才、五行等学说融合进去，形成一个系统完善的宇宙生成理论，对后世"道"的含义的演变影响深远。

　　总的来说，老子注重描述"道"的超越性，庄子注重对自然本性的回归、对个体精神的关注和对"得道"境界的描述；汉代对宇宙生成论的阐释将"道"与阴阳学说联系起来，描述宇宙生成演变之过程，既是肯定"道"作为宇宙本源的地位，也是对"道"内涵的扩充。及至魏晋，崇尚佛老，《老子》逐渐上升到"经典"的地位，出现由"贤"至"圣"的转化。"道"所应用的范围也越来越广，具有了多方面的运用和更加复杂的内涵。而且，"道"的相关讨论并不局限于道家、道教本身，而是在各种思想流派中都有一席之地。换言之，当一种思想试图从根源上寻求合法性时，总是求助于这些文化关键词。各个领域在开拓思想疆域，探讨关键问题时，都试图依托"道"这一关键词作为多种复杂意义表达的承载者。

## 二、中国古代文学思想中"道"的翻译

　　"道"的跨文化传播是随着《老子》、《庄子》等文化元典的对外传播进行的，英语世界对《老子》的研究大致包含了从宗教上的强行对应、意义内容的

---

29 本文引用庄子，均来源于陈鼓应：《庄子今注今译》，北京：中华书局，2001。

随意增改，逐步到客观、真实、全面的反应作品意义和背景的一个过程，从时间演变上来说，与西方中心格局过渡到多元格局的历程大致相似。从具体的翻译来说，"道"曾被译为"God、Nature、Logos、the Way"等，如翟理斯（Herbert Allen Giles）的《庄子》译本（1889），将"道"、"天"等词汇直接翻译为"God"，试图将"道"的意义与西方文化中万能的神并置；韦利（Arthur Waley）则译为"The Way"，因此书名为"The Way and Its Power"；华兹生（Burton Watson）的《庄子》（1968）译本通篇也用"the Way"与"道"对译，他认为原文中只用了一个字，因而使用 Way 可以很好的保持原文中的逻辑关联性；理雅各译为"Tao"（书名 *Tao Te Ching Or the Tao and its Characteristics*，1891），翟理斯的儿子翟林奈正文中也直接使用"Tao"，但是书名"道德经"写作"Dao De Zhen Jing——The True Classic of The Way and Virtue"（1905），这是用阐释的方法将"Way"与"Tao"结合起来。早期的翻译家和汉学家们用"Way"来翻译"道"，是考虑到英语中"way"一词与"道"含义的多重契合，对英文读者来说，能较好地通过母语中类似词感知汉语"道"的意义。直接用"the Tao、Taoism、Dao、Daoism"的做法越来与常见，并且使这一术语在英文中获得新生，应用在日常生活中。比如一些通俗读物书名冠以"Tao"或者"Dao"，有的直接指称"道"或"道家思想"，有的则表示法则、规律、要义。

在文学创作与文学批评表述中，"道"作为元文化关键词，也时时出现，其翻译也需要从"道"的根本含义出发，考虑其在上下文语境中所突出的含义。

## 三、《文心雕龙》中"道"的翻译

《文心雕龙》中多次用到"道"一词，"道"与文心的交融，可以说是《文心雕龙》的重要主线，首篇《原道》即是明证。

"原道"一词，早在汉代就出现于《淮南子》中。《淮南子》"原道训"，开篇道："夫道者，覆天载地，廓四方，柝八极，高不可际，深不可测，包裹天地，禀授无形。"刘勰《原道》篇一开始极天地、指日月，与此颇为相似，黄侃札记云："案彦和之意，以为文章本由自然生，故篇中数言自然，……此与后世言文以载道者截然不同。"当代学者对刘勰所用"道"的含义有很多分歧，有人认为是道家的道，有人认为是儒家的正途大道，也有人认为是佛道。其实，儒道二家并非水火不容，《易》中"一阴一阳谓之道"的"道"和老子"道法自然"的道之间有很多相通之处。魏晋时儒道兼论为常事，学者常常并论儒家之周易论语和道家之庄老。刘勰博览群书，又曾"依沙门僧祐"十余年，于定林寺整理经文，和佛家渊源不浅，他完全可能不拘一格，博采众论，因此当时各家重要的思想言论在《文心雕龙》中都有所涉及。当然，他在《序志》篇明示自己追随孔子，但这并不排除他采纳众家思想为己用的可能。"道"为何家之"道"，不必太过拘泥，但"原道"即以"道"为始，正如纪昀所言："文原于道，名其本然。"

英译者都非常清楚，刘勰原道，实际是在探寻文之本源。施友忠将篇名译为"On Tao, the Source"，宇文所安译为"Its Source in the Way"，黄兆杰译为"The Way the Origin"。杨国斌译为"Tracing the Origin to the Dao"，吉布斯在论文中则曾用"Retracing the Genesis"来指称"原道"。归纳起来，一种是顺应英文文化背景，以"way"来翻译"道"，这和韦利、华兹生的做法类似。一种是直接使用"Tao"或"Dao"，则突出"道"在中国文化中的关键意义，以异化的手法让读者意识到该词在汉语语境中的特殊背景。吉布斯所用的 Genesis 在英文中有起源、发生等含义，本意是"原初、开始"，其词根 gene-指生育、繁殖。大写的 Genesis 特指圣经第一章《创世纪》，讲上帝如何造天地万物和人。因此 Genesis 逐渐有了起源、创造的意思。创世纪的过程与道生万物有一定相似之处，不同的是，道是无意识的，自然的，而上帝创世纪却是有意识的，非自然的。吉布斯使用 genesis，会让人联想到创世纪的故事，从而将刘勰所指的"道"指向世界的起源。事实上，刘勰原道，是追溯"文"的本源，赋予其无上的地位。

正文中出现"道"，宇文所安一以贯之，一律翻译成"the Way"，施友忠则都翻译为"Tao"，杨国斌基本都使用 Dao，黄兆杰除了赞中"道心惟微"处用"Dao"表示，其他都译为"the Way"。从这些处理方式来看，译者要么在英语中寻找一个最相近的词汇，要么直接借用译语中的陌生词汇，一般来看，在同一个篇章中对同一个关键词，都尽量使用统一的术语来翻译，这使得译文和原文一样，能呈现文本形式上的一致。

## 四、《沧浪诗话》中"道"的翻译

《沧浪诗话》约成书于南宋理宗绍定、淳祐年间，其第一部分"诗辨"涉及学诗之法以及作者本人的诗歌观。其中有一段以禅论诗的话，运用禅理和禅语，将不同时期的诗歌比为禅宗的大乘、小乘、声闻辟支果，被认为是中国古代诗话中以禅喻诗的典型，并启迪了后世的"神韵"、"性灵"说。而谈及禅宗与诗歌创作的关系，作者多次使用"禅道"、"诗道"等词。很显然，此"道"非老庄之"道"，却是"道"在禅宗思想中的借用，其表述主要从"道"的元意义出发，同时又受到佛教思想的影响。在翻译时，译者究竟将其视作一般泛指的"规律、法则"，还是具有特殊含义的关键词，就反映了译者对于该词的理解。

首先，作者称："禅家者流，乘有小大，宗有南北，道有邪正。""道"在此处广义来看是一种方法、路径，狭义来看，特指禅宗通过修行达到目的之方法。宇文所安在其《中国文论：英译与评论》中讲"道有邪正"译为"there is the orthodox Way and a heterodox Way"[30]。很显然，"道"采用"Way"的译法，一方面反映了"道路、方法、宗旨"等含义，另一方面用首字母大写的方式将其专有的属性标出。因此，"way"就不是一般的用法，而是指明了此处"道"与佛教、禅宗的特别关系，说明这是一个特殊的术语。此外，宇文所安将前面的修饰语"正""邪"译为"orthodox"和"heterodox"，本身就有很强的宗教意味。Orthodox 原指正确的观点，特别是用于神学思想或信仰领域。Heterodox 则指与教义不符，持有不一样的观点。通过这两个宗教意味很强的词汇的修饰，"道"在此处与宗教的关系在英语读者脑海中也较容易联系起来。

"道"在此段还出现过几次，一是"禅道惟在妙悟，诗道亦在妙悟。""禅道"被译为"the Way of Chan"，"诗道亦在妙悟"却被省去不翻，不知是译者疏漏还是故意为之。后文中"诗道如是也"，则译为"such is the Way of Poetry"。严羽论诗，以禅道喻诗道，这同一"道"字的使用，正反映了诗与禅之间的类比关系。不论是二者本质上的相似还是作诗修习或禅宗修行方式的类比，都通过"道""悟性"等词的共享表现出来。宇文所安在其解析中认为，严羽以禅喻诗的核心在于诗悟与禅悟在某种程度上的相似，但是这一点仍然含糊不清。可以肯定的是，两者悟境的相似，构成了严羽划分诗歌等级的基础。

该段最后，严羽说："倘犹于此而无见焉，则是野狐外道，蒙蔽其真识，不可救药，终不悟也。"其中"野狐外道"被译为"some weird, outlandish Way"。"野狐外道"亦称"野狐禅"，据说源于百丈禅师点化野狐的一段公案，后来凡是流入邪僻、未得真义却妄称开悟之人，都被禅家斥为"野狐禅"，现在也

---

30 宇文所安：《中国文论：英译与评论》，王柏华、陶庆梅译，上海：上海社会科学出版社，2003，第 441 页。

用于比喻欺世惑众但并未获真义的异端邪说。此一"道"仍然是从禅宗来，尽管已经被广泛用于其他领域，但在《沧浪诗话》以禅喻诗的语境中，仍然有其特定的涵义。宇文所安将所有的"道"都译为大写的 Way，一如原文多种含义集于一体的"道"。由此似乎可以推测，通过这种形式上的对等，译者试图向读者传达一种信息："禅道""诗道"的统一挑明了"诗"与"禅"之间的平行关系；"正道""邪道""外道"的矛盾，反映了严羽在纷繁选择中追求真知的理想。正如译者所提到的：

> 在禅宗与严羽的诗学里，在相互较量的方法（或方式）与超越所有方法的统一目标之间，有一种深刻的矛盾。在多元选择和单一目标之间进退两难，提出"正道"再现了在充满选择和差别的世界中追求统一与真理的愿望。[31]

在我看来，这也恰恰是译者在翻译"道"一词时所面对的情景。通过选择统一的"Way"，既突出了原文对诗学的一种普遍的认识，又避免了在狭义与广义的"道"之间做选择的困境。

## 第四节　中国古代文论关键词"神思"的英译实践

《文心雕龙·神思》篇乃"驭文之首术，谋篇之大端"，为全书创作论开篇之作，向来颇受学者关注，也是西方学者避不开的重要范畴。不论是《文心雕龙》英译者、研究者，还是中国古代文论或文学史的书写者，都不可避免地涉及到"神思"这一关键词的英译与阐释。"神思"一词由来已久，使用范围涵盖音乐、美术、书法、文学创作等，其真正固定为中国古代文论美学范畴，正是始于《文心雕龙》。对这一关键词的英译与阐释，也表现了西方学者对刘勰"神思论"的理解，同时更反映了中国古代文论在语言与文化的异域中旅行、接受、变异的际遇。

### 一、"神思"溯源

"神思"作为中国古代文论的关键范畴，基本形成于六朝。正是从六朝时期开始，"神"被频繁应用于文学与艺术批评话语中，逐渐成为文人讨论作者才性、品评作品优劣、探究文学创作过程及方法时常用的关键词。然而其关键

---

31 宇文所安：《中国文论：英译与评论》，王柏华、陶庆梅译，上海：上海社会科学出版社，2003，第 443 页。

部分"神"刚开始出现时，首先是与先民信仰紧密联系在一起。

说文解字说，"天神，引出万物者也。从示申。"示条则说："天垂象见吉凶，所以示人也。"在甲骨文中，"示"写作 𝑈 或 𝑇，有时为"T"型图案，丁山认为表示祭天杆，董仲宾、饶宗颐等认为"有搁置或安放"义，姜亮夫则认为就是原始的"神"字，周清泉则认为其实质是神木，是可以植于地上的祭神架，适应旅商游牧生活中举行巫礼祭祀活动的需要而作[32]。徐中舒认为是模仿木石所刻的神像，同时提出，"示"在卜辞中常泛指天神、地祇、人鬼等[33]。这些解释虽然角度不同，但都承认"示"源于先民对上天的敬奉祭祀，由此与其密切相关的"神"字的初始含义也主要与信仰相关。商周时期的青铜器上已经开始出现"神"字，常写作神，除了"示"部，另一部分像一个跪拜的人形。先秦文献中，"神"常指有意识的超自然存在物，如《尚书·尧典》："诗言志，律和声，八音克谐，无相夺伦，神人以和。"就是指真正美妙的音乐让神与人听了都感到和谐舒畅。此处"神"就是人们顶礼膜拜的对象。但是，随着文明的发展，祭祀的中心逐渐从对鬼神崇拜转变为维持自然、宇宙与人世秩序的仪式，"神"也逐渐出现自然化的意义，由上古文献中有意识的超自然体演化为与天地运行、自然生长相关的神秘力量，甚至被看作阴阳变化的产物或阴阳变化本身，如《周易·系辞上》云："阴阳不测之谓神"。汉朝初期，哲学家对"形"、"神"的关系展开大讨论。在儒家、道家、法家等哲学思想中，"神"常与"天"、"道"、"阴阳""精""气"等同时出现，有时也被看作与人的肉体（形）相对应的概念。如管子说："精也者，气之精者也。气，道乃生，生乃思，思乃知，知乃止矣。凡心之形，过知失生。一物能化谓之神，一事能变谓之智。"（《管子·内业》）则生命产生于得道的精气，有了生命就有了思想，有了思想才有理智，"化"即自无而有，则生命的出现、演化是因为"神"，事情能发生改变是因为"智"。从这里看，神与肉体及依附于上的精气是密不可分的，此处"神"已经与人的理智、精神有了联系。庄子则认为神是游离于体外的某种灵性，由此发展出"重神轻形"的观点。到汉时，"神"的概念中融入了阴阳五行说。王充、桓谭等对形神关系展开哲学思考，进一步发展了"形神并重"的理论。东晋时期，慧远及其追随者则将"神"解释为"法性"、"法身"，涅槃等，使其具有宗教色彩，成为纯粹的佛教概念。

32 周清泉：《文字考古》，成都：四川人民出版社，2003 年，第 290-292。
33 参阅徐中舒：《甲骨文字典》，成都：四川出版集团，四川辞书出版社，2006。

　　"神"由神灵之意而衍申到微妙莫测的变化之义，再与人的精神、气质、理智相关，这种去意识化的含义逐渐应用到文学艺术领域。东汉画论中出现大量用"神"描述画像的理论。如顾恺之所谓"传神写照"，谢赫提出"气韵生动"，唐张彦远评价道："至于鬼神人物，有生动之可状，须神韵而后全，若气韵不周，空陈形似，笔力未遒，空善赋彩，谓非妙也。"可见当时画论中"气"与"神"在审美领域中的重要性。其后曹丕、陆机、刘勰等人则把"神"的概念引入到文学批评中。"神"的含义复杂，故批评家往往注重其某一侧面，并以此展开自己评价体系。比如曹丕从"文气"出发，陆机以"虚静"为重，刘勰则试图将"神"多个方面的意义整合到其理论，形成"神思论"。

　　"思"在《说文解字》中被解释为："思，容也，从心从囟，凡思之属皆从思。"段玉裁注曰："睿也。睿也各本作容也。或以伏生《尚书》'思心曰容'说之。今正。兒曰恭，言曰从，视曰明，听曰聪，思心曰容，谓五者之德，非可以恭释兒，以从释言，以明聪释视听也。谷部曰：睿者，深通川也。引睿畎浍距川。引申之，凡深通皆曰睿。思与睿双声。"[34] 把"思"理解为"容"，则主要强调能够容纳、包容。理解为"睿"，则强调深入理解、领会。段玉裁又注："自囟至心，如丝相贯不绝也。然则会意非形声。"古人认为心为思维器官，所谓"心者，形之君也，而神明之主也。"（《荀子·解蔽篇》）"心之官则思，思则得之，不思则不得也。"（《孟子·告子上》）囟即囟门，代表人脑，是人之精髓所在。"自囟至心"，即"思"游于心脑之间，一以贯之，包容万物。"思"指向思维的宽广度与深刻度，当其与"神"联系在一起，就有了更为神妙、飘忽、超脱的特质。

　　早在三国时，"神思"就同时出现在文献中。东吴韦昭所编的《吴鼓吹曲辞》中出现"建号创皇基，聪睿协神思"的诗句，似用来形容人的睿智精思[35]。又管辂赞扬刘智："吾与颍川兄弟语，使人神思清发，昏不假寐"（《晋书·刘寔传》）。此处神思则指人的精神状态。曹植《宝刀赋》中有："规员景以定环，掳神思而造像。[36]"此处，神思与意象开始发生联系。晋宋之际的画家宗炳在其《画山水序》中说到："圣贤映于绝代，万趣融其神思"。尽管他的论说主要

---

34　许慎撰，段玉裁注：《说文解字注》。上海：上海古籍出版社，1983，第 501 页。

35　《吴鼓吹曲辞》十二首之"从历数"，见逯钦立辑校《先秦汉魏晋南北朝诗》卷十二"魏诗"，北京：中华书局，1983。

36　曹植《宝刀赋》，见赵幼文：《曹植集校注》，人民文学出版社，1998 年，第 160、162 页。

针对绘画，但是文中多次提到"神"一词，强调"神本无端"，实际上是与创作时人的精神和心理有关，其意旨已和刘勰"神思"所表现的艺术创造思维相通。至于陆机的《文赋》虽然没有直接提到"神思"一词，却正是谈为文之构思与想象，被公认为是刘勰"神思论"的重要思想来源。

蔡宗齐在讨论中国古代"神思"概念时认为，在刘勰的《文心雕龙》中，"神"表现为多个层面，其中最值得注意的有两种：一种是作为生命创造活力（élan vital）的依附于形体的"神"，一种则是游离于身体外的超越时空的"神"（Daemon）[37]。在《神思》中，"神"表现为第二种含义。诚如古人所言："形在江海之上，心存魏阙之下。"和陆机《文赋》一样，刘勰认为"文之思也，其神远矣"，"神"游离于形，可思接千载，视通万里，不受时间与空间的限制。刘勰用伊挚、轮扁的典故，借助于庄子、淮南子等文本中的"神"来讨论创作过程中"神思"之运用。创作之初，酝酿文思前首先要"虚静"，然后才开始各种想想活动，也即"神思"。

在《养气》中，"神"则表现为第一种内涵，常与"命"、"气"、"生"等联系在一起，和"形"相对。养气才能避免"神疲而气衰"，与管子的说法有些类似。"凡人之生也，天出其精，地出其形，合此以为人"（《管子·内业》）。只有精、形和谐，才能产生生命。《养气》中，刘勰不但描述了文学创作对人的生理、精神状态的影响，还指出了人的生理、精神状态对文学创作的影响，文学创作是消耗作者形神的活动。如果自身才智不足以支撑智力的耗费，则可能"精气内销……神志外伤"，因此，练形养气有利于作者。

蔡宗齐将这种和身体紧密相关、能激活身体活力的"神"与西方文学批评中的"élan vital"相比较。[38]"élan vital"意指"生命冲动"和"生命力"，源于法国哲学家亨利·伯格森（Henri Bergson）在 1907 年的《创造进化论》（L'Evolution Creatrice）。伯格森认为，艺术是生命力冲动的创造过程，因此创作者须凭直觉解放自我，超越"客观世界"。élan vital 是一种非物质

---

37　Cai, Zong-qi. "The Conceptual Origins and Aesthetic Significance of 'Shen' in Six Dynasties Texts on Literature and Painting", in Zong-qi Cai(ed.), *Chinese Aesthetics: the ordering of literature, the arts, and the universe in the six Dynasties*. Honolulu: University of Hawai'i Press, 2004. pp.320-330.

38　Cai, Zong-qi. "The Conceptual Origins and Aesthetic Significance of 'Shen' in Six Dynasties Texts on Literature and Painting", in Zong-qi Cai (ed.), *Chinese Aesthetics: the ordering of literature, the arts, and the universe in the six Dynasties*. Honolulu: University of Hawai'i Press, 2004. p320.

（immaterial）的力量，这种说法虽然打破了西方以往忽视生命冲动的生命哲学传统，但仍然局限于西方文化传统中灵与肉的二元对立关系。刘勰在《养气》中所提到的"神"却与形不可分隔，是一种灵与肉的统一。此外，刘勰论《养气》，是告诉作文者应该调养气息，保证文思畅通，可见这种"神"可以通过实际的方法来调养控制，"逍遥以针劳，谈笑以药倦"。伯格森所说的 élan vital 却是一种生命的冲动，创造的冲动。在他看来，生命总有创造的欲望，是自由的、自发的、不可估计的。由此来说，人是无法调控自己的 élan vital 的。与《养气》相比，《神思》中的"神"似乎与"élan vital"更具可比性。

## 二、汉语有机性与"神思"英译结构解析

"神"与"思"结合在一起成为关键范畴，就在汉语的语言特殊性中发生了奇特反应，成为一个不能随意切割的有机体。但是在翻译中，译者却不得不对这一范畴进行解析，从而使这一词产生了句法结构上的阐发与变异。"神思"究竟是"神之思"还是"神思之"，"神"究竟是玄远、神妙的状态，还是运思结撰的主体，这是译者必须面对的问题。从《神思》篇来看，刘勰一开始就提出"文之思也，其神远矣"。"思"与"神"似可拆分，形成一组偏正关系；又有"神思方运，万涂竞萌"，二者紧密结合，但从语言结构来看其整体重心仍落在"思"上。同时，篇中所提"神与物游""神居胸臆""神有遁心"，明显强调了"神"的主体性。对中国读者而言，"神思"中两个元素的含义、属性、关系并不需要细细分解，但是对于英语译者来说，却必须解决这些问题，才能进行语言转换。

从结构来看，"神思"的英语翻译主要有三种形式，一是用独立单词整体涵盖"神思"，侧重创造的想象力，如杨宪益的"On Fancy"和杨国斌的"Shensi, or Imagination"，二者都指向文艺创作中的想象和创造性，前者增加介词"on"，补充了"论"的文体形式，后者用拼音表现出关键词的特有意义。第二种是将"神思"看成偏正结构，如施友忠的"Spiritual Thoughts or Imagination（Shen-ssu）"和黄兆杰的"Magical Imagination"，把"神"作为"思"的修饰成分，不过施友忠也将其与英语 imagination 概念并置。第三种则突出"神"的主动性，比如宇文所安的"Spirit Thought, Shen-ssu"，用名词"spirit"来翻译"神"。这种翻译和 spiritual thoughts 的含义比较接近，但不

同于"形容词＋名词"式的偏正结构，这里是名词修饰名词，突出了"神"在文学创作中的主体性。不同译者对"神思"一词结构和语义解析思路相异，选择不一，追根究底，可以从汉语的有机性来讨论。

汉语的有机性首先表现在词类的模糊性上。自马建忠以来，汉语界对汉语的词类问题纷争不断。《马氏文通》借用西方语言学的概念将汉字（词）分为九类，但是又明确说"字无定义，故无定类"[39]，因此要想确定其词类，应结合上下文来判断。黎锦熙则主要按意义分出词类，跟印欧语（如英语）词类相比附，但同时也指出汉语"依句辨品，离句无品"的特点[40]。沈家煊从汉语名词与动词特点出发，提出汉语是"名动包含"的语言类型[41]。种种论证的核心就是词类的定义、划分与归类，实际上是中国学者在西方语言学理论影响下对汉语词汇语法意义、功能和分布关系的思索。

英语和汉语属于两种语言类型。从形态来看，英语是屈折语，语法意义变化主要通过词的形态变化来表示，比如英语中动词的时、态、体，名词的数，代词的格等都有外在形态表现；汉语是孤立语，词没有形态变化。相应的，从句法来看，英语是偏向分析的综合语，通过词形屈折变化和词缀与词根的紧密结合来表示句法关系；汉语是分析语，主要通过功能词和词序来表示句法关系。英语的形态、分布和词类相互对应，汉语却并非如此。英语特定词类总处于特定位置，如形容词只能处于定语或表语位置，汉语则不那么界限分明，比如"神思"中的"神"，既可以表示状态（形容词），也可以表示主体（名词），在句法上既可以做定语，也可以做主语；"思"既可以表示思绪（名词），也可以表示思维过程（动词），让译者在词性的选择上产生分歧。

其次，汉语的有机性还表现为语义的互文性。"互文性"原为法国文学批评家茱莉亚·克里斯蒂娃提出的概念，用以讨论文本之间互相交错、彼此依赖的种种表现形式。我们借用这一术语，主要指汉语语义的多元含混和高语境依存。在中国古代文学艺术中，文本与文本之间强烈的相关性可以说是一个突出的特点，这在语言中也得到明显体现。中国古代文学作品往往非常强调对经典的延续和继承，即使要创新，也往往在"原道""征圣""宗经"的基础上进行，

---

39 马建忠：《马氏文通》，北京：商务印书馆，1983，第23页。
40 黎锦熙：《新著国语文法》，第29页注10，见《民国丛书》第五编，第47册，上海：上海书店，1996。
41 参看沈家煊：《名词和动词》。

因此文章之用，莫不"经典枝条"，以六经为祖。比如《文心雕龙·颂赞》就以《诗经》六义之"颂"为源头，进而谈到其变革。这种同源性使得历代文人学士在阐述自己的观点时，常常从经典中共享文本，从而使这些关键字句呈现延续而交织的意义关联。他们引经据典，看似"述而不作"，实则不断阐释，于是如滚雪球一般不断赋予新意，织成一张语境网络。同时，汉语突出的是核心概念，性、数、格等范畴被边缘化，一个词汇的多种概念意义和语法意义可以集于一体，同时呈现。因此，理解汉语语义既要注意语境依存，又要允许意义的多元含混。在阐释"神思"这样的关键范畴时，更是要从历时和共时两个角度出发。

汉语的这种特性让东方学家费诺罗萨感叹："汉语词汇如同自然一样富有生命和弹性，因为事物和动作并没有语言形式上的区分。……（汉语词）真正的含义不容置疑，但是愚笨的学者可能要花整整一星期才能确定其'词类'，以便将一句原本简单明了的话从中文翻译成英文。"[42]尽管费诺罗萨及其后的庞德对汉语有不少误解，这一段话却恰好说明了汉语的有机性。

## 三、"神思"英译的阐发与变异

《神思》在西方可能也是《文心雕龙》相关研究中关注最多的篇章，译本、论著中呈现了多种翻译和阐释。越来越多译者直接使用拼音 shensi，也许有一天这一中国美学范畴术语可以真正地走上世界文艺理论舞台。但是就目前而言，英语研究者难免还要用西方概念来对译或阐释这一术语。其中比较有影响的翻译与阐释不外乎"想象与迷狂""生气与灵感""精灵与诗性"这三条变异路径。

### （一）想象与迷狂：imagination，fancy

Imagination 一词源于拉丁语 imaginatio,其动词词根 imaginari 指"形成图像，再现"，尤其是指在脑海中呈现形象的心理或精神活动。imagination 既包括知觉基础上对某种不在场的、客观形象或事件的心理再现，也包括在知觉材料基础上创造新形象的心理过程。这在西方文学传统中是一个有着丰富内涵的术语，自柏拉图以来，多种文学理论中都有所讨论。对于柏拉图而言，艺术

---

42 Fenollosa, Ernest. *The Chinese Written Character as a Medium for Poetry : A Critical Edition*. (With a Forward and Notes by Ezra Pound. New York: Fordham University Press, 2008, p50.

是由现实美向理想美的回顾、想象、追求过程，诗人的想象是一种非理性的活动，是神灵附体而产生的诗性迷狂，是"诸神的馈赠"[43]。与之相反，亚里士多德却认为想象"存在于我们意愿所及的能力范围之内"，"是由现实发生的感觉所产生的运动"[44]，是人在认知活动中用以创造、存储、回忆形象的机制，这些认知活动可能会促发或引导人的行为。这两种路径截然不同的思考，对西方后来的"想象论"产生了深远影响。

　　与西方"想象论"类似，《神思》篇也涉及艺术创作的构思过程，探讨灵性及物我交融的状态，因此现代学者在阐释"神思"时，也常常提及"想象"一词。"想象"早在先秦典籍中就已经出现，但在20世纪以后的文艺批评中几乎等同于imagination，因此诸多译者选用"imagination"毫不奇怪。杨国斌与施友忠在翻译中都用到此词，杨译前言还特别比较了19世纪英国浪漫诗人柯勒律治的"想象论"和刘勰的"神思"，认为二者有异曲同工之妙，都指"文学创作过程中那种自发的、附有创造性的力量"，且都需要一定时间的心理准备来酝酿[45]。

　　但是，从《文心雕龙》来看，"神思"对想象世界的展现并不受现实发生的感觉限制，也并不是作者排除理智的"迷狂状态"，反而强调物我交融，情理与神思并行不滞。用imagination来翻译"神思"，未免会掩盖中国话语体系下"神思"的一些内涵。同时，imagination在英语中本来就是一个非常复杂的概念，即使是西方学者对其定义也争论不休。英国哲学家斯特劳森就曾指出，关于"形象""想象"这组词汇的用法已经形成一个复杂、分散的意义家族，仅仅辨认和列举这一家族中的成员都十分困难，更别提那些来源与旁系问题了[46]。当"神思"由imagination取代时，英语读者很可能将西方传统"想象"的一些特殊内涵融入"神思"中。一方面，这种翻译强调了文学构思中主体的灵性以及作者与现实的关系，实现了中西关于文学创作想象的融通；另一方

---

43　柏拉图："斐德罗篇"，《柏拉图全集（二）》，王晓朝译，北京：人民出版社，2003，第158页。

44　亚里士多德："论灵魂"，《亚里士多德全集》第三卷，苗力田主编，北京：中国人民大学出版社，1992。第71-75页。

45　刘勰：《文心雕龙》（大中华文库汉英对照本），杨国斌英译、周振甫今译，北京：外语教学与研究出版那社，2003。第27页。

46　Strawson, P.F., "Imagination and Perception", in *Experience and Theory*, L. Foster and J. W. Swanson (eds.), Amherst, MA: University of Massachusetts Press, 1970. pp. 31-54.

面，英语语境中关键词的复杂传统与多义又可能影响读者的判断，变异出一些不同于汉语原文的附加意义。

值得注意的是，在希腊文本中，亚里士多德讨论想象所用的词实际为 φαντασία（phantasia），一般被译成 imagination，因此被看作西方想象论的重要传统。但是这一词的词根是从光（phaog）变化而来，正如亚里士多德本人所言："没有光就不可能看。"[47]这一词也是英语词汇 fantasy 的来源，而 fancy 一词在历史上曾经与 fantasy 同义，都有想象、幻想的意思，也许因为这个原因，杨宪益将"神思"翻译为"On Fancy"。但是与 imagination 相比，fancy 更强调视觉的重现，难以涵盖文学创作过程中对现实的复杂再现。而且 Fancy 在现代英语中已经与 fantasy 相区别，另有新奇、爱好等义，因此并不恰当。

## （二）生气与灵感：spirit，spiritual，inspiration

Spirit 在英文中有精神、精灵、神、灵魂等多种含义，其同源形容词为 spiritual。从某种角度来说，与"神"在人物品评、艺术鉴赏、宗教信仰、文学创作等多方面有所契合。该词来源于拉丁语"spiritus"，原意是"呼吸、神之气息"，与动词 spirare（呼吸）有关，转而指"灵感、生命气息"等，因此也可以用于描述人的性格、情性、精神、勇气等。在西方传统中，人之存在是因为吸入神（上帝）之气息，一如女娲吹一口气使人获得生命；人能创作，是因为吸入了神灵之气，得到灵感。这种"呼吸"的含义，与"神""气"的关系有几分相似。刘勰认为"文之思也，其神远矣"，"神"游离于形，可思接千载，视通万里，不受时间与空间的限制。创作之初，酝酿文思前首先要"虚静"，然后"神思方运"。"神"在其他篇章中也有所涉及，比如在《养气》中，"神"常与"生""气""命"等联系在一起，和外在之"形"相对。养气才能避免"神疲而气衰"，正如《管子·内业》所言："凡人之生也，天出其精，地出其形，合此以为人"（《管子·内业》）。只有精、形和谐，才能产生生命。《养气》中，刘勰不但描述了文学创作对人的生理、精神状态的影响，还指出了人的生理、精神状态对文学创作的影响，文学创作是消耗作者形神的活动。如果自身才智不足以支撑心力消耗，则可能"精气内销……神志外伤"。因此，练形养气有利于作者的创作活动，也是神思的重要来源。同时，spirit 又可以指各种超自然存在物，包括天使、魔鬼、幽灵、

---

47 亚里士多德："论灵魂"，《亚里士多德全集》第三卷，苗力田主编，北京：中国人民大学出版社，1992，第 71-75 页。

精灵等。这与神从最初的超自然"神鬼"演化为自然化力量的过程也非常吻合。

宇文所安在该篇译文中凡是遇到"神"都使用"spirit"来翻译，在其他篇目中，也尽量统一，如《原道》篇结尾的"神理设教"，被译为 the principle of spirit establishes teaching[48]，在文赋的翻译中，"志往神留"被译为 when mind strains toward something, but spirit remains unmoved[49]。当然，对于不同的"神"，宇文所安也有其他理解，如《文赋》结尾处："象变化乎神鬼"，就译为 semblance of divinity in transformation[50]，此处突出了"神鬼"的神圣性。总的来说，宇文所安在翻译"神"时，所用最多的词是"spirit"，保证了文本的统一，同时也兼顾了"神"的多重含义。不论是宇文所安的 spirit thought，还是施友忠的 spiritual thought，都将"神"与气的关系统一于"spirare"（呼吸）。但是，"spirit"在现代英文中使用太过普遍，很难突出"神"作为关键词的特殊地位。

另一种与生气、呼吸相关的翻译是 inspiration。梅维恒主编的《哥伦比亚中国文学史》中在介绍《文心雕龙》时，特别提到《神思》篇，便用了 inspiration[51]，后附拼音"shen-ssu"。Inspiration 意指灵感，特别是源自神的影响。该词源于拉丁语 inspirare，本意为吸气，和 spirit 一样和动词"spirare"（呼吸）有关。

（三）灵性与诗性：daemon，daimon

蔡宗齐也用"Spirit and Thought"来指称"神思"，但在阐述"神"的概念时，又提出"daemon"的概念。他认为，在《文心雕龙》中，"神"表现为多个层面，其中最值得注意的有两种：一种是作为生命创造活力（élan vital）的依附于形体的"神"，一种则是游离于身体外的超越时空的"神"（Daemon）。他指出，"神"附于形，而最终超脱于形，神形兼具才真正构成人这一生命体，

---

48　宇文所安：《中国文论：英译与评论》，王柏华、陶庆梅译，上海：上海社会科学出版社，2003，第 197 页。

49　宇文所安：《中国文论：英译与评论》，王柏华、陶庆梅译，上海：上海社会科学出版社，2003，第 176 页。

50　宇文所安：《中国文论：英译与评论》，王柏华、陶庆梅译，上海：上海社会科学出版社，2003，第 180 页。

51　Mair, Victor H. ed. *The Columbia history of Chinese Literature*. New York, Chichester, West Sussex: Columbia University Press. 2001. p.928. 见 Dore J. Levy 撰写的"文艺理论与批评"(Literary Theory and Criticism)部分。

这种二重性与西方语言中 "daemon" 一词颇近[52]。与此类似，汉学家艾郎诺在探讨《神思》篇时，也把 "神" 理解为 daimon，也即 Daemon 的异体形式，代表着原始冲动和生命力，是一种把灵性与人性结合起来的力量。[53]这种翻译很可能受葛瑞汉影响，他曾将庄子的 "神人" 译为 "daemonic man"，认为 "神" 暗指某种高于人的神秘力量，遍及宇宙，存在于人心底。[54]

Daemon 在古希腊神话中指次于奥林匹斯众神的小神小鬼，包括指引灵、守护神等，可以是半神的精灵，也可以是死者的灵魂。它游走于神与人的世界之间，是神与人的媒介。歌德在谈到这一词时说："精灵（daemon）在诗里到处都显现，特别是在无意识状态中，这时一切知解力和理性都失去了作用，因此它超越一切概念而起作用。"[55]诗歌从头到尾都受某种"灵"性（daemonic）支配，不可依理智见识来解释，这一看法和柏拉图的"迷狂说"一脉相承。Daemon 是创作冲动与灵感的来源，而 "神思" 则为内心与外物相感召并且可以游离体外的精神力量，是以 "神居胸臆"，"物沿耳目"；二者最初又都表示神灵等未知力量，故有可融合之处。但是，歌德诗性的 Daemon 对艺术家有绝对的控制权，以致于最高度的 daemon "所产生的影响可以压倒一切而且无法解释"[56]，"神思" 虽飘忽不定，作文者却可以通过虚静、养气、积学、酌理等训练逐步把握。此外，由于在圣经希腊文本和拉丁文本中 Daemon 被用来翻译 "异教神" "邪灵" 等，因此在现代英语读者眼里太容易和恶魔联系到一起。

关于 Daemon，陈思和曾阐释道：

> 它神通广大，但又常常在人们失去理智的时候推波助澜，所以既有客体性，又与人的性格、心念、本能密切相关。它是对社会某种正常秩序的破坏，包括对社会意识形态的正统性（苏格拉底）、对社会伦理与道德的制约性（第娥提玛）、以及对自然界规律的神圣性

---

52 Cai, Zong-qi. "The Conceptual Origins and Aesthetic Significance of 'Shen' in Six Dynasties Texts on Literature and Painting", in Zong-qi Cai(ed.), *Chinese Aesthetics: the Ordering of Literature, the Arts, and the Universe in the Six Dynasties*. Honolulu: University of Hawai'i Press, 2004. pp.310-342.

53 Egan, Ronald. "Poet, Mind, and World: A Reconsideration of the "Shensi" Chapter of Wenxin diaolong", in Cai, Zong-qi(ed.), *A Literary Chinese Mind: Culture, Creativity, and Rhetoric in Wenxin Diaolong*. Stanford: Stanford University Press, 2001. p101-126.

54 A. C. Graham(trans.), *Chuang-tze: The Inner Chapters*. London: Mandala, 1986. p18.

55 歌德：《歌德谈话录》，朱光潜译，北京：人民出版社，1983，第 236 页，朱光潜将 "Daemon" 译为 "精灵"。

56 歌德：《歌德谈话录》，朱光潜译，北京：人民出版社，1983，第 236 页。

（波斯王），但在这种强烈的破坏动机里仍然包含了创造的本能和意愿。[57]

这段话讨论了 Daemon 的创造性力量，同时，也突出了 Daemon 的破坏性，实际上，这就是现代英语中 Daemon 的常用义"恶魔"的本质特点。

艾郎诺也意识到 daimon 比较容易让人把"神"与"恶魔"混为一谈，但他认为，在中国古代，"神"是人内心或灵魂与自然世界不同神性相应和的某种因素，其基本特点是能够游离体外，因此与 daimon 比较接近。此外，《神思》中的"神"变化多样，即可以作为名词，又可与某种动作或性质相关联，英语中就难以找到相应的动词和形容词形式。但是，脱离歌德所特别讨论的诗歌中的"灵／神"，Daemon 一般指向某种有意识的灵，与"神思"中飘忽不定的灵感来源、作文构思的支配主宰"神"有一些差异。

除了以上翻译，还有一些译者采用不同的方式。比如方志彤在翻译《文赋》时就用了 psyche。"psyche"（ψυχή）在希腊语中原指灵魂、思想、生命、呼吸等，是某种占据并引导肉体的看不见的力量，也可以指幽灵，鬼魂。其中呼吸是很重要的含义，一般认为该词的词根与"吹，呼吸"有关。生命的根源在于运动，而呼吸就生命中最重要的运动，因为有呼吸才有生命，呼吸停止则意味着死亡来临。古希腊人相信人死后灵魂会离开身体，游离于肉体之外，呼吸运动也因此终止。这与"spirit"或汉语中"神"的含义背后有着类似的认知基础。古希腊哲学家的著作中经常提到"psyche"，比如柏拉图的论述中 psyche 一般被理解为"灵魂"，灵魂因自我运动而成为一切运动和生命的源泉。

imagination、fancy、Daemon、daimon，它们各自突出了"神"的某些方面，或强调形象的创造性再现，或关注神思与呼吸、生气的关系，或突出灵性对诗性的影响，但是它们都无法脱离西方文艺批评中关于"想象"、"灵感"的传统，总是与理智、清醒的状态形相对，为灵魂与肉体、心灵与感官的二元对立所束缚。这一点是中国关于"想象"的传统中不曾提及的，因此翻译起来始终如橘生淮北，有些生硬。总之，任何一种文化中的关键词，都扎根于该种文化的历史之中，无法脱离语境存在，因此通过语码符号的转换移植于其他语境时，总是会产生这样或那样的异变。

在翻译"神思"等中国古代文论关键词时，我们首先要历时地看待其概念，

---

57 陈思和：《试论阎连科的〈坚硬如水〉中的恶魔性因素》，《当代作家评论》，2002年第04期，第34页。

研究其生成和发展的特点，还要注意不同文学流派、不同文学家使用关键词的"共性"与"个性"，立足于关键词意义的历时研究，并借助中外文论术语概念和意义的横向比较，再定夺选择。虽然翻译的结果几乎不可能达到完美，却总是在目的语中参与新意义和话语秩序的建构。因此，对关键词翻译的辨析，以及对其在目的语境中接受与变异的思考，有利于我们对中国文学传统的发掘与继承，更能帮助我们梳理异质语言文化交汇时的种种复杂因素，思考中国古代文学思想独有的价值和特点。诸如"神思"的这些关键词绝不是孤立的语词，而是在多种相互关联、相互影响的历史文本中发生作用的重要范畴。事实上，他们在译语中被呈现、阐释和讨论，正是中国古代文论进入世界文学话语体系的微观例证。

## 第五节　关键词英译与话语秩序的建构

《礼记·王制》曰："五方之民，言语不通，嗜欲不同。达其志，通其欲，东方曰寄，南方曰象，西方曰狄鞮，北方曰译。"这段话不仅说明翻译活动最初的起因，四方指称翻译活动的不同术语本身就是翻译的一个实例。作为不同语言文化人群交流的重要途径，伴随着不同文化的接触、交融，翻译已有几千年的历史。但是，翻译在过去主要作为一种工具而存在，或者为转达四方之言，或者为记载他国之语，或者作为语言学习的重要手段。在此期间，翻译家、语言学家也对翻译的技巧、意义、作用有所感悟，但是直到 20 世纪中期，人们才真正开始对翻译活动的方方面面进行系统的思考和研究。

20 世纪 90 年代，在巴斯奈特（Susan Bassnett）和勒弗维尔（Andre Lefevere）等学者的倡导下，翻译研究经历了所谓的"文化转向"。翻译与社会文化的变迁，译者和翻译的地位，翻译对读者的操纵等成为翻译研究关注的前沿命题。全球化的时代，越来越多的读者不是只懂母语的单语者，而可能是同时阅读原文和译语的读者。译者的取舍与读者的迎拒同时影响翻译活动的过程与结果。翻译中出现的语言表达差异甚至误漏变得无可遁形，随之而来的是，学者们关注的不再仅限于翻译技巧、翻译模式改变，更把眼光投向翻译与权力的关系。以及权力在文化生产特别是翻译生产中的意义。这些命题带来学者关于意识形态、话语权力等问题的思考，正如泰莫克佐（Maria Tymockzo）和根茨勒（Edwin Gentzler）在《翻译与权力》一书中所提出的"权力转向"。到了 21 世纪，学者重新将目光从社会文化转回到翻译书写本身，思考如何以"创造性"的目光重新定义翻译活动，怎样考虑翻译的文化属性，认知和意识，文本及文本间关系等问题[58]。翻译不仅是语言符号的转化，更涉及文化的跨越，意义的创新，概念的重塑，由此也确定着话语的秩序。而关键词往往是这一系列活动最突出、最要紧的载体。

话语的概念在英文中为 discourse。自 20 世纪中期开始，随着人文社会科学的"语言学转向"，话语研究成为多个学科共同关注的新兴研究领域。关于"话语"及"话语研究"的定义纷繁不一，主要有两种倾向。在语言学领域，话语研究更多是从语用学的角度出发，把"话语"看作语境中文本的实现过程、语言使用的实践或言语行为的结果。在这种微观社会学的视角下，"话语分析"主要是通过分析实际使用中的语言结构特征和使用特点，并从交际功能和说话者认知方面来解释语言的发生机制。另一种则从社会历史的宏观角度来理解"话语"，把它看作社会群体语言和非语言实践的全部，对社会生活中各种符号、象征、文本及话语的表征与传播进行分析，试图探究表象背后隐藏的真意。不论是从语言学，还是历史、文化、哲学、社会学角度来看，"话语"都关涉意义。在这里，意义不是与语言符号"能指"明确相关的"所指"，而是在特定语境下形成的社会实践的产物。因此，语言、文本不能脱离语境而存在。关注话语，意味着关注意义产生的场域、规则及机制。话语的产生与实践，实际影响着社会秩序的建构和权力的确定。

提到"话语秩序"，我们总是首先想到福柯的《话语的秩序》，在该文中，他从话语的排斥规则，评论、作者、学科对话语的约束，以及仪规、社团、信条对话语的限制等角度，分析了话语的结构和组织规则，探讨了权力对话语的监控。我们这里并不打算着眼于限制话语形成、传播的一般机制，而是借用"话语秩序"这一词汇，考虑翻译活动特别是关键词翻译对话语权及话语等级的影响。诚如福柯所指出的，言说个体在进入话语场时必须具备一定的资格与条件，这些资格和条件使某些人处于特定的位置，获得高高在上的话语权。同时，话语等级中的高话语权是在处于低处的受众的臣服和追捧之下才能被建构起来[59]。按照布迪厄的说法，任何符号系统都建立于一种二元对立的逻辑之

58　Loffredo, Eugenia and Manuela Perteghella (eds). *Translation and Creativity: Perspectives on Creative Writing and Translation Studies.* London, New York: Continuum, 2006. p2.

59　福柯：《话语的秩序》，参见《语言与翻译的政治》，许宝强、袁伟选编，北京：中央编译出版社，2001，第 1-31 页。

上，诸如好与坏、男与女、内与外等，这些对立概念所构成的网络"是滋生一切常识的摇篮，这种常识之所以理所当然地被接受，是因为它们的背后存在着整个社会秩序"[60]。尽管这个世界中的社会实践并不像布迪厄所言，那么清晰地以二元对立的方式进行区分，但是在人们的认知结构中，总是存在着某种"理所当然"的话语秩序，这在任何一种文化中乃至不同文化的交融碰撞中有所反映，并在实践中逐渐得到强化。然而这种话语的秩序并不是语言符号本身固有的，而是在话语使用中不知不觉通过言说者的角力、协商才逐渐获得合法性。一如语言符号的任意性，社会文化符号与特定社会现象之间的意义联系原本应该是任意的，并不直接反映社会现实。但是在特定的社会文化中，个体与群体逐渐达成一套共享的基本认知框架及价值标准，在历史中人为地建构起现有的文化系统。

翻译作为不同语言文化主体跨语言、跨文化的活动，非常典型地反映了话语秩序的建构。翻译的动机、译者的策略、翻译的结果，无一不参与到话语秩序的建构过程。而关键词从一种语言文化被介绍到另一种语言文化时，总是经历了能指与所指的重组和意义的重塑。译作的思想内容及语言特点可能会改变源语文化的地位，更可能对目的语社会文化产生模筑作用，从而实现两种文化主体的交流与共进。但是，两种语言所依附的政治、文化实体常有一种力量上的比较，通过翻译，强势方可能会对弱势方的语言、观念施加更多的影响，有时这种影响是强加于弱势方，有时弱势方对这种影响却是被热切欢迎的。

比如从中国近代翻译历史来看，明清由传教士开始的翻译计划，一方面将大量中国的典籍被翻译为英语，一方面是大量西方科学书籍被翻译为中文。19世纪末到20世纪初，梁启超、严复以及稍后的"新青年"以改变社会文化思想为己任，大量翻译文学作品、社会科学，如窃火者般将精神的火种引入中国。汉籍外译让西方人对中国古代的哲学、文学有所了解，但并未对世界人文社科话语产生实质的影响，西学中用却对中国现当代科学、哲学、文学话语产生难以磨灭的影响，而且推动了白话运动，对中国现代汉语的发展也起着不可低估的作用。"民主""科学""个人"等关键词随着翻译进入中国人的视野，并改变了人们的思想观念。

20世纪80年代，我国再次兴起翻译的高潮，不仅在数量上颇为可观，对

---

60 Pierre Bourdieu, Richard Nice，*Distinction A Social Critique of the Judgement of Taste*，Harvard University Press, 1984. p468.

整个社会文化的转变也起到了非常重要的作用。经历十年劫难，当时越来越多的中国知识分子迫切地希望进步、发展，因此西方的人文科学和社会科学著作被视为启发和引导中国民众重新思考的重要参考。如李泽厚主编的《美学译文丛书》、金观涛主编的《走向未来丛书》及甘阳主编的《文化：中国与世界丛书》，都认为引进西方的现代理论至关重要，因此，当时引进的著作明显偏重西方现代理论[61]。这些书籍受到读者的普遍欢迎，对中国当代整个人文社科的学术话语产生了重要影响。仅以当代文学评论领域，西方理论观点与关键词一时间占绝对的主导地位，以至于不使用西方术语似乎就不能谈论文艺美学问题。事实上，"文学理论""文学批评"的现代概念本身就是翻译的产物。

　　翻译活动的具体实践从微观方面参与话语秩序的建构，而中国古代文论关键词的翻译就是最好的例子。"文"与"literature"在词源发展上的契合，让人觉得二者似乎可以换，但是，当我们把"文"放在中国语言文化的历史背景中时，我们发现它实际上处于一系列相关概念共同编织的矩阵之中，其内涵由这些其他概念共同决定。比如"文"与"武"，"文"与"笔"，"文"与"言"，"文"与"质"，每一种对立都反映了"文"的某一个方面，"literature"是无法从每一个方面去对等的。使用"literature"来翻译"文"，其实质是强行用英语概念来替换汉语，在译文语境中消解了源语文化的一些重要内涵。当译者们专注于"文"的本义，试图以"pattern"这一原初概念来翻译时，有效地避免了后来"文"的多义纠葛，但是在汉语中，"文"的原初含义"错划、样式"与后来发展的多种意义有效地统一于同一个形式，而 pattern 却难以反映这种意义发展的一脉相承。译者在面对这一词的其他意义时，不得不选择其他词汇来补充。这样，"文"作为中国文学中的"关键"概念，在翻译中就可能失去其"关键"性。也可以说，在世界话语的秩序中，处于"失语"的状态。当然，不同语言的结构差异和各民族的认知差异，意味着各自对外部世界的表达方式必然不同，一旦需要进行语码转换，就要在不同的语言系统中进行协调、选择，最终呈现出的文本是译者对原文的解读，反映了各种因素影响下意义取舍的倾向。

　　但是，话语的秩序并非一成不变，而是受到话语主体所处的社会环境的影

---

61　王晓明：《翻译的政治——从一个侧面看 80 年代的翻译运动》，见酒井直树，花轮由纪子主编的《印迹：多语种文化与翻译理论论集》创刊号"西方的幽灵与翻译的政治"，江苏教育出版社，2002，第 275-289 页。

响。比如关键词是否作为关键词在新的语境中展现其特点，就取决于关键词的源文化与译入文化之间的博弈。前文所述"道"的翻译，从最初的"Way"到音译"Tao"，再到汉语拼音形式"Dao"，是一个从归化到异化的过程。最初的选择是从读者的角度考虑，因此贴近译文读者母语文化，后者则是从原文本的角度出发，因此对译文读者来说是疏离的，陌生的。陌生的概念被疏离的译语形式进一步彰显，实际上是对这一话语的异质性给予认可和肯定。而且，"道"这一关键词在其他语言的翻译中也会保持这种异质性，比如在日语里用汉字"道"，韩语中用"도"，也是道的音译。当"道"的语音形式被不同语言的读者普遍接受时，其能指就在其他语言中获得意义，在新的话语秩序中占有一席之地。

话语权势的等级秩序一定程度上反映了跨语言、跨文化交流碰撞的主体之间的互动，在这种关系中，二者之间的交流若不对等，缺乏主动权的弱势方即使被了解，也常常是一种被动的过程。不平等的话语秩序极大地损害了交流的公平性与有效性。尤其是在倡导多元文化共生共建的今天，如果一种语言文化的主体试图在多元互动中发出自己的声音，就必须掌握一定的话语权，在话语秩序中占据平等的一席。

# 第四章　中国古代文论英译中的文类问题

　　文类问题是文学理论中一个古老而重要的范畴，是文学理论的重要组成部分。中国古代文论中，也不乏有关文类问题的讨论，关于文类术语的界定与选择，也是翻译中国古代文论作品时常需要解决的问题。文类的划分不仅是形式上的区别，更关系到不同文学传统的内在理路，因此文类问题在中国古代文论的英译中值得关注。

## 第一节　中西文论中的文类问题

### 一、文类与文学传统

　　在西方，柏拉图的著作中就已经有相关讨论，他从模仿的角度，将诗歌分为戏剧诗、叙事诗与混合诗体三种。在此基础上，亚里士多德进一步提出戏剧、史诗与抒情诗三分法。在中国，早在先秦时期古人就有了文体分类意识，如《诗经》中"风""雅""颂"，尚书中有典、谟、训、诰、誓、命之分，《周礼·春官·大祝》中有祠（辞）、命、诰、会、祷、诔等"六辞"只说，无不反映古人对问题分类问题的重视。自汉代以迄魏晋南北朝，"文学的自觉"发展，使文学理论日益成熟，文体分类研究也随着类书编撰、文学选本及目录编撰的发展而得到更多关注。西汉末刘歆《七略》分类编目，列出"诗赋略"，东汉班固《汉书·艺文志》在此基础上序诗赋为五种[1]，曹丕《典论·论文》提出"四科八体之说"，陆机《文赋》有诗、赋、碑、诔、铭、箴、颂、论、奏、说十体之分。萧统《文选》以"事出于沉思，义归乎翰藻"的标准，列出诗文三十九类。刘勰《文心雕龙》更是以"论文叙笔，囿别区分"为纲领，"原始以表末，释名以章义，选文以定篇，敷理以举统"，实际上是以文体分类为基础展开其对于文学创作、鉴赏等问题的论述。

事实上，在任何时期的任何一种文化背景下，当人们试图创作、欣赏、解读、评价一部作品时，总是会涉及文类问题。作家受到某种模式的影响，通过文本的特征甚至作品的标题宣示其作品所属的类别，这些类别就像是一套作家认可的惯常准则，迫使作家去遵守，反过来又因此促发新规则的形成；读者通过各种途径了解有关这些规则的相关背景信息，尽管可能是无意识的，但这一知识却影响其阅读某文本时的期待视野；文学研究者、文学史编撰者在接触大量文学作品后也总是首先形成一定的分类认识，然后才能基于某种准则展开对于不同文学作品的深入思考与论述。不论从哪一方面来看，对于文学作品各种特征的条理化都是文学理论的重要基础。正如克罗齐所言："……认为精神没有对自身的感知，没有基本的概念，这在思想史的任何时期都是不可思议的，与事实也是完全抵触的。[2]"韦勒克与沃伦在其《文学理论》中更是写道：

> 文学的种类（literary kind）问题不仅是一个名称的问题，因为一部文学作品的种类特性是由它所参与其内的美学传统决定的。……文学的种类是一个公共机构，正像教会、大学或国家都是公共机构一样。它不像一个动物或甚至一所建筑、小教堂、图书馆或一个州议会大厦那样存在着，而是像一个公共机构一样存在着。一个人可以在现存的公共机构中工作和表现自己，可以创立一些新的机构或尽可能与机构融洽相处但不参加其政治组织或各种仪式；也可以加入某些机构，然后又去改造它们。……文学类型的理论是一个关于秩序的原理，它把文学和文学加以分类时，不是以时间或地域（如时代或民族语言等）为标准，而是以特殊的文学上的组织

---

1 其五种为"屈原赋""陆贾赋""孙（荀）卿赋""杂赋""歌诗"。参阅郭绍虞主编《中国历代文论选》第一册，上海：上海古籍出版社，2001年。第142页。
2 克罗齐：《美学原理 美学纲要》，北京：外国文学出版社，1983年。第290页。

或结构类型为标准。[3]

可见，韦勒克与沃伦认为文学的分类是文学研究中一个基本的、甚至是先行性的命题，"这一题目为研究文学史和文学批评以及它们二者之间的关系提出了重要的问题"[4]。

值得注意的是，尽管人们经常将文类定义为文学的分类，但文类并不等同于纯粹的文学分类问题。首先，这种定义实际上是一种同义反复，并不能给人真正的启发。其次，如果把"文类"仅仅视为一种分类系统，我们会发现在文学现象的实际操作中总是出现许多无法解决的问题，比如无法甄别某部作品的类型，无法确定不同类别之间的界限，无法回避类别自身历史变迁问题等，都可能让人无所适从。

我国在明清之际，已有不少学者意识到文类之间"同异兼具"，如王世贞认为文类之间"合而离，离而合"，查礼提出"词不同乎诗而后佳，然词不离乎诗方能雅"[5]，均指出文类有别，但相互之间又互相渗透。在西方，自17世纪中期以来，布莱尔等人指出文类没有清晰可分的边界[6]；当代美国学者赫施（E. D. Hirsch）则认为，与其把文类视为类别（classes），不如将其看作类型（types），他提出：类型完全可以由一个单例所代表，而类别则通常基于大量的实例。他的观点从阐释学的角度解释了文类边界的不确定性及可变性，因为"类型"意味着当中的某作品不一定具有另一作品的全部特质，且新作品的出现可能会带来该类型的新特质[7]。也就是说，类型是处于不断变化中的。

这些讨论一方面说明在中西文学传统中，关于文类的界定众说纷纭，另

---

3 （美）勒内·韦勒克，（美）奥斯汀·沃伦：《文学理论》，刘象愚等译，杭州：浙江人民出版社，2017。第222-223页。此段中"公共机构"一词原文为 institution，既可以指机构，也可以指制度、习惯。个人觉得原文作者用教会、学校等机构来作类比，实际上是强调文学类型的制度化特征。

4 （美）勒内·韦勒克，（美）奥斯汀·沃伦：《文学理论》，刘象愚等译，杭州：浙江人民出版社，2017。第235页。

5 ［明］王世贞：《艺苑卮言（卷一）》，丁福保辑，《历代诗话续编》，北京：中华书局，1983，第964页；［清］查礼《铜鼓书堂词话》，唐圭璋编，《词话丛编》，北京：中华书局，1986，第1482页。均转引自陈军《我国文类问题的历史回顾、研究现状及展望》，《云南师范大学学报（哲学社会科学版）》2007年01期，87-92页。第88页。

6 参见 Fowler, Alastair. *Kinds of Literature: An Introduction to the Theory of Genres and Modes.* Oxford University Press. 1982. p 37.

7 Hirsch, E. Donald. *Validity in Interpretation.* New Haven and London: Yale University Press, 1967. pp 50-58.

一方面说明文类并不是简单的文学分类。不同民族对于文学类型的理解各不相同；每一个时代也有自己的文类系统。这往往是因为特定历史时期及文化背景下的主流意识形态的影响。每个社会总是选择与其意识形态最相符的行为并将其制度化，这在文类的形成过程中也是如此。因此在不同社会文化中会出现文类的错位、缺失等现象，而不同时代也往往有着影响最广泛的代表性文类。比如中国文学传统中的汉赋、唐诗、宋词、元曲，即说明每一时代有每一时代的文学，再比如：古希腊史诗被看作是叙述文学的鼻祖，而 18 世纪叙述文体——小说（novel）的兴起有着对史诗叙事传统的继承，但其个体主人公的确立却与古希腊史诗中的英雄群像形成鲜明对比[8]。可见，不同文学传统中的文类，总是基于一定的文化、时代背景，并反映着该文学传统乃至文化传统的历史发展。文类的研究，不是为了简单地分类，而是为了确定文本的性质和特点，从而更好地阅读、阐释文本，并进一步研究其背后特定的文学传统。

## 二、中西文类之辨："体"与 Genre

在中国古代，文类问题常名以"体"。然而"文体"的概念十分广泛，除了指文学类型以外，还涵盖了文学的其他方面。现代词汇"文体"更多地指向与内容相对的形式范畴，在语言学中又作为 Stylistic（风格学／文体学）的英译而存在，指向语言学的一个分支。按照徐复观的看法，在六朝以前，文类的观念尚无定名，"一谈到'文体'，所指的都是文学中的艺术的形象性[9]"，这和现代与内容相对的形式上的种类是截然不同的。虽然本文认为中国古代的"体"并非都是指艺术形象性，但其与现代的"文体"颇不相同，这一点毋庸置疑。中国古代的"文体"不但与今之"文体"不同，与西方的文类 Genre 也不一样。因此我们讨论中国古代文论的文类问题，首先需要从古代文学的语境出发，细细甄别中国古代文学中的关于文类的一些关键概念。

说文曰："体（體），总十二属也，从骨豊声。"段玉裁注道："十二属许未详言，今以人体及许书覈之。"也就是将"体"解释为身体各个部分的总合。《释名·释形体第八》则说："体，第也。骨肉毛血表里大小相次第也。"

---

8 中国小说中《三国演义》《水浒》对大时代的关注与《金瓶梅》《红楼梦》对个体的关注，也有类似的差异。
9 徐复观：《中国文学精神》，上海书店出版社，2004 年。第 133-134 页。

这表明了其用于身体的含义，同时也说明体与秩序的关系。"体"用于别处，是人对身体的认知的延伸，是身体概念映射到其他领域的结果。曹丕说："夫文本同而末异，文非一体，岂能备善。……盖奏议宜雅，书论宜理，铭诔尚实，诗赋欲丽。此四科不同，故能之者偏也；唯通才能备其体。[10]"从文章的功能出发，谈及文章的体裁和表达特点，首次看到文章相同的基本规则之外，还有不同文体的差异，提出所谓的"四科八体"，是其后有关中国古代文体论述的滥觞。这里"体"从"十二属"的含义延伸到文章的种类，对曹丕而言，这些不同种类的文章因其功能不同而属于不同类别，应有相应的表达风格，故此时的"体"已经兼具体裁与风格之义。但是，曹丕并没有具体说明不同种类或体裁的形式特点，而是模糊地概述了各种类的表现方法。及至陆机《文赋》，进一步说明不同文体之性质，如"诗缘情而绮靡""赋体物而浏亮""碑披文以相质""诔缠绵而凄怆"等，仍然主要以风格论文体，辨析并不明确。

当代学界对中国古代文论中的"文体"问题也有众多不同的看法，有"体派""体类"之说，"体裁""体要""体貌"之说，"体裁""语体""风格"之说，"体类""语体""体貌"之说等[11]。总体而言，学者们都强调了中国古代文体的复杂性，不仅有体裁上的区别，还有从语言风格、内容主旨及文学性质等方面的类型判定。因此，中国古代的"文体"论引起了不少汉学家的关注，特别是将其与西方的文类理论（genre theory）相映而论。在涉及与文体相关的术语如"体""裁""类""流"等的实践中，研究者往往理解不一，翻译时也各有所取。例如汉学家海陶玮曾撰文讨论《文选》与中国的文类理论，主要从形式的角度分析了《文选》的分类标准，并梳理了中国古代关于文体分类的论述，因此也涉及着眼于内容或风格的分类。他就将这类文体标为"genre theory"。汉学家宇文所安则认为中国的"体"一词，"既指风格（style），也指文类（genres）

---

10　曹丕：《典论·论文》，郭绍虞主编《中国历代文论选》第一册，上海：上海古籍出版社，2001年，第158页。

11　如罗根泽提出在《中国文学批评史》中提出，中国所谓文体，包含体派之体（style）和体类之体（literary kinds）两种意义；徐复观《中国文学精神》则指出中国古代的"文体"实就艺术的形象性而言，有具体形式上的"体裁"，基于艺术性的"体貌"和基于事义或实用性的"体要"之分。童庆炳《文体与文体的创造》则将中国古代文论中的"体"分为"体裁的规范"、"语体的创造"和"风格的追求"三个层次。更多观点见马建智《中国古代文体分类研究》，北京：中国社会科学出版社，2008年。马建智本人将中国古代文体主要分为"体类""语体""体貌"。

及各种各样的形式（forms）……体现了某种区分，因而也就体现了某种关注，这是与之大体相当的那个英文术语所没有的。[12]" 从这段论述来看，似乎认为"体"的概念大于"genre"。

那么究竟什么是 genre？首先，genre 一词源于法语，在古法语中与 gender 一词异形同意，拉丁词根为 genus，指种类、种属、特点、性别等，在现代法语中逐渐与 gender 分化，后者主用于性别，前者则指类别、种类、风格等，在法语中尤指某种独立风格。用于文学领域，genre 是一个有着古老传统的术语，其意义在不断发展变化中。尽管 genre 是一个发展的概念，仍然有许多人将其理解为传统的文学类型。例如《文学理论关键词》（Key Concepts in Literary Theory）一书中的解释为："Definable types or forms of art and literature. [13]" 意即"可定义的艺术和文学类型或形式"。书中进一步提到最被广为接受三种文类：散文、诗歌、戏剧，以及其下一些细类。实际上这一观点基于柏拉图、亚里士多德确立的史诗、抒情诗、戏剧的三分法，在当代的文学研究中已经不足以支持文类理论的发展。

还有一些学者似乎有意忽略文类的历史变化，以一种理想的方式把文类看作某种永恒不变的形式。如有学者认为：Genre 对于评论者来说有点像柏拉图笔下的理式（idea），无论时间如何更替，它都是文学得以存在的永恒原型（permanent archetypes）。[14]法国理论家托多洛夫意识到这种做法的不妥，因此对"理论上的"文类与"历史性"的文类作了区分，但是他把理论中的文类与历史事实中的文类分开讨论，从某种角度来说，却是在文类的文学事实和文类的有关构想之间建立起一道藩篱[15]，这显然无益于文类的研究。

总的来说，genre 本身就是不断发展的概念，在当今的文学研究乃至历史学、社会学、人类学等研究中都颇受关注。就文学领域而言，其定义也是五花

---

12 宇文所安，《中国文论：英译与评论》，王柏华、陶庆梅译，上海：上海社会科学出版社。2003。第 4 页。

13 Wolfreys, Julian & Ruth Robbins, Kenneth Womack. *Key Concepts in Literary Theory (Second edition)* Edinburgh University Press, 2006. Pp46-47.

14 Levi, Albert William, "Literature and the Imagination: A Theory of Genres", in Strelka, Joseph. P.(ed.), *Theories of Literary Genre.* Yearbook of Comparative Criticism 8, University Park: Pennsylvania State University Press.1977. p18.

15 Todorov, Tzvetan. "The Notion of Literature." Lynn Moss and Bruno Braunrot(trans.), *New Literary History.* Vol.5, No.1,1973. pp 5-16. 此处对托多洛夫观点的评论,借鉴了 Alastair Fowler 的观点, 见 Fowler, Alastair. *Kinds of Literature: An Introduction to the Theory of Genres and Modes.* Oxford University Press. 1982. 第 46 页.

八门，众说纷纭，在英语中就有 kind，sort，class，type，style，form 等多种解释。有时它又与这些术语并置，其含义显得有些模糊，相互之间的关系与边界也不太清楚。这与"文体"在当下中国文学批评中的境地很有几分相似。"文体"是在中国文学传统中逐渐形成的范畴，genre 则延续着西方自古希腊罗马以来的文学脉络；二者表明：文学发展到一定时期，人们对文学作品的创作、欣赏或评论总是离不开一定的基础概念和基于这些概念的精神感知。但是，不同的民族语言、文化历史催生不一样的文学作品，这使滋养于不同土壤的"文体"和 genre 必然存在内涵与外延的差异。

## 三、中国古代文论英译中涉及的具体文类问题

中国古代的文体研究十分发达，自曹丕《典论·论文》始，逐渐形成一个文体研究的传统，这受到海外汉学家的关注，常被作为文类问题的一部分来讨论。我国当代学界虽然已经出现一些文类问题的系统论著，但还缺乏将其置于世界文学视野中的讨论。中国传统的文体研究与西方的 genre theory 有何区别？如何与世界性的"文类研究"接轨？中国古代文学特别是文论中涉及文类的观点、术语应该怎样理解与翻译？恰当的处理才能让世界读者更好地了解中国古人对文类的看法，了解中国古代文学作品及思想的特点，并进一步对中国文学本身产生更浓厚的兴趣。文类研究对文学理论与文学史的建构有着至关重要的意义，中国古代文论英译中涉及的文类问题是中西文学思想对话的一部分，值得我们深入探究。

### （一）中国古代文体概念与西方文类概念的混淆

前面提到，中国古代文体研究虽然十分发达，但文体与西方的文类概念属于不同的文学传统，因此其分类体系具有不同的标准与目的；而且"文体"一词本身就具有丰富的含义，在实际操作中，究竟作何理解，往往需要读者和译者根据语境来揣摩。有的学者将中国古代的文体研究作为文类来讨论，比如前面提及的海陶玮的论文"The Wen Hsüan and Genre Theory"（《文选》与文类理论）主要从昭明太子《文选》出发，集中探讨了包括曹丕《典论·论文》与挚虞《文章流别集》在内的中国古代文体学的历史和基本分类方法[16]。他特别阐释了《文选》及《文选序》，探讨了《文选》的选文标准与当时文体分类标准

---

16 Hightower, James. R. "The Wen Hsüan and Genre Theory", in *Harvard Journal of Asiatic Studies.* Vol.20 No.3/4,1957, pp512-533.

之间的关系。他指出：任何一部文学作品既是一种个体存在，又总是构成某种文学传统的作品集合的一部分。文类不是形成于某一部作品的创作，而是在一类文学的发展中逐步形成。只有当一类文学成型，且其存在被人们广泛意识到时，才有所谓的文类划分[17]。

在该文中，海陶玮使用了 genre、form、kind、sort 等词来表示中国文学中的文类划分，其中论文标题中使用关键词 genre，genre 在正文中出现 10 次，注释中出现 5 次；genres 在注释中出现 18 次，注释中没有；合计 33 次。form 在正文中出现 13 次，注释中出现 14 次；forms 在正文中出现 16 次，注释中 2 次；合计 45 次。sort 在正文出现 4 次，注释中出现 3 次；sorts 只在注释中出现 1 次；合计 8 次，但是多用于泛指"此类……"并不一定和文类划分有密切关系。kind 在正文中出现 3 次，注释中 1 次，均与 of 搭配成 kind of，可以泛指种类；kinds 在正文中出现 2 次。为了更清楚地显示各种与文类相关的词汇在文中的关系，我们用以下图表标出：

图 3-1a

词频明细

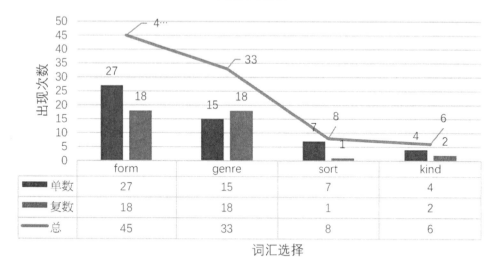

| | form | genre | sort | kind |
|---|---|---|---|---|
| 单数 | 27 | 15 | 7 | 4 |
| 复数 | 18 | 18 | 1 | 2 |
| 总 | 45 | 33 | 8 | 6 |

词汇选择

单数　　复数　　总

---

17 Hightower, James. R. "The Wen Hsüan and Genre Theory", in *Harvard Journal of Asiatic Studies.* Vol.20 No.3/4,1957, p512 of pp512-533.

图 3-1b

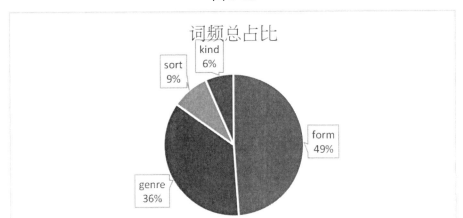

从以上图表可以看出，尽管海陶玮在标题中使用了 Genre 一词，文章中 form 出现的频率更高，而 sort 和 kind 数量很少，而且主要用于泛指，并不一定和文类划分密切相关。他在文中提出，魏晋南北朝时期，曹丕等虽然初步提出了文类的划分，但他们对文类的兴趣可能主要在于确定某人在人物品评中的位置并估量其相应于当时官制系统的才能。这虽然促生了中国文学史上最初的文类划分，但是由于基于作者表现和作品的特点，在形式上的区别并不明显。"form"的使用似乎说明海陶玮对文类的看法更倾向于从形式上来区分。

"genre"的使用则说明文类理论在西方已然是一个成熟的研究领域。值得注意的是，有些西方汉学家在读到这篇论文时，自动将标题中的"genre theory"转换为中国的文体理论。美国《文选》翻译与研究专家康达维在 20 世纪 90 年代的一篇中文论文中，特别提及海陶玮的这一研究，并将其标题译为"《文选》与文体理论"[18]。这一翻译意味着他将海陶玮的研究明确为中国文学的文体研究。我们也可以说，海陶玮用 genre theory 来标识中国古代文学中的文体论；康达维又用"文体"来重新阐释海陶玮研究的"文类理论"，他们的研究在中国传统文体学与西方文类理论间铺设了一条中间的道路。

但是，由于文体的"体"在汉语中本来就具有多种含义，即使是在同一篇中，也可能各有所指，需要不同的理解。例如杨慎在论及时人关于"诗史"的

---

18 康达维，《二十世纪的欧美"文选学"研究》，《郑州大学学报（哲学社会科学版）》，1994 年 01 期，第 54-57 页。

观点时说："夫六经各有体:《易》以道阴阳,《书》以道政事,《诗》以道性情,《春秋》以道名分。后世之所谓史者,左记言,右记事,古之《尚书》《春秋》也。若《诗》者,其体其旨,与《易》《书》《春秋》判然矣。[19]"在这一段话中,第一个"体"很显然是从目的出发,看起来似乎是文类的划分,且与将六经作为在文体分类之鼻祖的传统观点也相一致,可以译为 type 或 genre,因为这两个词在表示类型时,包括的内容比较广泛;但是从解释来看,这个"体"主要是说明六经各有偏重的内容和功能,因此"诗,"不同于"史",并以此来论证"诗史"说法不妥——这与后文"其体其旨"中的"体"是有所不同的。当"体"与"旨"并行,"旨"覆盖了意图、目的等含义,"体"则应偏重于其他方面,似乎理解为"诗"外在的体裁、形制更为合理,因此或许译为 form 比较能达成原意。

以上例子说明,由于中西文类传统不同,文体与文类概念在一定程度上既有交叉、重合之处,又有不同之处,且同一个术语在不同语境下的理解也不一样,使用起来极易混淆。因此在翻译中国古代文论时,首先要厘清中西文类传统与相关概念,并在传统文体学的基础上,建构起中国文类理论。

### (二)中国古代文类在西方汉学研究中的错位

中国古代文类划分的传统在选文、品评、编目中有比较集中的体现,其标准复杂,形态各异。从不同的视角出发,就可能出现不同的分类结果。有"文笔"二分法,也有"经史子集"四分法,也有曹丕提出的"四体八科"等。一部作品在分类中的位置及特征描述,既是古人对文献的有序整理,更反映出这些作品背后的文学传统与文学观念。文类的划分实际上是建构文学理论的重要因素。但是,由于中西文学观念及文类传统的差异,有时会造成中国古代文类在西方汉学研究中的错位与缺失,这在中国古代文论的英译及研究中也有所反映。

当西方汉学家对中国文学作品逐步有所了解后,开始以汉籍目录或题解的方式来向西方世界介绍中国文学。由于中国传统的目录分类中,虽然有"经史子集"之区别,却并没有将"文学"明确作为单独的学科,小说、戏剧之流更是不入大雅之堂,而这些恰恰是颇受西方人关注、最早进入西方人视野的文学类型。在 19 世纪中期以前,西人虽然主要依据西方的学科体系对汉籍进行分类,但往往将文学作品与其他学科的汉籍分体而录,并没有单独列出"文学"一类。据宋

---

19 杨慎,《升庵诗话笺证》,上海:上海古籍出版社,1987 年,卷四"诗史"125 页。

莉华考证，1719 年，法国东方学家傅尔蒙（Tienne Fourmont）所编书目中，"故事""戏剧"等文类与历史、地理、医学、宗教等并列而置；1838 年，英国汉学家基德（Samuel Kidd）编订的《皇家亚洲文会中文图书馆书目》中收录"小说""诗歌""传记"等，也是单独列出，没有统一于文学目录下[20]。由于当时西方对中国文献的知识还不够了解，这些目录中出现一些归类错误。此外，当时的汉学家由于其他原因，有时将文学作品划分到其他类别中。例如傅尔蒙就曾把一些小说、戏剧列为"语法类"著作，附录于《中国官话》一书之后。

从 19 世纪中期起，汉学家开始将众多文学作品纳入"文学"大类中，如伟烈亚力（Alexander Wylie，1815-1887）于 1867 年出版的《汉籍解题》（Notes on Chinese Literature）一书，就将汉籍分门别类，并做简单的介绍，共分经（classics）、史（history）、子（philosophy）与集（Belle-Lettres），集部则包括楚辞、别集、总集、诗话、词曲[21]。他的分类实际上是依据中国古代目录学中"经史子集"的划分标准，因此"诗经"也按照中国传统的分类放入"经"中。后来的汉学家道森（Raymond Dawson）在其编撰的《中国遗产》（The Legacy of China）中则把文学与哲学宗教思想、艺术、科学、政治等文献等共同作为中国文化的遗产来介绍，其中又将文学分为诗歌、小说和戏剧、史传三个部分，由霍克斯（David Hawks）、韩南（Patrick Hanan）、蒲立本（E.G.Pulleyblank）三位汉学家主撰。虽然这不是一本专门介绍各种文类的著作，但其布局表明了编者对文类的看法。本书不仅分出不少笔墨来讨论中国传统分类中不登大雅之堂的小说、戏剧，还将史记、左传、资治通鉴等史学著作置于文学语境中。事实上撰写"史传"部分的蒲立本是剑桥大学的一位中国史学专家。[22]

西方汉学界对于中国文学的划分越来越细致，包含了更多文类，但是对于文类的划分始终不一。20 世纪 90 年代，法国汉学家雷威安（André Lévy）在其《中国古典文学》（La Littérature Chinoise, Ancienne et Classique）[23]中，把中国古典文学分为典（Antiquity）、文（prose）、诗（poetry）、消遣文学（Literature

---

20　宋莉华：《西方早期汉籍目录的中国文学分类考察》，《中国社会科学》2018 年 10 期，151-180 页。

21　Wylie, Alexander. *Notes on Chinese Literature.* Shanghai: Presbyterian Mission Press. 1867. p243. 笔者所见为 1922 年的重印本。

22　Dawson, Raymond. Ed. *The Legacy of China.* London: Oxford University Press. 1964.

23　法文原版 1991 年由法国大学出版社出版，本文参考其 2000 年英译本。Lévy, André. (ed.), *Chinese Literature, Ancient and Classical.* William H. Nienhauser, Jr.(trans.), Bloomington and Indianapolis: Indiana University Press. 2000.

of Entertainment）几个部分。"典"主要为两汉及以前的典籍，主要介绍墨、法、道及儒家经典；"文"则包括历史、小品、笔记、游记、文论等；"诗"包括楚辞、乐府、唐诗、宋词等，汉赋也在这一部分予以介绍；消遣文学包括小说、戏剧。很显然，有韵无韵是他区别"文"与"诗"的主要标准，因此"赋"被作为"诗"的亚类。同时，他也尊重中国古代对于典籍的划分，将《诗经》放在"典"之下的"儒家经典"亚类中。

西方汉学家更多从西方学科分类的角度来看待中国文学，将其与宗教、历史、科学艺术等学科平等并置。对于文学的分类也主要沿用西方的概念。在大多数分类中，研究者或者从叙述方式区分诗歌、小说、戏剧、史传，或者以时间为基础阐述不同时代的文学类型特点。单以诗歌为例，有的认为有韵即为诗，故诗、词、曲、赋都列为诗类；有的则根据特定时代产生出的特定诗歌形态分出楚辞、汉乐府、唐诗、宋词等，例如德庇时在其《汉文诗解》中就完全按照时间书序，一直从诗经解到晚清[24]。总体而言，在西方汉学家对中国古代的文类研究中，文学的独立地位得到强调，叙述性文本与戏剧的地位被大大提高。值得注意的是，文论（或以诗话、诗文评的形式）出现在"文学"大类之下，尽管与文学作品的区分有些模糊，却反映了西方学者逐渐开始重视中国文学思想。由于中国文化传统的特点，文学与思想典籍、文学与历史典籍等之间的界限处理不一，关于"文"与"笔"、"雅"与"俗"的区别也与中国文学传统中的做法有所不同。

中国古代文类在西方汉学研究中的错位可能导致译者和研究者对文类的认定出现疑问，从而无法确定在另一种语言中的对应成分，此外，这也可能导致文本归类的错误，如把文学作品当成语法书，或者把文学思想主要看成文学作品，这都会影响翻译的选词，并决定译者的翻译风格和策略。这一点我们在论述《二十四诗品》的翻译时已有详述。

（三）中国古代文类概念在西方文类传统中的缺失

中国古代文类的一些概念在西方文类传统中无法找到对应的词汇，因此

---

24 John Francis Davis, "On the Poetry of the Chinese," Transactions of the Royal Asiatic Society of Great Britain and Ireland. 1830. Vol. 2. 393-461. 按前引宋莉华《〈西方早期汉籍目录的中国文学分类考察〉一文中认为德庇时将汉诗分为散文诗（Prose translation）、格律诗（metrical version）和意译诗（avowed paraphrase），理解有误。德庇时原意是说，由于文中涉及篇目多，引用目的不一，故为了方便起见，该文中对诗歌的翻译有时采散文体，有时采格律体，有时则只是意译。德庇时对诗歌的介绍，实际上是严格按照时间顺序来排列。

在翻译时，常会出现多种困境。同一个术语在不同译者眼里有不一样的理解，甚至在同一译作中，前后出现同一文类名称时，译者却用了不同的翻译。比如在《文心雕龙·论说》中，论与说相互关联，又相互区别，同样一个"论"字，就有 discursive，argument，discourse 等翻译；同是"说"，则有 argumentative、argument，exposition 等翻译。其中宇文所安用 discourse 来翻译"论"，杨国斌却用 discourse 来翻译"说"。那么"论"与"说"究竟是否有区别呢？刘勰说："述经叙理曰论。论者，伦也。""伦"原意是指有条理，故"论"应当为有条理地论述经典，阐明道理。从《论说》篇来看，"论"既可以是单独的文体，又可以是若干种体裁的创作形式。所举八种体裁——议、说、传、注、赞、评、叙、引，可以是论，也可以不是论，关键在于是否"弥观群言，而研精一理"。刘勰又说："说者，悦也；兑为口舌，故言资悦怿；过悦必伪，故舜惊谗说。"可见善说者必言语悦耳以顺听者心意。刘勰所举善说者如伊尹、太公、祝武、子贡等都是贤士劝说君王兴国的事例，故形式上要有说服力，需"顺情"，内容要有意义，需"中务"。但凡有效果的"说"，必须切中时机，思想正确。只有论辩得体，才能实现规劝的效果。Discursive、argument、discourse、treatise 均有说理论证的意思，但 Discursive 有一点漫谈的含义，argument 则有辩论、争论之义，treatise 常指学术论著，discourse 则对交流有所侧重，用于对某论点的论证阐述。Argumentative 强调辩论，辩争双方一般地位平等，Exposition 强调的是说明、阐述，把内容细节展开了给对象看。由此来看，discourse 比 discursive 更能突出"论"的条理性，比 argument 更能反映"论"的广泛性，而且也能涵盖"论"作为体裁及论证方式两方面的特点。Exposition 比 argument 更能反映"说"的对象性，不是两者平行的争论，而是一方向另一方的展示，但是却不能体现"劝说"的含义。也许用 suasion 来译"说"更合适。总之，如果不弄清楚这些文类在汉语中的含义，是无法用恰当的英语词来表达的。

再以"文""笔"为例，这是国内外研究中国古代文类问题的学者共同关注的问题。六朝时期文人提出"文""笔"之分，但其标准并不统一。有的认为有韵为文，无韵为笔，有的则认为有文采为文，无文采为笔；或者兼而有之，刘勰在《文心雕龙·总术》中对此有明辨。有韵无韵在西方也是划分文类的一个重要标准，但"文笔"的区分又不仅仅在于形式，这与西方"verse"和"prose"的区别是有所不同的，因而在英语中缺少对应的概念，这给一些汉学家造成翻译及研究的困扰。捷克汉学家杜克义就特别注意到刘勰对有韵无韵之狭义

"文""笔"的区分，并提出问题：刘勰眼中的文与笔到底是否为一组对立的概念？很显然，"文"是统摄全书的关键词，但是刘勰在论及具体文类时，又将其与"笔"相对，因此杜克义认为刘勰所谓的"论文叙笔"可能并不局限于有韵无韵的形式问题。他提出，前者主要是指诗，后者则更多指向那些本质上不那么具有艺术性的散文，因此他对刘勰的文类理论研究主要集中于诗学文类的讨论[25]。其实，"文"在不同语境下有不同的含义。《文心雕龙》第一章有意将"文"的含义置于形而上的地位，后文中"文"又经常特有所指，在中国古代文学及文论中，除了"文""笔"，还有"文""言"和"文""质"等相对的情况。刘勰的"文笔"，当是遵循六朝时常用范畴：《文心雕龙》上篇自《明诗》迄《谐隐》止，俱含有韵之文；自《史传》至《书记》则为无韵之笔。其"论文叙笔，则囿别区分"（《文心雕龙·序志》）。但是，我们确实应当考虑，"文"在"文笔"中究竟应该如何翻译才能体现狭义与广义的区别呢？如果说"literature"与"文"本身有诸多对应之处，那么与"笔"相对的文类概念"文"应该用什么词来翻译呢？"笔"一词又该怎么体现其功能性呢？正如杜克义在文中所说，"文"实在让翻译者大伤脑筋[26]。这从他自己的处理中就能看出来：在整本著作中，他都小心翼翼地加上了汉语读音"wên"，甚至在解释刘勰的"文类"理论一词时，特地明确地写为"the *wên* genres of poetry（distinguished from *pi*）"。"笔"一词干脆全部使用拼音"*pi*"

要之，中国古代文学体裁复杂，名称繁多，虽然有文体学研究的传统，但缺乏对文类术语的科学界定。因此有的概念自古以来界限难分，有的概念经过时代的发展已经名存实亡或者改变内涵。在与西方学术传统相遇的过程中，传统的综合性文类划分法与西方的学科化分类法之间产生一定的冲突，因此在翻译中也引出许多问题。近代以来，受西方文学观念的影响和冲击，中国学者对文类理论有了新的思考，现代文类研究与古代文体学之间也产生一定的分歧。关于文类的思考是建构文学理论与文学史的必要环节，在"世界文学"的大背景下，我们必须思考如何让古代的文体学在当代文类理论语境下焕发新生。这在中国古代文论的英译研究中，也至关重要。

---

25 Tőkei, Ferenc. *Genre Theory in China in The 3rd-6th Centuries: Liu Hsieh's theory on Poetic Genres.* Budapest: Akadémini Kiadó, 1971. p103.

26 Tőkei, Ferenc. *Genre Theory in China in The 3rd-6th Centuries: Liu Hsieh's theory on Poetic Genres.* Budapest: Akadémini Kiadó, 1971. p103.

# 第二节　中国古代文论中"赋"的英译

"赋"是中国古代文学中特有的文体形式，常与诗、词、文等并称。但是，赋的形式介于诗文之间，功能又介于实用与审美之间，这使"赋"在中国古代文学文类中处于一种特殊的位置。

## 一、关于"赋"文类的认识

古之作者对"赋"的认识也有很多不同的看法，侧重于不同的特点。早在南北朝时期，梁昭明太子萧统就在《文选序》中对"赋"与诗的关系作了讨论："赋者，古诗之流也。"[27]这句话说明"赋"的产生与诗有源流关系。又班固《艺文志》中有："传曰：不歌而诵谓之赋，登高能赋可以为大夫。[28]"主要是从表达的形式来说"赋"是以诵读的方式而非和乐而歌的方式呈现出来的。又刘熙《释名·释典艺》中说："敷布其义为之赋。"然其上有"诗之也，志之所之也。兴物而作谓之兴"，其下有"事类相似谓之比，言王政事谓之雅，称颂成功谓之诵，随作者之志而别名之也。"[29]可见，此处"赋"是与"兴""比""雅""诵"等并行，都是内容不同的诗的别称。直至陆机"赋体物而浏亮"，刘勰"铺采摛文，体物写志"，才从内容与形式两方面来确定"赋"的文体。刘勰指出："赋也者，受命于诗人，而拓宇于《楚辞》也"，是认为"赋"源于诗，在楚辞之后得以发展出新的疆域。后来清人陈廷祚说："赋骚虽异体，而皆原于诗。……至于赋之为用，固有大焉，以其作于骚之后，故体似之，而义则又裁乎诗人之一义也。[30]"也是认为"赋"与"骚"在体制上有所承继，但"骚""赋"皆本于诗。无论从形式还是内容、性质等方面来看，"赋"总是与诗、文有所交集，故"赋"既有可能出现在文集中，又可能出现在诗集中[31]，以至于郭绍虞将之称为"文学中的两栖类[32]"。

《文心雕龙·诠赋》对"赋"的源流和发展作了比较清晰的梳理。《诠赋》云："诗有六义，其二曰赋。"又说"赋自诗出，分歧异派。"赋这种文体继承

27 萧统编，李善注：《文选》卷一，中华书局，1977 年，第 21 页。

28 陈国庆编：《汉书艺文志注释汇编》，中华书局，1983 年，第 183 页。

29 王先谦撰集：《释名疏补正》第六卷，释典艺第二十。上海：上海古籍出版社，1984。

30 陈廷祚：《骚赋论下》，郭绍虞主编《中国历代文论选》第一册，上海：上海古籍出版社，2001 年。第 147 页。

31 不过在中国古代文学语境中，广义的"文"本来就包括了诗歌。

32 郭绍虞：《赋在中国文学史上的位置》，《照隅室古典文学论集（上编）》，上海古籍出版社，1983。第 80 页。

了《诗经》的修辞传统，由楚辞而拓宽宇域，然后兴盛于汉代。赋介于诗和散文之间，外形似散文，但又比后来的散文更具有内部的韵律结构。陆机《文赋》说："诗缘情而绮靡，赋体物而浏亮。"将诗、赋的区别归结为"缘情"和"体物"。其实早期的赋有许多抒情成分，如屈原骚赋是缘情为主。到刘勰的时代，赋已从《诗经》、楚辞中蜕变出来，经历了秦杂赋、汉赋、骈赋等发展阶段。秦世不文，故刘勰未作详解。汉是赋的重要兴盛时期，典型的汉赋往往文风华丽，词藻斐然，为天子歌功颂德，虽然结尾可能有讽谏之意，最后传世的却是铺陈的辞采。到了六朝时期，骈文的盛行也给赋的发展带来了影响，六朝的骈赋讲究对仗工整，用词华美，形式上的束缚不免影响文义的表达。刘勰认为赋"铺采摛文，体物写志"，仍然把"体物"看作赋的重要特点。同时，刘勰又指出"情以物兴，……物以情观"，故情志也是赋不可缺少的成分。"物"主文义，"情"主"文词"。如果仅有丽词，而无雅义，就会"繁华损枝，膏腴害骨"，就是说过于注重辞采反而有害文义。只有情物相宜，才能写出好赋。

　　西方学者对"赋"也有一定研究，特别是关注到中国古代文体的学者，一般都注意到"赋"的特殊性。海陶玮认为"赋"是中国文学史上最早的纯文学类型（the first purely literary genre），它的出现加剧了"文以载道"与"为文作文"（literature as its own）之间的矛盾[33]。显然他注意到"赋"既有实际功用的一面，又有抒情铺采的一面，人们对其认识根据不同的评价标注而改变。从汉赋开始汉学研究的康达维则把"赋"比作石楠花，认为"赋"包含了不同种类，且在其发展过程中，最初的"赋"与早先的其他文体相配产生新文体，比如汉赋，"而这种新文体后来反而被认为是这种文体典型的形式……后来，原来是石楠花形式的'赋'体终于也产生了杜鹃花，有些文学作品不再以'赋'为题，但是基本上却具有'赋'的体裁本质。[34]"宇文所安在论述《文赋》时，对"赋"这种文体作了大篇幅的解释。他指出，赋在早期阶段是"一种竭尽罗列排比之能事的（也就是现实修辞辞令）时髦文体……把一个题目的方方面面尽可能说尽[35]"。他还总结了"赋"的四个基本结构原则，即：按照事物或过程的传统分

33 Hightower, James. R. "The Wen Hsüan and Genre Theory", in *Harvard Journal of Asiatic Studies*. Vol.20, No.3/4,1957, p513 of pp512-533.

34 康达维，《论赋体的源流》，《文史哲》，1988 年第 1 期，42-47 页。另见蒋文燕：《研穷省细微　精神入画图——汉学家康达维访谈录》，《国际汉学》，2010 年第 2 期，13-22 页。

35 （美）宇文所安：《中国文论：英译与评论》，王柏华、陶庆梅译，上海：上海社会科学出版社，2003。第 79 页。

类法来组织宏观结构、以划分和偶对来展开论点、对论点反复申说，以及回头补充论点。他对这四个原则的总结，可以说是在仔细分析《文赋》等赋类文本之后得出的结论，明确地展示了"赋"的结构特点。

## 二、"赋"的不同英译分析

在中国古代文论中，一般认为"赋"源于《诗经》六义，然而六义中"赋"更多是诗歌的表现手法，"赋"体则是文类的划分。这种文类出于最初以铺陈、直叙为特点的"赋"的表现手法，但经过发展，自成一体。然而两种意义的"赋"常常以"重言反复"的方式互释，这在汉语语境中已经形成一定传统，但转换到英语时则有一些尴尬。目前西方汉学界对"赋"的翻译一般有三种，一种是以英语中的对应词来直接翻译，一种是用解释的方式来处理，一种则是直接用汉语拼音"fu"，例如海陶玮在其文类研究中就把"赋"看作文类的专有名词，始终用"fu"来指称。

"赋"在英语中的对应词五花八门，程汇娟曾经梳理过西方汉学家对"赋"体的英译，现摘录借用如下[36]：

表 4-2a

| 译者名 | 年　代 | 译　名 |
|---|---|---|
| 何可思（Edward Erkes） | 1926 | Song |
| 休中诚（E. R. Hughes） | 1951 | Prose Poem |
| 方志彤（Achilles Fang） | 1951 | Rhymeprose |
| 陈世镶（Chen Shi-xiang） | 1953 | Essay |
| 霍克斯（David Hawkes） | 1967 | Enumeration |
| 华滋生·波顿（Watson Burton） | 1971 | Rhyme-prose |
| 刘若愚（James J.Y.Liu） | 1975 | Exposition |
| 康达维（David Knechtges） | 1976 | Rhapsody |
| 黄兆杰（Wong Siu-kit） | 1983 | Descriptive Poem |
| 宇文所安（Stephen Owen） | 1992 | Poetic Exposition |

---

36 程汇娟：《陆机〈文赋〉英译探赜》，《英语研究》2008 年第 2 期，53-58 页。为与本书内容前后一致，后文讨论时使用译名有别于此表。"休中诚"为"修中诚"，"华滋生·波顿"为"华兹生"。

此外，在对《文心雕龙》的英译中，不同译者对"赋"的翻译也不同，列表如下：

表 4-2b

|  | 年　代 | 《宗经》 | 《铨赋》 |
|---|---|---|---|
| 施友忠 | 1959 | Fu or Narrative poetry | fu |
| 宇文所安 | 1992 | Poetic Exposition |  |
| 黄兆杰 | 1999 | the Fu poem | Fu, fu poetry, fu poems |
| 杨国斌 | 2003 | Rhyme-prose | Fu, or Rhyme-prose |

由此来看，对于"赋"的英译竟然多达十来种。其中何可思年代久远，当时西方对于中国古代文学文类的文献掌握还不够，"song"只是一个非常概括的翻译。修中诚使用 Prose-poem，注意到"赋"形式上介于散文与诗之间，但其落脚点在"诗"。不过，修中诚在其行文中，主要使用拼音"fu"来指称赋，从书名的英译也可以看出他认可"赋"的文体独立性——他将其对《文赋》的翻译和比较研究专著命名为"The Art of Letters, Lu Chi's 'Wen Fu', A.d. 302——A Translation and Comparative Study"。施友忠、黄兆杰的英译也偏重于其诗性特点，因此均以"poetry""poem"为中心词，辅以"descriptive""narrative"等修饰词，以说明"赋"描述、铺陈的特点，同时也反映了赋"原于诗"的源流关系。我们注意到，两人在翻译《文心雕龙》正文时，都使用了拼音"fu"，可见，两位译者仍然觉得解释、说明的方式不足以表明"赋"这一术语的特有意义。方志彤、华兹生、杨国斌则更认同赋"文胜于诗"的特点，故以"prose"为中心词，再加上"rhyme"来说明其用韵的特点。但是，这一翻译主要体现了"赋"的形式，对其内容、功用无法同时体现。事实上，就在同一年（1951），方志彤针对修中诚的著作在《哈佛亚洲研究杂志》上发表书评[37]，其中涉及"赋"一律用拼音"fu"代替，可见当时的汉学界已经逐渐认可用"fu"作为专业术语的合法性。

　　Essay、enumeration、exposition 的译法主要强调"赋"的内容特点。其中 essay 原意是内容散漫的随笔、短文等，虽然可能是美文，但与"赋"铺排、押韵的美感不太一样；enumeration 原意是点数，引申为列举详叙，逐条陈述

---

37 Fang, Achilles. Review on "The Art of Letters, Lu Chine's 'Wen Fu,' A.D. 302", in *Harvard Journal of Asiatic Studies*, Vol 14, No. 3/4, 1951. p615-636.

之义，这与"铺陈"之义有所切合，但同样忽略了其审美特征；exposition 的重点在于说明、展示，比如说明文、展览会等，都可以用 exposition 来表示，作为文体，其目的是将事物的外表、原理、机构等解释清楚，故应当条例清晰，逻辑清楚，这可以涵盖"体物"的特点，但同样未能表明赋"浏亮"所需的丰富辞藻和美妙语感。宇文所安在此基础上添加"poetic"一词来修饰，以平衡赋在内容与形式上的特点，他在翻译《文赋》及《文心雕龙》时都选用这一翻译，保持了一致性，但是他在翻译"论说"的"说"时，也用了 exposition 一词，这就容易引起读者的一些迷惑。与 exposition 相比，我认为英语当中 expatiation 一词更能突出"赋"的特点。Expatiation 前缀 ex-表示发散、游走，后半截源于拉丁文 spatium，表示"空间"，合起来便是天马行空地自由游走，古意常指思绪飞扬，神游万里，现在常指以丰富的词句扩展描述或讨论的写作方法，也就是详述、铺陈。和 exposition 相比，expatiation 更注重辞藻的铺陈，而"铺采摛文"恰恰是刘勰总结的赋的一个特点。

康达维可以说是汉赋的专家，他早期用"rhapsody"一词来翻译"赋"，事实上是沿袭了海陶玮、阿瑟·威利（Arthur Waley）之前的用法。Rhapsody 意为史诗，源于希腊 rhapsōidia，指诗歌吟诵，也可以指书或诗章。与其同源的希腊语 rhapsōdos 专指史诗的吟诵者，原意是把诗歌缝补起来的人。可见 rhapsody 强调史诗延续与整体的特征，以区别于分节式的诗歌。从 17 世纪起，这一词逐渐获得"狂热情感"的含义，后来在音乐中指狂想曲。因此这一词虽然在高涨的情绪与连续的吟诵方面和"赋"有所契合，却有着浓厚的西方色彩。康达维使用这一词，正是看中汉赋与 rahapsody 都在宫廷中被朗诵这一相似点。国内有些学者甚至认为，将赋译为 rhapsody 是欧美学者对中西文体缺类研究的重要贡献[38]。但是 rhapsody 总是与狂热、欣喜、情绪热烈联系在一起，而"赋"却可表达多重情感，若以 rhapsody 来翻译，会掩盖"赋"原本的一些含义。康达维本人在后来也改变了看法，不再赞成使用 rhapsody，而认为应该只使用"fu"。他觉得："应该让那些研究欧洲文学、美国文学的人知道这个名词……比如日本文学有一些文体，像 Haiku（徘句）、Noh Drama（能剧）不必翻译。"[39]

---

38 孙晶，《西方学者视野中的赋——从欧美学者对"赋"的翻译谈起》，《东北师大学报》，2004 年，第 2 期，第 87-93 页。

39 蒋文燕:《研穷省细微　精神入画图——汉学家康达维访谈录》,《国际汉学》, 2010 年第 2 期, 13-22 页。第 16 页。

从"赋"的英译史来看，译者对"赋"这一文类术语的翻译从一开始面向读者、寻求阐释开始，通过类比、对照的方式，逐渐加深对"赋"的了解，最终回归本意，还原其在中国文学语境下的本来面貌。这让我们不得不思考：在翻译中国古代文论或者整个中国文学时，我们究竟应该更注重阐释还是还原？为了让中国文学真正进入世界文学的领域，我们需要更多的沟通与对话，这免不了需要各种阐释和翻译。

# 第三节 《文心雕龙》中"颂"的演变及英译

《文心雕龙》中对于文体的阐述与划分在中国古代文类研究史上具有重要意义。刘勰在《宗经》一章中，列举大量文类名称，共 20 种，分为五组，正好以五经为祖。其中"颂"是《诗经》中就已既有的类型，刘勰通过第三章《宗经》和第九章《颂赞》，从《诗经》出发，经典枝条，展开个人对于"颂"这一文体源流及发展的看法。

## 一、《文心雕龙》中"颂"的含义

在刘勰之前，李充、挚虞、陆机等论及颂体，均以毛诗序为主要论据，但并无专论，直到刘勰才以专篇详论颂体之定义、流变和特点。《文心雕龙》中多处提及"颂"这一文体，在第三章，他指出五经乃"文章奥府"，颂赞则"诗立其本"；在第九章中，更集中阐述了颂赞的定义与历史。《毛诗序》有言："颂者，美盛德之形容，以其成功告于神明者也。"刘勰在《颂赞》中沿用这一说法："颂者，容也，所以美盛德而述形容也。"在刘勰看来，风、雅、颂并非三类相互独立的诗体，而是层层递进的关系："夫化偃一国谓之风，风正四方谓之雅，雅容告神谓之颂。风雅序人，故事兼变正，颂主告神，故义必纯美。"由风而雅，由雅而颂，从"序人"到"告神"，一步步推进。"雅"在风的基础上形成，"颂"是"雅"的进一步提升，由此阐释了"颂居其极"的含义。也正因为如此，"颂"是"宗庙之正歌"，与一般宴会上的咏唱不同。从写作特点来看，"颂为典懿，辞必清铄，敷写似赋，而不如华侈之区；敬慎如铭，而异乎规戒之域……"可见，颂的功用是颂扬、赞美；其内容是盛大功德，必须雅正纯美；颂告对象是神明与祖先；适用场合为宗庙祭祀活动；文体风格为用辞典雅精炼而又注重敷写容状；其形式往往歌舞并重。刘勰从各方面界定了"颂"的特点，并说明了颂与其他文体如赋、铭的区别和联系。

本于《诗经》的"颂"原应雅正纯美，不像风雅可以"事兼变正"。因此，刘勰以咸墨作歌为始，以《鲁颂》《商诵》《周颂》为"哲人之颂"，作为"颂"的典范。随后他阐述了"颂"的各种变体，内容由赞颂盛德逐渐扩充到"人事"和"细物"，有些甚至由赞美功德转为"刺""讽"，被刘勰称为"野颂之变体"。形式体制过分悖于传统者，被称为"谬体""讹体"。他一边将"颂"与经典联系起来，一边以历史的态度讨论了各种"赋"的发展。在批评了"末代之讹体"以后，他重申赋的撰写应当"典雅""清铄"，还要"与情而变"，这从以内容为核心的"义必纯美"逐渐转向了对文辞、审美的要求。尽管刘勰对后世"颂"的一些变体感到不满，但他意识到"颂"虽源于祭祀，始于歌颂，却已慢慢发展为一种文体，内容的限制被突破，形式的要求逐渐突出。从《诗经》六义出发，刘勰为"颂"追根溯源，然后在后文中阐述"颂"的演变与发展，说明"颂"这一文体的特点。

## 二、《文心雕龙》"颂"的英译与阐发

翻译者作为特殊的读者，既要理解原文的含义，还要揣测原作者的用意。如前所述，"颂"一词包含了舞容、声歌、颂词、仪式等多种含义，且与经典形成互文。因此，在翻译"颂"时，译者作为特殊的读者，既要表现出"颂"的文学分类学意义，还必须充分考虑目的语的历史包容性，才能选词定句，以达读者。不同译者在对待《诗经》三颂与"颂赞"之颂时，往往无法采用统一的表达，不得不将多个意义分配各不一样的英文词汇。对"颂"的处理，说明了这一复杂的翻译过程。

《文心雕龙》的第一个英文全译者施友忠在第三章中使用 sung or sacrificial poetry 来翻译"颂"，但是在第九章《颂赞》中，他更多使用"ode"一词[40]。从字面上来理解，sacrificial poetry 即祭祀诗。以《诗经》三颂为源头，

---

40 为了方便起见，此节主要讨论施友忠、宇文所安、黄兆杰、杨国斌的翻译，参考译本如下，后文不再加以注释：

Shih, Vincent Yu-chung. (tran.) *The Literary Mind and the Carving of Dragons*. New York: Columbia University Press, 1959.

--. Bilingual reprint. *The Literary Mind and the Carving of Dragons*. Taipei: Chung Hwa Book Company, 1970.

--. *The Literary Mind and the Carving of Dragons*. Hong kong: the Chinese University Press, 1983.

Owen, Stephen. *Readings in Chinese Literary Thought*. Cambridge, Massachusetts and London: Harvard University Press. 1992. pp. 183-298.

颂的一个重要功能便是祭祀。三颂中诗歌大多是在祭祀时表演的，常配以乐器、舞蹈。刘勰在讲述颂时，也举了很多《诗经》的例子，如《周颂》中的《时迈》、《清庙》，《鲁颂》中的《駉》，《商颂》中的《那》等，可见刘勰把《诗经》中的《颂》作为文体颂的正源之一。施友忠抓住了"颂"敬神祭祖的特点，这与"宗经"的主旨是十分相符的。但是刘勰在《颂赞》篇中谈到颂的演变，指出颂在历史进程中逐渐出现变体，再将颂理解为单纯的"祭祀诗"显然忽视了"颂"的历史流变。可能正是因为这个原因，第九章中，他使用了另一个词"ode"来翻译"颂"。

Ode 一词，源于古希腊文 ōdē，本意就是歌。在英语中可指合唱颂歌，而且常伴随舞蹈。这一词也和希腊语"aidein"歌唱及 audē 声音相关。因此，ode 一词从词源来看，与"赋"很有几分相似，都在某种仪式、庆典上表演。在西方，最初的颂歌对象一般为神或圣物，早期的诗人如品达和贺拉斯，都曾为唱诗班创作过赞颂神的颂歌，以庆祝类似奥运会这样的重大事件。后来的诗人延续了这一传统，并将范围从神逐渐转向人和物。如济慈的《古希腊瓮颂》（Ode on a Grecian Urn）和《夜莺颂》（Ode to a Nightingale）等，都以常见的事物为歌颂对象，通过联想，以相关的东西来寄托情意。前者通过对古希腊瓮精美艺术的歌颂，表现出作者对美与真的追求，后者则描绘了夜莺所处的和谐美好的梦幻世界，显示出当时诗歌回归自然的倾向。《文心雕龙》中，刘勰提到"颂"的变体由"主告神明"而"浸被乎人事"，再到"覃及细物"，这与 ode 在西方诗歌史中的变化不谋而合。

在《古希腊瓮颂》中，我们也能看到作者对古希腊罗马文学传统的继承，济慈在诗的一开始写道：

> Thou still unravished bride of quietness,
>
> Thou foster-child of silence and slow time,
>
> Sylvan historian, who canst thus express
>
> A flowery tale more sweetly than our rhyme
>
> What leaf-fring'd legend haunts about thy shape
>
> Of deities or mortals, or of both,

Wong, Siu-kit &Allan chung-hang Lo, Kwong-tai Lam. (trans.), *The Book of Literary Design*. Hong Kong: Hong Kong University Press, 1999.

Yang, Guobin.(tran.) *Dragon-Carving and Literary Mind*. Beijing: Foreign Language Teaching and Research Press, 2004.

In Tempe or the dales of Arcady?

What men or gods are these? What maidens loth?

What mad pursuit? What struggle to escape?

What pipes and timbrels? What wild ecstasy?

你委身"寂静"的、完美的处子，

受过了"沉默"和"悠久"的抚育，

呵，田园的史家，你竟能铺叙

一个如花的故事，比诗还瑰丽：

在你的形体上，岂非缭绕着

古老的传说，以绿叶为其边缘，

讲着人，或神，敦陂或阿卡狄？

呵，是怎样的人，或神！在舞乐前

多热烈的追求！少女怎样地逃躲！

怎样的风笛和鼓铙！怎样的狂喜!

（查良铮译）

　　济慈将自己与过去的诗人相比，在自己与古人间建立起一种联系；此外，诗歌通过古希腊瓮这一世俗的媒介将现实与古希腊的神祇联结。这都体现出对古典"颂"的承继。在《夜莺颂》中，这种影响就淡了很多。其他如雪莱的《西风颂》，诗体就更加自由了。通过歌颂西风的强悍、坚决和自由，作者表达出对自由和新生命的向往。"西风"成为作者所向往的力量的象征。

　　在中国古代的赋中，我们也可以看到类似的作法。如屈原的《橘颂》就是一首托物言志的诗，通过对橘树的歌颂，表达诗人在遭谗被疏时对政治理想和高尚人格的向往。和《西风颂》一样，《橘颂》也是对事物的歌颂，对象扩展到祖先以外的事物，"比类寓意，又覃及细物矣"。二者都是先描述对象的特征，再表达诗人的倾慕，在结构上也有一定的可比性。因此，以"ode"来译"颂"，是有一定道理的。

　　宇文所安在《宗经》中也用"ode"来翻译颂，但是遗憾的是他并没有选译《颂赞》，所以我们不清楚他会如何处理具体的"颂"。不过，在其文论选读中，还翻译了"诗大序"，其中"诗有六义"，最后一条"颂"被译为"hymn"，而"雅"却被翻译成"ode"。为什么他在这两处使用了不同的词？如果他来翻译第九章《颂赞》，他又会选择哪一个词呢？这多上让读者有一点困惑。杨国斌也采用了 hymn 一词。Hymn 源自希腊文 humnos 及后来的拉丁文 hymnus，是指歌颂众神和英雄的赞美诗，后来颂扬的对象更为广泛，但通常为上天、圣人、国都等。也有人认为 hymn 可能是希腊语 hymenaios 的变体，原指婚礼歌曲，因为在希腊神话中 Hymen（海门）是婚姻之神。总之，hymn 一词带有较浓厚的宗教色彩，这一点与最初的"颂"有一些相似。

另一个值得讨论的词是黄兆杰所用 panegyric[41]。詹姆斯·D·盖瑞森（James D. Garrison）在其《德莱顿和颂词（Panegyric）的传统》[42]一书中，详细考察了 panegyric 一词的来源，细数文艺复兴时期以来该词的各种定义。盖瑞森考证认为，panegyric 一词主要来源于两种含义：一种与古希腊的节日聚会有关，另一种与赞颂国王有关。前者认为 panegyric 来源于 *panegyris*，原意为节日时面向大众发表的言说。古罗马许多著名演说家都创作过类似作品，如伊利斯的希庇亚斯（Hippias）、莱昂蒂尼的乔其亚斯（Gorgias）等，最脍炙人口的要算伊索克拉底（Isocrates）的《颂词集》（*Panegyrikos*），在公元前 380 年左右经常被人在言说时传颂，在泛雅典娜节时尤其受欢迎。伊索克拉底的颂词中有一个重要的主题，那就是国家的和谐统一。他说："我们应该颂扬这个伟大节日的创建者，他们为我们留下了这个传统，宣扬和平，解决争端，让我们在此欢聚一堂。在这里，我们一起祈祷、祭祀，让我们记住我们的血肉情，互相善待，恢复旧日友情，建立新的纽带。"[43]当时的 panegyric 实际暗含着这种促进国家和平统一的愿望，可是后来依循这一根源的英文词学家们在定义时忽略了这一层含义，将重点放在正式集会、严肃场合上。

后者认为 panegyric 是"oration, in the praise and commendation of Kings, or other great persons"，也就是以颂扬、称赞国王或其他重要人物为主题的演说。这种解释的源头则是罗马传统。事实上在罗马帝国时期这个词的应用还不广泛，但是到了四世纪，这个词逐渐用来表示对公众人物，特别是皇帝所做的演说。[44]比如诗人克劳地安（Claudian）在四世纪末到五世纪初有五首诗以

---

41 以下关于 panegyric 的英文含义流变，可参见刘颖：《英语世界〈文心雕龙〉》研究。成都：巴蜀书社，2012，第250-254页。

42 Garrison, James D. *Dryden and the Tradition of Panegyric.* Berkeley: University of California Press. 1975.

43 Isocrates, *Panegyricus,* sec. 43, *Isocrates,* George Norlin(trans.), London and New York: Loeb Classical Library, 3 vols. 1954. VolI, p.145.

44 Garrison, James D. *Dryden and the Tradition of Panegyric.* Berkeley: University of California Press. 1975. p. 9.

panegyricus 命名，每一首都是庆祝新年到来及新元首的上任，其中有三首是献给皇帝霍诺里乌斯（Honorius）的。[45]此种解释注重演说的针对性，演说的对象为国家元首等重要人物。后来，有些词学家从这两种用法出发，把 panegyric 理解为在公众面前颂扬重要人物的演说，综合了公众性和对象性两个要点。

　　英语 panegyric 的使用大约可以追溯到斯图亚特王朝时期。最初，萨缪尔·丹尼尔（Samuel Daniel）和本·琼生（Ben Jonson）从拉丁文翻译了一些有关王朝光复的传统颂词，他们所写的歌颂詹姆斯一世的颂词成为后人模仿的榜样，而 panegyric 也逐渐成为一种固定的文体，并获得新的内容和意义。

　　第一层含义是为了歌颂光复，为新王朝的合法化唱赞歌。比如丹尼尔写给詹姆斯一世的颂词中赞到：

> 分裂的国度，破碎的河山
>
> 因您高祖亨利七世的福祉
>
> 而恢复荣光
>
> 比往日更辉煌，更牢不可破
>
> 这一切全因他，而您
>
> 他的继承者，继承这血缘；
>
> 没有他一切都不会开始，
>
> 没有他我们将一事无成。[46]

　　显然，诗文有意将詹姆斯一世和亨利七世联系起来，以证明皇家血统的合法性。这和中国古代每朝帝王认祖寻宗的方式十分相似。比如刘备自许为高祖后代，唐太宗认老子为宗等，都是为了加强其统治的合法性。

　　《诗经》中的"颂"大多为宗庙祭祀的乐歌，往往是站在统治者的角度，追怀先祖，祭祀上帝。不过，"颂"中也不乏以歌颂先烈功勋以表达对现任君主的敬意的例子。比如"鲁颂"中的《閟宫》是鲁人在新庙落成时追述祖先功勋，赞美鲁僖公的颂歌，其中就有意叙述了鲁僖公与文王、武王之间的血缘关系。首先将文王的祖父追认为后稷的后代，说"后稷之孙，实维大王"；然后

---

45　Claudianus, Claudius. *Panegyricus De Quarto Consulatu Honorii Augusti, Claudian,* Maurice Platnauer (trans.), London and New York: Loeb Classical Library, 2 vols. 1965. VolI, pp287-291.

46　Samuel Daniel, "A Panegyrike Congratulatorie Delivered to the Kings most excellent majesty, at Burleigh-Harrington in Rutlandshire", lines 321-328. *The Complete Works in Verse and Prose of Samuel Daniel,* (ed.) Alexander B. Grosart, 5 vols. New York:Russell & Russell. 1963. VolI, p144. 如无特别说明，此文中译文均为笔者的译文.

说到文王、武王灭纣的功勋，讲到周公长子伯禽被封侯于鲁国，开拓疆土，"为周室辅"；最后才落到"周公之孙，庄公之子"——鲁僖公的头上。这一篇颂，和西方的 panegyric 有可以类比之处。

panegyric 第二层含义是群众的欢呼。比如本·琼生的颂歌：

> 一些人在房顶上欢呼，因为
> 声音是真欢乐的最好信使；
> 另一些人在他身边奔走，凝望，
> 大家都不知疲倦，难以满足。
> 每一扇窗棂都为无法追随他
> 而难过，同样为无法声明而伤感[47]

诗中叙述了人们在国王菲立普凯旋时欢呼的情景。不仅有生命的群众欢呼雀跃，连无生命的木石都为不能发出呼应的声音而感到遗憾。但是，房顶上的人群及窗户里的人头不免让人联想欢声震天、门摇窗动的场景，似乎房顶、窗棂也因此发出共鸣。在许多英语赞诗中，群众的欢呼似乎是不可缺少的一部分。[48]这一点在中国古代的"颂"中并不明显。有趣的是，黄兆杰译本在第九章中并未延续这一用法，而是用"eulogistic songs"翻译"颂"，施友忠和杨国斌恰恰用"eulogy"来翻译"赞"。"eulogy"也源于希腊语，原指赞颂人或事物的演讲或篇章。后来常常指颂扬逝者的悼词，比如本·强生（Ben Jonson）纪念莎士比亚的悼词，艾默生纪念梭罗的悼词等。

由此来看，译者对同一个"颂"的理解并不一致。刘勰在《宗经》篇中有意强调"颂"与经典的关系，在第九章《颂赞》中则更关心文类"颂"的演变和特点，两处用同一个汉字"颂"联系起来，但实际上各有所指。正是因为这个原因，有的译者试图保持前后一致，有的译者却希望表现出两章中"颂"的差异，这就造成"颂"多种英译并存甚至前后矛盾的局面。译者们选择"ode""sacrificial poetry""eulogy""panegyric""hymn"等词，各自侧重"颂"的某一方面。

---

47 Ben Jonson, "A Panegyre, on The Happie Entrance of James Our Soveraigne, To His first high Session of Parliament in this his Kingdome, the 19. of March, 1603", lines 41-44, in *Ben Jonson.* (eds) C. H. Herford and Percy and Evelyn Simpson, 11 vols. Oxford: Clarendon Press.1941. Vol.VII, p114.

48 Garrison, James D. *Dryden and the Tradition of Panegyric.* Berkeley: University of California Press. 1975. p.87.

　　刘勰的文类理论正是这样建构起来：他在《宗经》中不仅对文体进行了粗略的分类，并考镜源流，力图找出各种文体的源头，在余下篇章中，他又用一半的篇幅来专门讨论各种文体的发展趋势。尽管刘勰将所有文类都归结为五经的做法有一定的历史局限性，但他继承了前代"推远溯流"和"类聚区分"的文体论传统，并在此基础上发展出历时与共时纵横交叉的文体论体系，这对中国的文体、文类理论研究是很有意义的。刘勰在《文心雕龙》中谈及数种文体，按一些学者的看法，加上骚体一共34大类，78种文体。事实上，《宗经》当中对文类的划分正是整部《文心雕龙》文体论的基础，其中出现的20种文体在后文基本都有提及。比如赋颂歌赞表现在第六（《明诗》）、七（《乐府》）、八（《诠赋》）、九（《颂赞》）篇中，诏策章奏则主要表现在第十九（《诏策》）、二十二（《章表》）、二十三（《奏启》）中。因为文体繁多，前后偶尔会出现不一致的情况，正如纪晓岚所评："（二十四种杂文，）题材各别，总括为难，不得不如此儱侗敷衍。"[49]尽管刘勰尽量前后呼应，但《宗经》一篇和后面的篇章之间还隔有数种文字，译者们在翻译时难免有失照应，出现前后同一词翻译不一致，或者前后不同词翻译却相同等问题。

---

49 刘勰，《文心雕龙注释》，周振甫注。北京：人民文学出版社，1983年，第281页。

# 第五章　认知语言学视域下的古代文论英译（上）

在译学由语言学范式向文化范式转换的过程中，翻译的语言学研究有所式微。但是，翻译总是表现为一种语言（或符号）向另一种语言（或符号）的转换，如果脱离语言研究，则有湮灭于文化研究的危险。因此以翻译的功能观为基础，从认知语言学的角度，提出翻译的认知观对语言学范式的修正与发展是十分必要的。中国古代文论是中国文学传统的集中体现，不论是其表现手法还是语言特点，都反映了中华民族不同于其他文化的认知方式，而认知语言学正好能对中国古代文论英译研究提供恰当的视角。

## 第一节　认知语言学与译学范式

范式（paradigm）一词，最早是由托马斯·库恩（Thomas Kuhn）在其《科学革命的结构》（The Structure of Scientific Revolution, 1962）一书中提出，通常的理解是"一个学术共同体所共有的精神信念和研究传统，以及在此基础上所形成的理论模式和规则体系"。这个原本用于科学哲学领域的概念具有很强的可塑性，一提出就在学术界被广泛运用，包括语言学、翻译学领域。[1]1989 年，语言学家科勒使用"范式"一词指称语言学史上的典范成就，即那些足以让人重新思考语言学传统的理论体系。他分别讨论了"施莱赫尔范式"

---

1　刘颖，傅勇林:《文化范式与翻译范式的形成》,《西南交通大学学报(社会科学版)》, 2001 年第 1 期，95-101 页。

"索绪尔范式""乔姆斯基范式",提出在语言学界,这些典范成就此消彼长,促使语言学家不断反思以往语言学传统的过失,并为新范式的建立提供理论基础[2]。在翻译研究的发展史中,类似的范式摇摆和转向也时有发生。

从范式的概念来看,译学范式可以看作是翻译实践及研究共同体所共有的精神信念和研究传统,以及在此基础上形成的理论模式、行为准则、研究方法、翻译策略、术语和规则体系等,意味着在某一时期特定的译者和翻译研究者们遵循某一类似的理论,拥有共同的概念系统。不同时期的翻译范式共同构成翻译实践及研究的传统。勒弗维尔曾在其《文学翻译的德国传统:从路德到罗森茨威格》(Translating Literature: The German Tradition from Luther to Ronsenzwig, 1977)中把构成文学翻译传统的重要人物分为先驱者(precursors)、先行者(pioneers)、大师(masters)和门徒(disciples)四类。在他看来,马丁·路德就是德国翻译传统中的先驱者,因为他倡导用民族语言来阅读《圣经》、举行宗教仪式,以《圣经》的权威对抗教皇权威,在这一主张中,翻译起着至关重要的作用;而理论家戈特舍德(Johann Christoph Gottsched,1698-1783)、戏剧创作及理论家莱辛(Gotthold Ephraim Lessing,1729-81)及哲学家赫德尔(Johann Gottfried Herder 1744-1803)等则为翻译传统的先行者,因为他们的观点深深影响了整个德国文学翻译的传统;大师则包括歌德(Johann Wolfgang von Goethe,1749-1832),神学家施莱尔马赫(Friedrich Schleiermacher,1768-1834),语言学家洪堡特(Wilhelm von Humboldt,1767-1835),诗人诺瓦利斯(Novalis(pen-name of Friedrich von Hardenberg,1772-1801)以及莎士比亚德语译者施莱格尔(August Wilhelm Schlegel,1767-1845)等划时代的天才;而他们最杰出的"门徒"包括本雅明(Walter Benjamin,1892-1940),罗森茨威格(Franz Rosenzweig,1886-1929等以及当代的文学翻译研究者[3]。勒弗维尔正是通过对德国文学翻译传统的描述,很好地反映了译学传统及译学范式的形成。

目前翻译学界对译学范式有多种解释,但总的来说,翻译及译学研究经过古典译学时期的传统翻译范式、近现代语言学范式以及以"翻译研究"(Translation Studies)为代表的当代文化学范式等的转换。传统翻译范式主要

---

2  Koerner, Konrad. *Practising Linguistic Historiography: Selected Essays.* Philadelphia: John Benjamins.1989.

3  Lefevere, André. *Translating Literature:The German Tradition from Luther to Rosenzweig* (Approaches to Translation 4). Assen/Amsterdam: Van Gorcum. 1977.

指 20 世纪 50 年代以前人们对翻译展开的思考和论证。但是，这一时期语言学本身还未从语文学的范式中挣脱出来，而是作为经典阐释的一部分附属于哲学、历史等学科。此时关于翻译的实践与研究也主要和经典的注解、传播有关。事实上，这时的翻译还谈不上真正的"范式"，只是为后来的各种翻译理论提供了一些讨论的材料。勒弗维尔所提到的先驱者、先行者有许多都是基于各自的目的涉及语言及翻译问题，并没有系统将翻译作为一门独立学科。

20 世纪初，随着索绪尔《普通语言学教程》的出版，不同于传统语文学、19 世纪历史比较语言学的现代语言学阶段宣告来临，语言学终于成为一门影响巨大的独立学科，并影响到人类学、社会学等其他学科，到了 20 世纪 50 年代，现代语言学理论进一步发枝展叶，涌现许多新的研究成果，进一步影响到哲学社会科学的各个领域，引发了 20 世纪西方哲学的"语言学转向"。这一转向也影响了翻译研究，一时间结构主义语言学、乔姆斯基转换生成语法等形式主义语言学为新时期的翻译研究提供了更为系统的理论基础，长期零零碎碎出现在翻译实践间隙的翻译理论注入了新鲜血液。结构主义语言学中的布拉格学派、哥本哈根学派与美国的分布主义都强调语言的共时研究及语言的结构、形式，但布拉格学派更注重对语言结构的功能进行研究，哥本哈根学派重视结构间的关系，美国结构主义则着重结构形式的描写和语言的分布特征。乔姆斯基的转换生成语法重新从早期的语言哲学中得到启示，将目光投向语言生成的机制，并试图以一套更抽象、更严密的公式化模型来描写语言。在 20 世纪 50 年代至 80 年代，翻译研究受语言学理论的影响，更加科学与规范，更多的是纯理论和纯语言学的研究，当时翻译研究的基础以句子为最大单位，因此，无论是在语词的选择、句法的转换还是篇章的安排方面，都无法真正超越句子的范围。比如雅各布森在其"论翻译的语言学问题"中将翻译分为语内翻译、语际翻译翻译和符际翻译，从符号学的角度拓宽了翻译研究的疆界，但他在讨论翻译时所谓的语符（verbal sign）实际主要指语词[4]。在 1949 年的一篇文章中，作者意识到用"词对词"的方式来翻译是不够的，但只需对词上下稍作考虑，就可以得出合适的翻译。当时的人们认为只要有细致的句法规则、充分的词汇，再加上对歧义的高速处理，机器就可以很好的输出翻译。直到 1960 年，才有学者提出机器翻译

---

4　Jakobson, Roman, "On Linguistic Aspects of Translation." In *On Translation*, R. Brower (ed.), 232-239. Cambridge, Mass: Harvard University Press. 1959. p2.

需要基于人的认知模式才可能实现,因此翻译并不是一种纯粹可机械化的活动。[5]

20 世纪 80 年代,翻译理论的文化研究转向打破了语言研究的牢笼,跳出语词、句子的限制,转向翻译的外部机制。源语与目的语的文化差异、民族特征乃至性别、权力、地位等多种社会文化因素成为翻译研究的主导,把翻译研究从语言学的分支中解放出来,给予其更多的研究空间。因此,苏珊·巴斯奈特甚至认为比较文学已死,取而代之的应该是"翻译研究"。翻译及译学研究经过古典译学时期的传统翻译范式、近现代语言学范式以及以"翻译研究"(Translation Studies)为代表的当代文化学范式等的转换,学科理论逐渐明朗,翻译方法与策略也大大更新。但是,译学的文化学范式过于注重翻译的文化内涵,而忽略了翻译的语言因素,这对翻译翻译实践而言,并不能起到很好的指导作用。

新范式的提出,意味着学科视野的扩大,也意味着旧范式在某些方面已经失效,但是旧的范式并不会因此就退出舞台,而是通过不断修正与更新,与新的范式形成内在的连贯性。翻译不仅仅是语码的转化,也绝不是源语文化向目的语文化的单向传输,看似单向的文本转化总是植根于特定的语境,实际上暗含着两种语言文化的博弈与互动。每个译者或译学研究者多少都会受到特定的语言文化范式的影响。民族文化经验、知识结构、个人际遇都可能对其行为方式及翻译视野产生影响。在这种背景下,重提翻译的语言研究是必要的。近年来,已经有一些学者重新提出从语言层面开展翻译研究,包括从功能语言学视角下对翻译研究中的话语进行分析等[6]。尽管国外有些学者认为这是一种"不必要的重复研究"(reinventing the wheel)[7](Snell-Hornby 2006:153),但是从以往的翻译研究来看,语言学派的译学研究者越来越关注文化因素,文化研究学派的译学研究者也并没有脱离文本分析。从翻译实践活动的发展出发,更应

---

5 Snell-Hornby, Mary.*The Turns of Translation Studies:New paradigms or shifting viewpoints?*, Amsterdam & Philadelphia: John Benjamins Publishing Company. 2006. p36.

6 如利兹大学的杰瑞米·芒迪教授(Jeremy Munday)和澳门大学的张美芳教授 2015 年编辑的《目标》(Target)杂志专刊:《翻译研究中的话语分析》(Discourse Analysis in Translation Studies)。参见张汨:《翻译学的范式与反思——Mary Snell-Hornby 教授访谈录》,《外文研究》,2017 年 5 月第 3 期,第 86-91 页,109-110 页。

7 Snell-Hornby, Mary.*The Turns of Translation Studies: New paradigms or shifting viewpoints?* Amsterdam & Philadelphia: John Benjamins Publishing Company. 2006. p153.

该把翻译的语言与文化因素都纳入到翻译研究的视域。因此，我们认为，在原有的语言学范式基础上，认知语言学将为中国古代文论的英译提供强有力的支持。

## 第二节　认知语言学与中国古代文论的英译

认知语言学作为现代语言学的一个重要分支，首先出现于 20 世纪 70 年代。随着现代认知科学的兴起，一些语言学家有感于语言学形式主义研究方法的不足，便转向人类的心智、心理、认知等方面。形式语法将语言看成一个由任意符号组成的系统，并由某种数学规则所操控。但是这种公式的应用缺乏描写的基础，忽略了心理现实。出于对当时这种主导模式的失望，生成语义学的奠基人之一莱考夫（George Lakoff）以及生成语言学的早期践行者 Ronald Langacker 等人在 7、80 年代提出"认知语言学"的概念，成为认知语言学的倡导者。

早期的认知语言学研究实际上受到人类认知的归类问题和格式塔心理学的启发，到 20 世纪 90 年代逐渐形成自己的研究领域。1989，首届国际认知语言学大会在德国召开，1990 年，国际认知语言学会成立，《认知语言学》创刊，兰盖克称：这"标志着认知语言学作为基础广泛的自觉智识运动的诞生。"[8]

兰盖克之所以将认知语言学视为一场"运动"（movement），是因为认知语言学并非某个具体的理论，而是将语言知识当作认知的一部分来研究语言的新方法。它不是一个统一的框架，而是囊括了众多理论观点。Ungerer 和 Schmid（1996）曾指出，认知语言学主要有三种不同的研究视角：经验视角（experimental view）、突显视角（prominence view）以及关注视角（Attentional view）。

经验视角认为语言的认知与运用是基于个人主观经验的，因此从经验的角度来研究语词或其他语言结构能够为意义提供丰富而自然的描写。我们对客观世界的经验存在于我们的日常语言中，在我们表达思想的方式中得以呈现。因此，我们必须超越句式的一般逻辑，特别关注那些形象化的语言表达，例如莱考夫关于隐喻的研究就是这类视角的典型代表。

---

8 Langacker, Ronald. *Concept, Image, Symbol: The Cognitive Basis of Grammar*, 2nd ed. 2001. Berlin: Mouton de Gruyter. pXV. 转引自 Evans, Vyvyan & Melanie Green (eds.) *Cognitive Linguistics: An introduction.* Edinburgh: Edinburgh University Press. 2006. P3.

突显视角则特别关注语言表达中信息的拣选与位置安排，因此句子主语的选择是由一定场景下各种相关影响因素的突显程度决定的。这早在格式塔心理学中就有类似研究。突显视角用以解释为什么我们在观察世界时，总是将焦点放在某些对象上，将其从背景中分离、突显出来。在语言研究中，这种焦点的突显可以用来研究语法成分之间的前景与背景关系，比如相对于宾语及状语等成分，主语是如何被选择、被突显的。此外在其它方面也有所应用，比如关于方位关系的表达等。

"关注视角"则假定我们在实际交际中的语言表达总是反映事件中引起关注的部分，以"关注视角"来分析句子，可以解释为什么事件的某些阶段得以表达，而另一些阶段则隐含于话语中。例如费尔莫的框架理论[9]（1975）就认为我们对事物、场景的认知需要一整套知识网络来支持，"框架"即这些知识的预设。基于此视角，我们可以把事件的框架看作一套说话者共同认叫的、相互作用的概念及关系，由此来分析事件链与认知的关系。例如，在动作事件中，事件框架就用一系列决定性的因素构成，包括图形、背景、路径、动作、方式、原因等，不同语言中所关注的因素不同，因此会以不一样的事件框架来描述这些因素。例如西班牙语中动词路径由中心动词决定，英语中动词路径由周边成分如介词等决定[10]，汉语中则有介于动词与介词之间的词汇如"到"，即包括动作，又包括路径。这几种语言对于路径的处理就不同。

在 Ungerer 和 Schmid 看来，这三个视角紧密相连，都是探究语言与外部世界关系的方法，试图描述认知语言学的核心领域。此外，人脑认知输入的过程，特别是我们对事物概念化的过程以及我们融合不同概念的过程，也是认知语言学关注的问题。不论从什么视角出发，认知语言学研究都认为语言是认知的一部分，语言的本质是符号。

具体到翻译活动，我们可以进一步说，翻译活动本身就是一种认知活动。翻译必然经过理解、表达。从表层来看，翻译活动是语码的转化，但从深层来看，翻译其实是以认知的输入与输出为基础的。因此从认知的角度，以认知语言学的视角来研究、指导翻译活动是非常有必要的，也应当是有效的。中国古

9 Fillmore, C. "An alternative to checklist theories of meaning". in C. Cogen; H. Thompson; G. Thrugood and K. Whistler (eds.) *Proceedings of the First Annual Meeting of the Berkeley Linguistic Society*, 1975. pp123-131.
10 Talmy, "Path to realization, A typology of event conflation". *Proceedings of the Seventeenth Annual Meeting of the Berkeley Linguistics Society*, 1991. pp480-519.

代文论的语言表达凝练、形象，且用典频繁，涵义丰富，充满意象的叠加与概念的融合。在翻译的过程中，译者总是纠结于如何同时从形式与意义层面最好地传达原作的韵味。在认知语言学的研究中，"意象"具有更抽象的含义，基于外部世界在人脑中留下的印记，并在此基础上形成对事物的划分，进一步将其与一定的概念和意义对应起来。因此"意象"总是因地、因时、因人而异。译者在翻译时就是不断在目的语境中寻找恰当的意象，试图激活读者脑中所对应的意义与概念。有时候，不同文化对于意象的认知基于类似的经验，因此在翻译时可以找到比较对等的概念。但是，由于不同语言文化中这些"意象图式"[11]并不相同，译者在翻译时需要考虑究竟是向读者传递类似的意义更重要，还是反映不同语言中的意象图式更重要。

　　举个简单的例子，《文心雕龙·征圣》中赞曰："鉴悬日月，辞富山海。"前一句施友忠译为："His discernment is comparable to that of the sun and the moon，"黄兆杰译为："A mirror that hangs like the sun and moon，"杨国斌则译为"His vision encompasses the sun and moon"。这句话的意思是"见识、观察像高悬的日月一样清晰明白"，在前文中还有"鉴周日月，妙极机神"的句子，和此处意义类似。"鉴"原指盛水或冰的青铜大盆，因为可以照出月亮的影子，后来人们以此为范，制造铜镜，故"鉴"又指镜子，以此引申为"照""明察""借鉴"等意。"discernment"指洞察力、识别力，"vision"指视野，均和"鉴"的引申义有所重合，这两种翻译是试图解析"鉴"这一意象所联系起来的意义，而黄兆杰直接使用"mirror"，就是将镜子的意象直接转换到英语中，由读者根据镜子的意象去推测其蕴含的意义。但是英语读者看到"mirror that hangs like the sun and moon"的表述，是否会误以为作者在此处是描绘镜子的形状？那么，读者就很难理解汉语语境中日月当空，世间万物无所遁形的意义。尽管英语中"mirror"也混合了镜子明亮、可照影的概念与观察、辨识、思考的含义，黄译还是显得不那么明确，尤其是他对整个赞的处理都模仿汉语简短、隐晦的形式，对英语读者来说，应该是不太容易捉摸其义的。前两种翻译为了明晰意义而舍弃了原文中的意象，后一种翻译保存了意象，却可能产生意义的分歧。当然，汉语原本的意象就是以一种模糊、隐晦的方式呈现。究竟哪种方式更能

---

11　"意象图式"并不同于我们一般在古代文学中所提及的意象，但是可以用来分析后者。"意象图式"概念参见 Lakoff, George and Mark Johnson. *Metaphors We Live By*. Chicago: Chicago University Press.1980.

激起类似的认知输出，恐怕还要作一番考量。

这个例子说明，翻译所涉及的认知输入与输出过程是译者在进行翻译活动时实际经历的程序。古代文论的英译首先要经过从文言表述到现代理解、从诗话形式到意义解析的语内翻译，然后再经过从汉语到英语的语际翻译，其涉及的认知过程比其它文本更复杂，也更有必要从认知上作深入的研究。

## 第三节　隐喻显著度与翻译

隐喻作为一种独特的语言现象，是哲学、语言学、认知心理学等共同关注的话题。上个世纪七十年代以来，随着认知科学的发展与推动，隐喻研究更多地从修辞学视角转向了认知语言学的探讨。而对隐喻认知加工的深入理解，有助于我们了解大脑思维活动的奥秘。

隐喻是一种普遍的认知现象，人类通过显著的具体概念来隐喻较为抽象的概念以达到更好的理解，这是人类最一般的认知方式，因此，语言中的"隐喻"现象可谓是无处不在。而汉语是一种高语境的语言系统，中国古代文学则是语境关联互文性的典范，文本中充满了种种高度自觉的隐喻，尤其是中国古典诗歌，诗人通过描摹意象或是引经据典，用精炼的字词来表达意味无穷的含义，而这往往是令译者纠结万分的问题。

美国认知隐喻学家乔治·莱考夫和英国哲学家马克·约翰逊构建的"概念隐喻理论"把概念隐喻界定为包含源域、靶域及其映射、理想认知模式和意象图示在内的认知机制，并运用"凸显"这个术语来指称源域特征到靶域的选择性映射，而将其他特征掩藏的压制称为"遮蔽"。符号学理论认为，显著度是符号某一部分相对重要或凸显的成分或特质。就隐喻的范畴而言，显著度即是在隐喻发生的过程中，某事物的某一方面特质被凸显出来，并掩盖了其他特质，而具有较高显著度的特质即是整个隐喻表达所具有的含义。

就这一层面而言，对于隐喻的理解可以概括为对于隐喻显著度的研究。汉语中对认知隐喻的研究起步虽然较晚，但作为一种解释语言的工具，隐喻的相关理论可以应用于我们对很多语言现象的阐释，比如对诗歌意象的理解及其对诗歌内容的影响。而这也直接关涉了诗歌的英译问题，因为译者只有把握了隐喻的内核，才能将中华文化的精髓对外传播。在中国古代文论的书写中，总是充满了各种意象与典故，形成一种高语境的话语，这对于读者的理解和译者的翻译都是极大的挑战。

事实上，"隐喻是一种普遍现象，人们每时每刻都在使用大量的隐喻。"[12]正是通过由近及远、由此及彼、由具体而抽象的方法，人们才能用语言来描述纷繁复杂的客观世界和人类精神。就某种程度而言，隐喻是对语言规则的背离和反叛。不过，从深层意义来看，隐喻其实是人们认知系统的下属范畴，迎合了人们的认知心理规律。在人类的认知系统中，人们往往用熟悉的或具体的形象、概念来描述抽象的概念，表达抽象的情感。比如中国古代诗歌审美中的"赋""比""兴"，实际上就是由近及远，由熟悉而陌生，由具体而抽象的作文方式。甚至文字符号的产生，也经过了这样一个隐喻过程。如许慎在《说文解字叙》中所言："古者庖牺氏之王天下也，仰则观象于天，俯则观法于地，视鸟兽之文与地之宜，近取诸身，远取诸物，于是始作《易》八卦，以垂宪象。"在这一描述中，文字符号的诞生及人们对这个世界更复杂的认识，首先是从我们耳目所及的表象开始的。隐喻为原本毫不相干的事物建立起联系，使人们能在较熟悉的语言载体基础上，进一步发产生联想，发挥想象力，从而为新概念的形成提供可能。

传统意义上，隐喻被看作是言语修辞格。古希腊柏拉图曾把隐喻等修辞格当作哲学的敌人。他认为哲学讨论的是真理，而修辞格却教人如何花言巧语，这与哲学的宗旨是背道而驰的。不过，亚里士多德等人却认为人类的语言和思维过程中充满了隐喻，人类思维本质上是隐喻性的。随后，昆体良、方达尼尔、理查兹、雅各布森、布莱克、利科和莱考夫等人对隐喻现象的研究和论述，构成了西方隐喻研究的历史。从研究范围和方法来看，西方隐喻研究经历了隐喻的修辞学研究（公元前300年-20世纪30年代）、隐喻的语义学研究（20世纪30年代-20年代初）和隐喻的多学科研究（20世纪70年代至今）。而隐喻的认知转向正是肇始于上世纪70年代末。

1980年，美国认知隐喻学家乔治·莱考夫（George Lakoff）和英国哲学家马克·约翰逊（Mark Johnson）合著的《我们所赖以生存的隐喻》（*Metaphors We Live By*）一书面世，标志着隐喻研究的新时代正式开始。莱考夫和约翰逊在书中首次构建起了"概念隐喻理论"（conceptual metaphor theory）的框架。该理论提出："隐喻贯穿于人类的日常生活，不但渗透到语言里，也体现在思

---

12 束定芳：《隐喻学研究》，上海：上海外语教育出版社。2000年，第1页。

维和活动中。我们借以思维和行动的普通概念系统在本质上是隐喻性的。"[13]
莱考夫和约翰逊把概念隐喻界定为包含源域（source domain）、靶域（target
domain）及其映射（mapping）、理想认知模式（idealized cognitive model）和
意象图示（image schema）在内的认知机制。他们认为，概念隐喻的过程即是
两个概念域之间的映射，称之为"映射论"。其中，源域指隐喻表达来源的概
念域，靶域指隐喻表达应用的概念域。

隐喻是"体验的"。所谓"体验"是指在认知世界时，不论是建立范畴、
概念还是进行推理、归纳、总结等心智活动时，总是要依赖于自身的经验。因
此，文学作品中的隐喻是基于作者的身体与客观世界的互动而形成的经验和
意象图示。概念隐喻是从源域到靶域的部分映射，因此，我们在通过源域来理
解靶域的时候，必定会彰显某些方面而故意遮蔽其他方面。在翻译过程，译者
将源语译为目的语，其目的是在目标读者中引起与源语读者相似的阅读体验，
因此目的语是否能形成与源语一致的映射，正是隐喻翻译关键问题。

比如"辩论是战争"（argument is war）是一个典型的隐喻结构，我们常
常将"辩论"与"攻击"（attack）、"防守"（defense）等描写战争的词汇搭
配使用。其中，"辩论"是靶域，"战争"是源域。具体来说，"辩论"并不是
"战争"的一种类型，它们分属两个不同的认知域。而"辩论是战争"这个隐
喻之所以能够成立而且被人所接受，是因为"战争"的典型特征包括整装待发
的士兵、周密的部署以及双方互为攻防的过程等，这些特征可以映射到"辩论"
中的双方通过收集资料、部署策略并寻求对方弱点进行辩驳的过程。因此，在
英语中才会有诸如："Your claims are *indefensible*"（你的观点无懈可击）、"he
*attacked every weak point* in my argument"（他对我方辩论中的弱点逐一进行了
驳斥）、"if you use that *strategy*, he'll *wipe* you *out*"（如果你采用这一辩论策略
的话，他会将你打翻在地）等表达。其中汉语"无懈可击"在汉语读者大脑里
也表现出"辩论是战争"的要素。但是这一隐喻实际上暗含了"战争是残酷的"
"战争是艰难的""战争是对抗的"等多重含义，在特定语境中凸显内容也可
能不同。

在中国古代文论中，同样存在大量隐喻。比如"味"在中国古代文论中向
来是一个非常重要的术语，不论是最早以"味"论诗的夏侯湛，还是多次用"余

---

13 转引自孙毅：《认知隐喻学多维跨域研究》，北京：北京大学出版社，2013年，第57页。

味""寡味""遗味""滋味""辞味"等描述作品内容及审美体验的刘勰，还有提出"滋味说"的钟嵘，强调"辨于味而后可以言诗"的司空图，评论家们不断使"味"的内涵在中国古代文艺思想中延伸与扩大，形成中国古代文论特有的"味论"。"味"何以能论文？这与中国人的审美意识与味觉的关系密不可分。我们都知道，汉语中"美"一词源于味觉，"羊大则美"。而这种对肥美羊肉的欣赏，就是最初的美的感受。因此当美的观念逐渐成熟后，人们仍然将其与舌头对美味的感觉联系在一起，这可以说是"美"的原始意义在文论中的留存。说到"味"的英译，英语中至少有两个为人熟知的相关词汇，一个是"taste"，一个是"flavor"。我们从词源学可以得知，taste 强调口舌之味及品尝味道的行为，flavor 一开始却主要指嗅觉，直到 17 世纪才开始用来描述味觉。那么是否 taste 更适合于用于翻译"味"论中的味呢？实际经验和现代科学都证明，嗅觉与味觉是密不可分的，当人感冒失去嗅觉后便会觉得口中无味。在英语文艺评论中，taste 常用于"品味"、"品鉴"，flavor 则可更多表示"风味""旨趣"，可见这两个词在英语语境中凸显的成分并不一样。如欧阳桢就在一篇论文中讨论中国的"味论"，题目就叫"Beyond Visual and Aural Criteria: The Importance of Flavor in Chinese Literary Criticism"。在文中，他在阐释中国古代的"味论"时，既用到"fragrant""scent""odorous""olfacotry"等嗅觉词，也用到"taste""gustatory"等与口舌相关的味觉词。"味"的翻译基于对"味"的理解，同时也要考虑"味"与英文"taste""flavor"之间的关系。

符号学理论认为，显著度（saliency）是符号的某一部分相对重要或凸显的成分或特质。也就是说，在我们的认知过程中，凸显性或显著度影响着源域与靶域之间的映射过程，即隐喻使用者选择了源域的某一显著特质映射到靶域。沈家煊先生是国内较早进行认知语言学研究的学者之一，他在《转指和转喻》一文中专门讨论了"显著度"的相关问题，其中的观点大致包括：（1）"显著"是知觉心理学的一个基本概念，显著的事物是容易吸引人注意的事物，是容易识别、处理和记忆的事物。从发生学的角度讲，我们长期对世界的体验而形成了大量的"日常经验"，而这些"日常经验"则是我们判断"显著与否"的标准，或者说是"显著度"的来源。（2）一般情形下，整体比部分显著，容器比内容显著，有生命的比无生命的显著，近的比远的显著，具体的比抽象的显著。（3）"显著度"的产生基于认知，因此，它和其他的认知语言学的其他概念范畴一样，本身也是一种普遍的认知现象。作为人类普遍认知现象的"显著"，其范畴成员不是离散的，而是渐变的，是有"原型"、"中间样本"和"差样本"之分的，而这种划分又要受到语境的影响。所以在某种条件下，可能部分比整体显著，内容比容器显著。（4）作为认知语言学理论的"显著度"，不是一种语言的描写工具，而是一种解释工具[14]。

我们认为，在中国古代文论的各种术语、范畴及表达中，隐喻的翻译过程实际上不是单纯的喻体转换，也不只是语言层面的符号转换，而是将原文中源域到目标域的映射再现于目的语的过程，在这一过程，作者、译者、读者完成了思维到语言再到思维的互动过程。然而，不同语言中的隐喻映射往往并非一一对应，译文中凸显的内容是否与原文本隐喻凸显的内容一致就变得至关重要。

---

14 参见沈家煊：《转指和转喻》，载《当代语言学》1999 年第 1 期，第 3-15 页。

# 第六章　认知语言学视域下的古代文论英译（下）——以《文心雕龙》与《二十四诗品》为例

　　人观察到的世界似乎是客观存在，但是人对其反映却并不相同。尤其是当我们试图用语言符号来表达我们的思想感情时，更发现不但我们选择使用的符号形式并不一致，我们试图反映的客观世界及相应的概念也具有不同的边界。人虽然都是有理性的，但是不同的历史文化背景却使人们对世界有不一样的理性表现。语言符号的任意性让语词和意义的联系如此不同，在不同语言文化里，相同的意义由不同的符号表示，看似相同的指称，其背后的涵义却可能有着细微的差异，甚至大不相同本章欲以《文心雕龙》和《二十四诗品》英译中的实际案例来说明。

## 第一节　《文心雕龙》中的"玄黄"之喻

　　颜色是人们在认知事物时最先感知到的属性之一。根据人类视觉系统研究相关成果，人类视觉系统包括人眼系统和视觉中枢系统。人眼视网膜上有视杆细胞（rods / rod cells）和视锥细胞（cones / cone cells），其中视锥细胞主要负责日间视觉，对图像的分辨率十分敏锐，对不同颜色也有敏感反应[1]。视网膜上的感光细胞受外界光信号刺激后，产生强度不同的生物电信号，并由视神

---

1　Atchison, David & George Smith. *Optics of the Human Eye*. Edinburgh: Elsevier Science Limited. 2002. pp5-7.

经传递到大脑的视觉中枢做进一步处理。人类的视觉系统非常复杂，对方向、形状、颜色、运动状态都有不同程度的信号处理。但是对美学家来说，人对世界的认识，可能首先就是从颜色开始的，如鲁道夫·阿恩海姆就认为"一切视觉表象都是由色彩和亮度产生的"。他还进一步指出：

> 那界定形状的轮廓线，是眼睛区分几个在亮度和色彩方面都绝然不同的区域时推导出来的。组成三度形状的重要因素是光线和阴影，而光线和阴影与色彩和亮度又是同宗。即使在线条画中，也只有通过墨迹与纸张之间亮度和色彩的差别，才能把物理的形状显现出来。[2]

婴儿在出生前，视觉系统从视网膜到初级视皮层的基本拓扑投射已经形成，但是双眼视觉必须是在睁眼后，视觉刺激训练后才能形成。[3]光感、色彩的感知是人睁眼看世界的第一印象，这在各种文学艺术创作中都有所体现。诗歌中，色彩一直是非常重要的元素，西方不乏华兹华斯"a host, of golden daffodils"，彭斯"a red, red rose"这样的名句，通过颜色词的运用，使线性的语言描述变得更为立体、形象。中国古代的文人墨客更是喜欢用色彩突出诗歌意象，比如"两个黄鹂鸣翠柳，一行白鹭上青天"，四个颜色词形成鲜明对比；"日出江花红胜火，春来江水绿如蓝"，三个颜色词的互动形成一幅灵动的画面；"春风又绿江南岸，明月何时照我还"，颜色词使动用法，在静态的颜色属性之外，又增加了动态的色彩。这些颜色词的灵活使用，就是作家文字调色盘中的彩墨，每一笔都对作品的构成有着重要的意义。因此，颜色词蕴含着丰富的涵义，也反映了人们对这个世界最初的感官认识。

古代文论中常常出现各种颜色词，与一般文学作品不同，这些颜色词的使用主要并不是用于对画面的描述，而是用来论述文学创作、欣赏、评价等理论问题。有的是文学修辞，有的看似没有特别之处，实则暗含认知的隐喻。在过去的英译传播中，颜色词的翻译并不被重视，一般认为从目的语中选择对应的颜色词即可。实际上，颜色词是最能反映不同民族认知差异的语言现象之一，即使在同一种语言中，不同语境下也有会出现指称与涵义不对等的情况，翻译

---

2 鲁道夫·阿恩海姆：《艺术与视知觉》，滕守尧、朱疆源译，四川人民出版社，1998，第451页。

3 蒋斌，李硕，张琴芬：《早期视觉环境与视觉功能发育》，《暨南大学学报（自然科学与医学版）》，2013第34卷，06期，第577-582页。

时需非常小心。《文心雕龙》是我国古代文学思想的杰出代表，文辞雅丽，奥义精深，其颜色词的使用反映了多种状况，本文就以该书为例，探讨古代文论颜色词的复杂涵义。

## 一、原初之识——天地玄黄

"玄黄"作为一组重要的对色，在《文心雕龙》中出现多次。《原道第一》中开篇即言：

> 文之为德也大矣，与天地并生者何哉！夫**玄黄**色杂，方圆体分，日月迭璧，以垂丽天之象；山川焕绮，以铺理地之形：此盖道之文也。

《文言》曰："夫玄黄者，天地之杂也，天玄而地黄。"《大戴礼记·曾子天圆》曰："天道曰圆，地道曰方。"又《淮南子·天文训》曰："方者主幽，圆者主明。"刘勰一开始就说，"与天地并生者何哉"，可见之后是回答文与天地之关系的，显然玄黄并非指普通的色彩，而特指天地之色，方圆也非普通的形状，而特指天地之形。各色由天地玄黄而始，各形由天地圆方而分，故文与天地并生。此处，"玄黄"紧跟在"天地"之后，先论颜色，再论形状（"方圆"），并以日月天象和山川地理等具象说明天地各有文德。事实上，这与前文所述人类视觉系统的特点基本一致。这句话，施友忠译为：

> Because all color-patterns are mixed of <u>black and yellow</u>, and all shape-patterns are differentiated by round and square.

他用"black"和"yellow"译玄黄，但是在脚注中解释，中国文化传统把这两种颜色看作天与地的颜色，让读者了解二色与天地的关系。除此之外，《文心雕龙》中还有几处出现玄黄，施友忠都处理为"black"和"yellow"。但是"black"这一译法，必然让英文读者难解，莫非中国古人认为天是黑色的？玄与黄究竟是什么颜色呢？

按《说文》解释道："幽远也。黑而有赤色者爲玄。象幽而入覆之也。"《考工记》中"钟氏染羽"说调色时，"三入为纁，五入为緅，七入为缁"，段玉裁注《说文》玄部时引郑注："玄色者，在緅缁之间，其六入者与。"纁为浅红色，緅为黑中带红的颜色，缁为黑色。从纁到缁构成一条从浅至深、由红入黑的色阶，玄介于緅缁之间，便是红色渐深近黑的色彩。《尔雅》中则解释："玄，黑也。"因此，玄色又可泛指黑色。

不少学者认为，人类对颜色的认识分为多个阶段，黑、白是各个民族都认可的基本颜色词。根据 Berlin & Kay 的基本颜色词理论，任何一种语言中都有黑、白颜色范畴，且发生在基本颜色词发展的第一阶段。汉语研究者的统计结果也表明，白、黄、黑、赤颜色范畴出现最早，使用最频繁。[4]事实上，颜色作为人类视力最先识别的特征之一，其发展阶段体现了人类对世界的认知过程。黑与白实际上是明、暗的区分，从侧面反映了我们对时序的感知，也是清晰与模糊之间的界限。不论在哪种文化中，都有世界生成前的"天地混沌"状态。如《圣经·创世纪》开篇就提到的："地是空虚混沌，渊面黑暗"（1:2）。又如《太平御览》中保留的盘古神话提到"天地混沌如鸡子"。鸿蒙开辟前，初民对时间的认识还非常模糊，因此无法用清晰的言语来描述，后世留下来的印象就是"混沌"。这好比多位语言学家所强调的，语言产生之前的初始状态就是一片混沌，直到人的发音有了清晰的区别（articulate），其指称的对象才逐渐清晰。

天地的颜色是人们对天地最原始的认知之一。先民脚踏大地，躬身黄土，依赖土地而生存，对其认知是实实在在的，故对土地的"土黄色"并没有太多分歧；高高在上的天茫昧不可触，深远不可及，人们如何感知其色呢？人类从四肢爬行的状态发展到直立行走，视野也从"下"更多地拓展到"上"。从殷人留下的甲骨文来看，"天"字并不常见，有些学者据此提出，商代根本没有抽象的"天"和"天地"概念，郭静云则认为，周代"天界"的概念"已包含以天为崇拜对象的信仰"，殷商时"天界"实为神人、祖先居住的神界。他更近一步指出，"天"从"上"从"大"，殷人主要用"上"来陈述"天"的概念，到了商代则有了完整的"上下"观。[5]据此说，则"天地"的概念，从一开就包含了方位的认知。

然而，即使有了天地上下之区分，天究竟是什么样的存在，还是非常模糊的。庄子说："天之苍苍，其正色邪?其远而无所至极邪?"（《庄子·逍遥游》）所叹正是天之高远，其色难辨。人们在劳作或息眠时，不见得对天有明确的关注，但是每当日月交替之时，天的存在总会被更清楚地感知。夜幕降临之际，

---

4 参见吴建设：《汉语基本颜色词的进化阶段与颜色范畴》，《古汉语研究》，2012 年第 94 卷，第 1 期，第 10-17，及潘晨婧《试论原型颜色词界定原则——以汉赋颜色词为例》，《汉语史研究集刊》，2019 年第 27 卷第 2 期，第 35-46 页。

5 郭静云：《幽玄之谜：商周时期表达青色的字汇及其意义》，《历史研究》，2010 年第 2 期，第 4-24 页，189 页。

人需要提防野兽的攻击和寒冷的侵袭；而旭日东升之时，人重新回到意味着安全温暖的光明之中，并接收到开始劳作的信号。不论是最初摘食野果、打鱼狩猎以果腹，还是后来日出而作、日落而息的农耕养殖生活，白天和黑夜的交替对生存而言都是重要的信号。明暗交替、星移斗转，就是人们对天象最初的观察。日落时天色渐黑，太阳的红光直到最后一刻才逐渐没入黑暗；日出时，一点霞光透过夜色的屏障，最终跳出地平线，带来白日的光明，都曾经历那个黑中带红的临界点，正是"在緅缁之间"。也许正因为如此，昼夜交替时遗留着一点霞光的天色被看作深幽的玄色，并被识别为天的标志性色彩。

此外，有学者推测"玄"与"幽"字同源，如林义光说："凡玄字疑本借幽之，遂与玄相混。"[6]或认为甲骨文卜辞中有时出现"玄"，实为"幽"的简写。[7]卜辞中"玄"并不常见，倒是多次出现"幽牛"的说法，通常被认为通"黝"，指黑牛。《说文》曰："幽，隐也"。段玉裁注："幽为黝之假借。"，又说："幽從山……取遮蔽之意。"可见，古人认为"幽"是阳光被遮蔽后的情景，反映的是眼睛对明暗的感知，由此引申为幽远、暗昧，进而与不可知、神秘联系在一起。用来描摹一般物体颜色时指黑，之所以能描摹草木山色的深绿苍翠，恰恰是因为枝叶繁茂、郁郁葱葱的草木才能遮天盖日，远望如黛。《考工记》"杂五色"中提到："天地四方各主其色，……天者，苍茫之所极，自见其色幽，非黑非赤故谓之玄"。这进一步说明"玄"与"幽远"、"幽深"、"幽暗"有关。

当人们分清白天与黑夜，就逐渐有了秩序和时间的概念。此时，也才有对世间万物进一步的观察和理解。由此看来，"天地"概念既包含了"上下"方位的认知，又有"明暗"光感的识别，更体现出"日夜"时间的交替。而所谓"天玄地黄"（《易·坤》），既指向颜色，又指向天、地概念本身，自然也就包含了方位、明暗、时序、基本色彩等多种含义。

## 二、"玄黄"英译举隅及统计

前面提到，施友忠将"玄黄"都翻译为"black"和"yellow"，同样一句

---

6　林义光，《文源》卷3第3页，转引自郭静云《幽玄之谜:商周时期表达青色的字汇及其意义》，《历史研究》，2010年第2期，第4-24页，189页。

7　汪涛，《甲骨文中的颜色词及其分类》，香港中文大学《第二届国际中国古文字学术研讨会论文集》，1993。第188页。转引自郭静云《幽玄之谜:商周时期表达青色的字汇及其意义》，《历史研究》，2010年第2期，第4-24页，189页。

话，其他译者的处理各有不同，例举《原道》英译如下：

杨国斌：Now when the blue color parted from the yellow, and the round shape from the square, heaven and earth came into being.

黄兆杰：The earth's yellow with the sky's dark crimson merge and mingle, but the earth is square, the sky round.

宇文所安："All colors are compounded of two primary colors, the purple that is Heaven and the brown that is earth. All forms are distinguished through two primary forms, Earth's squareness and Heaven's circularity"

修中诚：With the dark and the light there is the variegation of color; with the square and round there is the distinction of form.[8]

吉布斯：Dark colors and light colors interspersed, square shapes and round become distinct, [9]

在这些英译中，宇文所安和黄兆杰在译文中直接指明了"玄黄"与天地之间的关系，施友忠和杨国斌在注释中作了解释，其余译者则未提及玄黄方圆与天地的关系。较早的修中诚和吉布斯用 dark（暗色、深色）来指玄，用 light（浅色、亮色）来指黄，突出天地之明暗。同为"玄"色，施友忠用的是 black（黑色），宇文所安用的是 purple（紫色），黄兆杰则用 crimson（深红色）。杨国斌在注释中解释："古代传说天圆地方，天玄地黄"[10]，在翻译时实际选用了 blue，这一点和周振甫的今译保持一致。他是有意按照现代人的普遍观念把天看成蓝色，还是因为 blue 一词同样多义，这一点在下文还会细述。与玄并举的"黄"是大地的颜色，大多数译者选用了 yellow，只有宇文所安为了突出土地的黄褐色，使用"brown"来翻译。

"玄黄"还出现在《文心雕龙》其他章节中。一为《诠赋》中论及文辞与内容之关系，写道："丽词雅义，符采相胜，如组织之品朱紫，画绘之著玄黄。"

8  Hughs, E. R. *The Art of Lettre: Lu Chi's "Wen fu", A. D. 302*. New York: Pantheon Books Inc, 1951. p236.

9  Gibbs, Donald. "Literary Theory in the *Wen-hsin tiao-lung*, Sixth Century Chinese Treatise on the Genesis of Literature and Conscious Artistry", Ph. D. Dissertation, University of Washington, 1970. p43.

10  杨国斌译, *Dragon-Carving and Literary Mind*. 北京: 外语教学与研究出版社, 2004, 723 页。

以"画绘之玄黄"喻立赋之本。一为《附会》第一段所言"品藻玄黄，摛振金玉"，是以绘画、音乐艺术的创作来比喻作家对文辞的选择。这几处"玄黄"，不同译者的处理和《原道》基本一致，但个人处理的差异显而易见。英译摘录如下：

《诠赋第八》："丽词雅义，符采相胜，如组织之品朱紫，画绘之著玄黄。"

施友忠："Beautiful language and clear ideas complement each other as the symbol and the symbolized. They are like red and purple silk in weaving and black and yellow pigments in painting."

杨国斌："When beautiful language is combined with elegant meaning, substance and form are in harmony like the arrangement of the red and purple in weaving or the blending of the black and yellow in painting."

黄兆杰："Theme and language merging in an innocent sumptuousness, they multiply the beauty in each other — like the play of purple and scarlet in weaving, or of yellow and blood-clot red in a painting"

《附会第四十三》："然后品藻玄黄，摛振金玉"

施友忠："only after he has learned this, is he able to evaluate black and yellow, to ring out the sonorous tones of metal and jade."

杨国斌："Then he can go on to embellish and polish, to perfect the tone and rhythm"

黄兆杰："（When these provisions have been made）it is time to consider the conflicting claims of the yellows and clotted-blood reds, the tinkle of chimes and bells,"

宇文所安："Only then can he judge the categories of [heaven's] purple and [earth's] brown."

很显然，每位译者对"玄""黄"两色的理解并不一样，翻译处理的方式也不同，既有直译也有意译的方式。我们将几位译者在不同篇目中对"玄黄"

的翻译整理统计如下[11]：

表 6-1 "玄黄"英译分章统计

|  |  | 施友忠 | 黄兆杰 | 杨国斌 | 宇文所安 | 修中诚 | 吉布斯 |
|---|---|---|---|---|---|---|---|
| 原道 | 玄 | Black | the sky's dark crimson | blue color | the purple that is Heaven | the dark | dark colors |
|  | 黄 | Yellow | The earth's yellow | Yellow | the brown that is earth | the light | light colors |
| 诠赋 | 玄 | Black | blood-clot red | Black |  |  |  |
|  | 黄 | Yellow | Yellow | Yellow |  |  |  |
| 附会 | 玄 | Black | clotted-blood reds | embellish and polish | [heaven's] purple |  |  |
|  | 黄 | Yellow | Yellows |  | [earth's] brown |  |  |

## 三、"玄黄"英译个例分析

### （一）施译"玄黄"：万色之本

从上表来看，施友忠在翻译过程中始终如一，一律用"black"和"yellow"来指称"玄黄"二色。但是，他在该词第一次出现时，就特别在注释中指出，玄与黄常指天地的颜色，"玄黄"放在一起，常指代所有颜色，是一种部分代整体的提喻手法[12]。由此可见，他在翻译时主要考虑的是："玄黄"作为天地之色，转而借指基本色彩，再转指一切色彩。因此，black 和 yellow 实际上就是两种基本色，black and yellow 的组合则通过部分借代整体，泛指色彩。在《诠赋》翻译中，他在 black and yellow 后面补加了 pigments（颜料）一词，更能说明他突出色彩这一涵义。由此看来，对施友忠而言，玄黄具体是什么颜色并不那么重要，只需明白二者为天地之色，是万色的基础（并非美学意义上的），就能表明刘勰使用"玄黄"的目的。所以他按照最基本的词典《尔雅》的解释，训"玄"为"黑"，译为英语中的基本颜色词 black，"黄"则译为英语中的基本颜色词 yellow。至于 black and yellow 是否与英语语境下的天地之色相契合，似乎就未加考虑了。当然，"black"一词本身也有"暗"的含义，有时可指因

---

11 宇文所安未译《诠赋》，修中诚、吉布斯英译摘自他们的论文，只涉及《原道》中的"玄黄"。

12 Shih, Vincent Yu-chung (tran.), *The Literary Mind and the Carving of Dragons*. New York: Columbia University Press. 1959. p8.

光线不足而引起的黑暗，比如"black cave"，"black hole"的用法；也可以引申为暗色，如"black and blue"中，就是皮肤软组织挫伤后留下的青紫色素。此外，现代英语中的"black"虽然是基本颜色词，但它在古英语中含义却并不那么清晰。该词古英语 blæc（后写作 blak，blakke），是指非常暗，如黑夜、煤烟或碳的颜色，可能源于原始日耳曼语 blaka（意为"燃烧的"）。它和表示"闪亮、耀眼、苍白"等含义的古英语词 blac 一样，都被认为源于原始印欧语 bhleg（也有"燃烧、闪光、耀眼"之意）。[13]这一词根与"黑""暗"的词义正好相反。事实上，在古英语中，现代意义上的"黑"常用另一个词"sweart"表示，用来描述黑夜、乌云等，也即现代英语中的"swart"。当出现 blac, blak, blake 等语言形式时，其意义往往引发争议，让人分不清到底是指黑、暗，还是指苍白或深肤色人没有血色的倦容。实际上，对于"black"的词源考证，更说明人们对颜色的认知是相当模糊、复杂的。

### （二）黄译"玄黄"：日出霞光

黄兆杰为第二个将《文心雕龙》全书译为英文的学者，他在翻译原道时，将"玄"译为 the sky's dark crimson，"黄"则译为 the earth's yellow。首先，他在译文中直接点明了"玄黄"与天地的关系，使用补足法，将"天地"的涵义融合在"玄黄"二色之中。在汉语里，只要出现"玄黄"二字，稍有古汉语常识的读者都很容易就会联想到"天玄地黄"。可以说在汉语语境下，"玄黄"不仅是两种颜色，更是与万物初始最基本的概念"天"和"地"紧密联系在一起的。"天""地"实际上是"玄黄"一词可分析出的义素。译者的补充处理，使目的语读者在读到该词时，可能与母语读者一样意识到"玄黄"与"天地"的关系，从而能更进一步靠近原作。

其次，黄兆杰在三处都用"yellow (s)"译"黄"，却使用了"dark crimson""blood-clot red""clotted-blood reds"三种表达来译"玄"。Crimson 一词一般指深红色，来源于阿拉伯语 *qirmiz*，也即英语中的 kermes[14]，原意是"源于昆虫"，即美术中常提到的胭脂虫红，或称洋红，是一种从寄生于仙人掌类植物上的雌性胭脂虫体内提取出的天然红色色素。胭脂虫红在古代波斯和欧洲是最重要的红色织物漂染剂和制造深红色颜料的原料，直到中

---

13　Klein, Ernest. *Kleins Comprehensive Etymological Dictionary of the English Language*, Elsevier Publishing Company, 1971. p176.

14　Klein, Ernest. *Kleins Comprehensive Etymological Dictionary of the English Language*, Elsevier Publishing Company, 1971. P373.

世纪才逐渐有其他替代材料。和胭脂虫红颜料密切相关的 crimson 首先是一种红色调，因此在现实生活中，从饱和度极高的深红到深紫红色都可能被标为"crimson"。比如鲜血、樱桃或红宝石的颜色都可以是 crimson，其色彩中红色成分偏多。比如哈佛大学的校徽就是深红色，因此一切与哈佛有关的标志一般都以深红色为低，连哈佛校报都被命名为 *The Harvard Crimson*，以至于不少人称"crimson"为哈佛红。后两种译法实际上则为同一色调的不同表达式，在《附会》中"玄黄"均采用名词的复数形式，突出颜色的多种多样，实际上也是以部分（"玄黄"）指称整体（各种颜色）。以"凝血"作为红色的修饰语，则强调了"玄"与"暗红色"的关系。从常识来看，我们都知道血液凝结成块后，颜色转暗，久之则近黑，这与《说文》中"黑而有赤色者"及《考工记》中对颜色的解释是非常接近的。可以说，黄兆杰此处的翻译，主要是以中国传统染色工艺为基础来描述"玄"色的基本状态。三种表达虽然各不相同，但都突出了"玄"中的红色调。结合"黄"的译法，我们可以看住，译者一是谨慎地根据古人对颜色的解释来描述这两种颜色的特点，二是不忘说明两种颜色与天地之间的关系。黄色与大地相对应，红色调的"玄"实际指向最重要的天象——日。

## （三）杨译：归化

杨国斌的英译中，黄基本为"yellow"，"玄"在《原道》中译为"blue"，在《诠赋》中则译为"black"。由此可见，他也意识到"玄"在中国传统文化中有"黑"的含义，但是在《原道》中他却不顾中国传统文化的描述，用英语读者比较熟悉的天色"blue"来翻译。blue 一词在英文中指晴朗的天空的颜色，在现代英语语境下，是很容易与天空联系在一起的颜色。相比"黑"或"深红"，更可能被读者所接受。同时，blue 除了明亮的蓝色（英语中常用另一词 azure 特指晴朗天空的蔚蓝色、天蓝色），也可以指深蓝，更有青灰色、铅色的含义，比如我们前面提到过的短语 black and blue 中，就指皮肤的青紫；另一短语 blue in the face，则与汉语中"（气得、累得）脸色发青"类似。这一含义被认为和其古诺尔斯同源词 blár（深蓝、黑）有关，词源学家认为其原始印欧语词根是 bhel-，表示耀眼、闪光、燃烧等意。事实上，在欧洲各种语言中，被认为与 blue 同源的词有拉丁语 flavus（黄色），古西班牙语 blavo（黄灰色），希腊语 phalos

（白色），威尔士语 blawr（灰色）[15]；今天，世界上大多数文化都将大海、天空的颜色认同为蓝色，但在有些文化中却是以"绿"、"灰"等颜色来指代。其实汉语传统中有"玄天"，"青天"，可见在颜色认知的初期，黑、绿、蓝、灰等颜色是未被细分的。这从侧面了色彩词在各种语言中都是难以辨析的语言现象，同时也反映了人对颜色的认知受多种因素影响。

值得注意的是，杨国斌在翻译《附会》篇中的"品藻玄黄"时，并没有使用具体的颜色词，而是意译为"embellish and polish"，也即"修饰与润色"之意。与其相对的"摛振金玉"也相应地意译为"perfect the tone and rhythm"，强调对文辞音调和节奏的考量。此处，"玄黄"被理解为以颜色指代绘画，从而引申为艺术创作过程中辞采的打磨。然而，刘勰说附会即"总文理，统首尾，定与夺，合涯际，弥纶一篇，使杂而不越者也。"（《附会》）作文需统筹兼顾内容、文辞、情志等各个方面，正如创作一尊雕塑，需从形体、神态、肌理等各个方面确定其基本形态，然后再选择辞藻、调整音韵。"品藻"意味着在众多颜色中比较、品评、裁决选定最能出彩的颜色，正是强调作文者要凭借其突出的审美能力，才能驾驭和统筹文字，创造出美的诗篇。杨译凸显了"玄黄"的修辞寓意，但是忽略了"品藻"的重要性。

## （四）宇文所安：统一

宇文所安在《中国文学思想读本》中选译了《文心雕龙》重要章节，包括《原道》与诠赋。这两处对玄黄的翻译基本一致，都选择了"purple"和"brown"，同时均在译文正文中明确使用了"heaven"和"earth"来限定天地之色，这是认定"天地"为"玄黄"的必然含义。Purple 是任何蓝色与红色构成的色调，虽然常指深紫色，但也不排除紫红和浅紫色，仍然容易给英语读者带来误解。但是当 purple 与天色联系在一起时，确实是非常自然的。在英语文学作品中，经常用 purple 来形容天色，特别是黎明或黄昏时的颜色。比如《简·爱》第二十三章开篇有一段描绘仲夏夜暮色的话，就用"a solemn purple"（肃穆的深紫）来描绘日落后天空。此外，purple 在英语中是一种非常高贵的颜色，常常为皇家或宗教执事人员服装的主色。

宇文所安的处理使"玄黄"二色在《文心雕龙》前后达成一致，但是，却与文中的"朱紫"产生一定矛盾。"朱紫"在古代中国可谓"正间有别"。《文

---

15　Klein, Ernest. *Kleins Comprehensive Etymological Dictionary of the English Language*, Elsevier Publishing Company, 1971. p181.

心雕龙·体性》第二十七（赞）："雅丽黼黻，淫巧朱紫。"黼黻泛指礼服上所绣的华美花纹。《说文解字》曰：黼，白與黑相次文。"黻"在《说文解字》中解释为"黑與青相次文"，黼黻之雅丽，在于黑、白、青三色淡雅沉稳，和谐相调，毫不张扬。与之相比，朱紫相配则带来过强的视觉刺激。两种颜色都为亮色，放在一起争奇斗艳，不免过于浮华，故刘勰说"淫巧"。虽然人的审美观念时时变化，但大红大紫的搭配在讲究低调、中庸的中国传统观念影响下，至今都不太受欢迎，民间还有"红配紫难看死"的说法。

朱为大红色，在中国古代是正色。康熙字典中又称"朱赤，深纁也"。纁，古通"曛"，即黄昏的阳光，引申为浅红色。"深纁"的解释，蕴含着古人对"朱"与太阳之间的联想。从考古证据来看，各种文化遗留下来的史前遗迹中，红色都是最早使用的颜料之一。不少史前的墓葬中，人骸骨上洒有红色朱砂粉末[16]，后来出土的器物上图绘与符号也常有用红色，比如甘肃大地湾出土彩陶钵上有红色符号↑＋X 等[17]。法国南部拉斯科洞穴的岩画距今已有 15000 多年，在黑炭勾勒的图像中加入红色赭土的颜色，使整个画面更为生动。早期人们的使用的红色颜料主要来源于矿石，后来从植物和昆虫中提取。这些红色的颜料不容易获得，因此非常珍贵。从各种文化来看，红色常常与生命、光明、力量联系在一起，究其根本，就是因为红色与血液、火焰、太阳的颜色是一致的。红色从一开始作为一种颜色被人们意识到，就已经是一种隐喻。与作为"正色"的红色相比，"紫色"却是一种间色。

对于"朱紫"，施友忠理解为 vermilion 和［vulgar］purple，杨国斌译为 red and purple，黄兆杰用"crimson and purple"，宇文所安同样译为 Vermilion and purple。译者一致使用 purple 来译"紫"，这和宇文所安使用"purple"来译"玄"就产生了一定矛盾。

## 四、颜色词英译分歧的原因

颜色词在各个民族中的差异被看作认知差异的重要明证，许多语言学家在讨论语言文化比较及跨文化交际差异时，都经常以颜色词的认知分歧为例。古代文论中所涉及的颜色词更关系到人类认知的历史变化，因此，在翻译中必然产生多种阐释。英译差异的产生，有多种原因。

---

16 张弛，《仰韶文化兴盛时期的葬仪》，《考古与文物》，2012 年第 6 期，第 17-27 页。
17 饶宗颐，《符号·初文与字母——汉字树》，上海：上海书店出版社，1999，第 2 页。

　　首先，色彩的物理属性与人对色彩的心理认知之间有一定错位。现代科学对色彩的划分虽然有了较为客观的标准，但人们对于色彩的认知与其物理属性并不完全一致。现代光谱学认为：光波是由原子内部运动的电子产生；各种物质的原子内部电子的运动情况不同，所以它们发射的光波也不同。太阳光经过三棱镜后形成按红、橙、黄、绿、蓝、靛、紫次序连续分布的彩色光谱。不同的光波射入人眼，为锥细胞所捕获，其中不同感光色素各吸收一定的波长光线，从而产生色觉。同一物体在明暗不同的情况下，会产生不同的色感，而且各种颜色的对比与搭配也会让人产生不同的感觉。而人们对色彩的认知，实际上是对一系列引起类似刺激的色彩印象的归类与概念化，因此，我们所说的色彩与呈现色彩的景、物、环境甚至人的心情都有很大关系。光谱的客观描述并不能始终一致地反映我们眼里所看到的色彩，这首先是由我们感知色彩的生理基础决定。

　　其次，人们对颜色词的认知与划分经历了从基础到精细的历史变迁，古代对一些颜色的描述与现代人所理解的并不一样。但是，有一些与古代色彩范畴相联系的表达方式、意义内涵却保存下来。因此我们在看到古代典籍中出现的颜色词时，可能更突显的是其文化内涵，而不是其物理属性。

　　最后，不同民族对色彩的认知发展经历了不一样的阶段，由于社会文化等多种因素影响，不同民族对色彩的认知会出现一些差异，色彩词在不同文化中所负载的文化内涵也很不一样。因此，在翻译时，这种认知的差异必然影响到译者对原文的处理，从而产生不同的译文。

## 第二节　《文心雕龙》中的音乐之喻

　　隐喻普遍存在于日常语言、文学、诗歌和科学专著中。现代隐喻学认为隐喻在本质上是一种认知现象，是人们对抽象范畴进行的概念化的有力工具。中国古代文论中存在大量隐喻式的意象，对于这些隐喻的理解影响了翻译的结果。本节以《文心雕龙》中音乐之喻为例，从认知语言学的经验视角探讨其英译问题。

### 一、中国古代文学中的音乐之喻

　　Lakoff 和 Johnson（1980）在合著的 Metaphors We Live By 中提出"概念隐喻理论"，他们认为"隐喻不仅仅是语言修辞手段，而且是一种思维方式，是人们在认知中对于不同的事物特征建立联系的方式或机制。"[18]也就是说，"隐喻"是人们用一个熟悉的事物的某些特征（或具体概念），去认识另一个不熟悉的事物（或抽象概念）的认知过程。王寅（2006）认为隐喻是在主体的认知和推理作用下，将一个概念域映合到另一个概念域，这才使得语句具有隐喻性。对隐喻的生成和理解过程就是将始源域所具有的典型的、经验性的、惯例性的意义映合到目标域的过程。[19]运用隐喻的思维简单来说，就是由某一易于理解的源域（Source domain）概念投射到某一较难理解的目标域（Target domain）概念的认知过程。Lakoff 和 Johnson（1980）还指出："与隐喻相关的唯一相似性是经验相似性，而不是客观相似性。"[20]由此观之，上述所谓"易于理解"与"较难理解"都带有一定程度的主观性和流动性。

当然，隐喻不是任意的、无理据的，隐喻思维主要有类比、联想以及想象等，其自身具有相似性、系统性、持久性等特征。其中，形象性是隐喻思维的突出特点，形象的相似性使之带有明显的感性体验，但形象的相似性会随其在所属领域中的地位的逐渐稳固而逐渐消失。

中国古代诗歌和音乐不可分割，魏晋书法绘画发达。由彦和对音乐之评论，亦引进器物、织绣、绘画等概念，运用到文学评论中来，故还涉及美学问题。韦勒克、沃伦曾提出艺术之间平行对照的概念，即提出美术与文学之间平行对照的方法，但指出这一方法与个人反应联系很大，具有很强的主观性。此后引入了追本溯源的方法，即研究艺术家的创作目的及理论。并从普遍性与特殊性两个方面得出结论，不同艺术的创作意图往往不同，它们不仅受到艺术家个性的影响，还受到该艺术的传统的影响。

同理可推知，文学与音乐之间也存在类似的艺术之间的平行对照，而与本文所使用的认知隐喻理论的内核亦是有所相似的，我们认为存在"文学是音乐"这样一种隐喻认知，其源域是"音乐"，目标域是"文学"。即，从认知的角度来说，音乐所表现的只是某种或某类情感的原型，而人们是通过联想等手段，才催生出特殊的具体的情绪或情调。

首先，音乐与文学都是反映世界的实践活动，二者都为艺术表现形式。艺

---

18 Lakoff, George & M. Johnson. *Metaphors We Live By*. Chicago: The University of Chicago Press, 1980. p37.

19 王寅：《认知语言学》，上海：上海外语教育出版社，2006，第 406 页。

20 Lakoff, George & M. Johnson. *Metaphors We Live By*. Chicago: The University of Chicago Press, 1980. p243.

术的实质与形式总是难分难离，其产生的来源及对人的巨大影响难以描述。而文学与音乐的关系又是复杂的，一方面，它们各自可能成为其他艺术类型的主题；另一方面，文学可以取得绘画或音乐的效果，而且这种创作类型在一定程度上取得了成功。[21]

其次，从心理认知的角度来看，听者或乐者的反应角度各不相同，有的可能更注重自己的审美感受及所受的音乐影响，甚至只注意到其引起的联想，而忽略音乐本身；有的却过于注意音乐的形式，而不一定能发生情感的共鸣。只有少数具有高度审美意识的欣赏者，能够达到对音乐形式的感悟和审美感受的统一。

音乐以声音为媒介，但是我们在听音乐时，无论属于那种反应类型，各人所注意的要素往往不同，有的关注节奏，有的关注旋律、和音、器质、音色等。而在声音的四个物理特征中，音高和音长相对更重要，也是各种基本乐理研究的重点。就中国传统音乐的基本乐理话语体系来说，音高包括乐音、乐音体系、律制、音阶、调高、调式、调型等方面的问题，而音长则包括拍、节奏、节拍、速度等方面的问题。

叔本华认为："其他艺术表现心灵都须借助意象，只有音乐能直接表现意志。"即主张音乐是"意志的客观化"。斯宾塞也认为，音乐与语言同源，主张音乐是一种"光彩化的语言"。上述均为表现派的观点。而形式派则认为音乐的美完全是一种形式的美。典型的如汉斯力克认为，音乐就是"拿许多高低长短不同的音砌成一种美的形式，其形式之后绝对无意义"。盖尔尼认为"音乐的美不在情感"。总的来说，形式派主张音乐和语言是两回事，认为语言有意义，而音乐无意义，所以不能表现情感。多数人注重的是音乐引起的幻想，然而赏析意象与欣赏音乐是两回事。其实，音乐往往不能唤起一种固定意象，但可以引起一种固定的情调，欣赏力较大的人大半都否定音乐于本身外有别的意义。[22]但当"音乐"作为认知思维中的源域时，其形象性将会被凸显，也就是说，我们并不是在欣赏音乐本身，而真正的意图在于通过音乐来进入文学的世界。

对于作者与读者（或听者），其对世界的认知可能是相一致的，譬如当

---

21 勒内·韦勒克，奥斯汀·沃伦：《文学理论》，刘象愚等译，杭州：浙江人民出版社，2017，第116-128页。

22 朱光潜：《文艺心理学》，上海：复旦大学出版社，2011。

我们使用语言符号描述或记录琵琶的音色时，我们可以使用"清脆"，也可以使用"玉珠走盘"，但其实都是在描述琵琶发音的颗粒感（指在弹奏一个长音时，它的音不是连绵的一个长音，而是由很多个小短音连成的）。当然也会有所不同，一来是由于乐器自身的音色是多变的，二来是因为生理性的听感空间投射到心理领域时，往往会发生某种变化，因之，我们同样可以使用"铮铮"、"铿锵"来形容琵琶的音色。而在跨文化译介中，这一现象就会尤为突出，其既可能反映人类的某些共性，同时也有可能显示出极强的群体（民族）差异性。

对于上述现象而言，还有众多影响因素，讨论得最多的应当是社会文化因素，即社会背景、历史条件或个人的社会存在等因素。《文心雕龙》成书于魏晋南北朝，当时南北对峙，社会动乱，但思想却相对解放，所以这一时期的文化艺术又相当发达，尤其是音乐的发展，有三个主要的特点：第一，音乐的教化作用进一步减弱，而娱乐性加强，譬如，南朝乐府民歌中斗争性的作品明显减少，而爱情题材成为主流。第二，少数民族和外国音乐大量传入，对中原音乐产生了巨大的影响。第三，佛教文化，包括佛教音乐的传入，对中国传统文化影响非常巨大。[23]在这样的背景下，音乐作为一种文化符号具有极强的象征意义。当刘勰运用音乐领域的相关概念隐喻自己的文学理论或主张时，必然经过了某种主观化地选择。

但是，古人的音乐审美不完全是政治性的，从其源头来看，更有很强的宗教性，暗含神秘感和超自然性。黄帝作乐《咸池》，尧帝作乐《大章》；而《咸池》、《大章》皆是祭祀神祇的音乐。《淮南子·天文训》曰："旧出于肠谷，浴于咸池"；《楚辞·七谏·自悲》曰："属天命而委之咸池。〔注〕：'咸池，天神也'"，这些都包含着一定的超自然美学意识。

要之，当我们认为《文心雕龙》中的音乐之喻不是随意的而是经过深思熟虑时，英语世界在翻译《文心雕龙》的过程中就极有可能遗漏了相关的重要信息。而这些音乐之喻可能是符合当时（魏晋南北朝）或者仅仅是刘勰个人音乐审美的，但不管如何都是我们重新认识中国古代审美情趣的途径，特别是从文学视角回溯魏晋南北朝以前的音乐审美情趣，这有助于我们进一步探究中国古代音乐与文学之间的共鸣与差异。

---

23 吴钊，刘东升：《中国音乐史略》，上海：人民音乐出版社。1993。

## 二、《文心雕龙》中的"五音"之喻

"五音"，或叫"五声"，即古代五声音阶的名称：宫、商、角、徵、羽。阴阳五行家以五音配五行，宫属土，商属金，角属木，徵属火，羽属水，相当于 C、D、E、G、A，也即简谱中的"1（do）、2（re）、3（mi）、5（sol）、6（la）"。各以五音为音阶的最低音，就构成五种音阶，类似于西洋音乐中的 C 大调、D 大调等，也可以说即五种类型的曲调。关于五音最早名称的由来已经失载，但经学者考证，其由来和命名与中国古代天文学以及传统文化均有密切关系，代指特定的节奏。至于与后世的声、韵、调是什么关系，两书的体制类型是否与后世的韵书相似，都无从深考。

先秦时，已经有了"七音"和"五声"的概念，如《战国策·燕策》说荆轲刺秦前，"为变徵之声"，"变徵"就相当于 F 调，声调悲凉。《后汉书·律历志》中说"黄钟为宫……应钟为变宫"，说明应钟的调式就是以变宫为主音构成的调式。可见当时以产生了以五声为核心的音乐思维，又在此基础上拓展为七音，又称七律。如《隋书·音乐志》记载，隋朝音乐家苏夔曾说："每宫应立五调，不闻更加变宫、变徵二调为七调。"则此时已有了非常成熟的七声调式。

在《文心雕龙·书记》中称："律者，中也。黄钟调起，五音以正，法律驭民，八刑克平，以律为名，取中正也。"刘勰阐释了"书记"的各种类别，其中"律"是以音乐中的"乐律"来引出法律，并取其公正、不偏不倚之义。在《文心雕龙》中，以"五音"的整体形式出现，共有 3 例，分别是《书记》中的"黄钟调起，五音以正"、《情采》篇的"声文，五音是也"及"五音比而成韶夏。"《书记》中的"五音"意指"宫、商、角、徵、羽"，被分别译为 the five tones（施译），the five notes（黄译），the five musical tones（杨译）。《情采》在前例中同指"宫、商、角、徵、羽"，被译为 the five tones（宇文译），the five sounds（施译），the five musical notes（黄译），the five tones（杨译），而在《情采》后例中意指"五种音律"，则被译为 the five sounds（宇文译），the five basic sounds（施译），the five notes（黄译），the five sound scales（杨译）。

从这些不同翻译来看，译者对词语的选择各有差异，但主要集中在"tone""sound"和"note"三个词。宇文所安与施友忠都选取了"tones""sounds"作为"五音"之"音"的对译；黄兆杰对此的翻译是前后最为一致的，均选取了"notes"；杨国斌则主要对译为"tones"。

"tone"在英语中的语义十分丰富。在音乐领域中，还可与"step""scale"或"gamut"等通用，均可用于指"音阶"。音阶是调式的一种形态，也是旋律的一种。该词还可以用来指乐器的音质或音色。此外，在语言学中该词可以用于指"声调"、"腔调"，进而还能够引申出"气氛""色调""（肌肉）结实""（皮肤）柔韧""缓和"等用法。当然，从其常用于指称汉语中的声调这一点来看，"tone"在文学与音乐的跨域联系上是更为明确的，这使得源域与目的域的模糊性增强，也就是说，将"五音"中的"音"译作"tone"，似乎更好地把握了源域和目标域的双重呈现，使读者更易接受。

"sound"可以用于泛指人所听到的一切声音或响声，而在音乐领域中，更倾向用于指音乐家的嗓音或者音乐风格，并引申出"给以印象""明智的""健康的"之意。其中，通常还可以与"scale"等搭配连用，譬如杨国斌在"五音比而成韶夏"一句中对"五音"就运用了"the five sound scales（五声音阶）"的译法。较之于"tone"不难发现，"sound"的含义实际上是更广的，在运用时必须配合其他词语进行限定。

"note"常见的意思为"笔记；注释；正式文件"，同样可以用于指"特征；口气；气氛"，在音乐领域主要可以用于表示乐谱上的音符。另外，该词词源为"no-"，即与后来的所谓"know（知道）"有关，因而也有"引人注目的"等相关的含义。总体上看，"sound""tone"与"note"实质上都涵盖了音乐性声音与非音乐性声音的双重语境。但与前二者有所区别，"note"的音乐性需要较强的语境，比如加上修饰成为"musical notes"，或者置于明确的音乐语境中，否则其非音乐性的意义更凸显。此外，note在音乐领域的概念通常不是整体性的，更强调音符作为整体旋律的组成部分，且常常可视化于乐谱中。在明确的语境中，"note"音乐域指向性更强。

《文心雕龙·情采》中，"五音"主要是作为"声文"的代表而出现的。《情采》指出"立文之道"共有三大原则："一曰形文，五色是也；二曰声文，五音是也；三曰情文，五性是也；五色杂而成黼黻，五音比而成《韶》《夏》，五情发而为辞章，神理之数也。"也就是说，刘勰在论及那些珠圆玉润、流光溢彩的诗歌语言艺术时，认为语言的组织离不开"声文""五音"，即强调文学作品音韵的调谐。此外，我们还需要看到音之可比的特点，即音是"可组织的、可配合的"，英译中"conjunct"或"match"可与之对应。"五音"通过音与音之间的可组织性，相互配合，最终"合乎律"，以达到和谐美好的状态，因此有的译者用"harmonize"来表示"比"。施友忠将"五音比而成《韶》《夏》"译为定语从句"it is the harmonizing of the five basic sounds which creates the ancient music, such as the piece 'Shao-hsia'"，杨国斌则译为状语从句"When the five sound scales are harmonized, music is produced"。不论是用动名词来表达"比"的过程，还是用过去分词来表示"比"的结果，两位译者都强调了"和谐相配"的意义。再观照《文心雕龙·声律》中的"标情务远，比音则近"，可见刘勰确实注意到写文章音韵安排协调合理与否的问题。"比音"从源域"音乐的配合"投射到靶域"声韵的配合"，再进一步投射为"文辞的配合"，于是作为音乐典范的"《韶》《夏》"也就指向了声韵、辞藻、文意相匹配的文之典范。

五音中又以"宫商"出现的频次最高。因"宫""商"为五音中前两个音，故"宫商"经常合用以代指音乐；又因凡以宫为主的调式都为"宫"，凡以商、角、变徵、徵、羽、变宫为主的格式为"调"，故古代常将乐曲曲调总称为"宫调"。总体而言，以"宫商"称音乐，本身就可以看成一种隐喻。

《文心雕龙》中多次出现"宫商"，例如在《定势》中，有一句："是以括囊杂体，功在铨别，宫商朱紫，随势各配。"此处以音乐和色彩的调配区别，来比喻作文时衡量辨别不同体制以确定文势的重要性。施友忠将其译为"whether the mode of *kung* or the mode of *shang* ought to be used"（171），并在注释中解释了"五音"的含义。他采用异化的手法，将"宫""商"调名直接译出，并在前面加了mode，以补足"宫商"所属的范畴类别。与此类似，宇文所安译为"Whether **the note kong or shang**; is to be played（234）同样将汉语中调名直接译出，前面加上"note"，来说明其音乐范畴。不同的是，施友忠强调的是宫商所指称的曲调类别，而宇文所安用的"note"在指称音乐时，一般指单个的音符。黄兆杰同样将宫商等同于五音中的两个音符，但是他用西洋乐理中的"嗦""发"替代"宫商"，将其译为"the sols may be matched with the fas"（115），复数形式说明这里的音符是以部分代整体，指代所有音阶。从对等性来看，二者都可以表示音乐系统音阶中的单个音符，且都可以泛指音乐；但是，如果从乐理出发，宫、商相当于现代乐谱中的"do"和"re"，似乎用"do"和"re"替代"sol"和"fa"更符合现实情况。杨国斌译为"as **a musician treats modes** ……"他补足了主体，淡化了曲调个体特点，但突显了"宫商"的区别，紧扣原文中"铨别"的含义。

许慎《说文解字》中注"宫"："室也。从宀，躬省声。凡宫之属皆从宫。"刘歆《前汉·律历志》中说："宫，中也。居中央，畅四方，倡始施生，为四声纲。"对"商"的解释，《说文解字》说："从外知内也。从商，章省声。"由此来看，"宫商"有方位上的含义。"宫"居中，故宫调为正调；商四通，为次调。《礼记·乐记》曰："宫为君、商为臣、角为民、征为事，羽为物。五者不乱，则无怗懘之音矣。"凡音之动，有人心生，故一国盛行的音乐能反映人心，也就是国家的治乱。可见"宫商"作为"源域"，可以指向"音乐""礼乐""政治"等靶域，突出"音阶""曲调""音乐""搭配""区别""秩序"等多种信息。译者在翻译这一词汇时的选择，就反映了这一认知在不同语言间的转换。

## 三、《文心雕龙》中的"八音"之喻

所谓"八音"，也就是以我国古代八种制造乐器的材料，通常指的是金、石、丝、竹、匏、土、革、木，就是一种在范畴化的认知经验下形成的结果，它以可感知度较高的材质特征来概括具体而繁杂的乐器系统。《史记·五帝本纪》："诗言意，歌长言，声依永，律和声，八音能谐，毋相夺伦，神人以和。"后来由于其覆盖面广，"八音"自然也可以泛指音乐，如："故离朱剖秋毫于百步，而不能辩八音之雅俗。"（晋葛洪《抱朴子·博喻》）、"虚其腹以振汤空灵，而八音起。"（明宋应星《天工开物·冶铸》）。那么，乐器是音乐创作的缩影和物化，其使用经验一定程度上影响了古人的思维方式与语言表述，在文学领域自然也不例外。

以《文心雕龙》为例，其中出现了大量乐器名，对应八音，可归纳如下表所示：

表 6-2a　《文心雕龙》中主要乐器名

| 八音类别 | 具体乐器 |
|---|---|
| 金 | 木铎<br>钟<br>鍠（钟） |
| 石 | 磬<br>球（磬） |
| 丝 | 琴<br>瑟 |

| 竹 | 籁<br>篁<br>管<br>籥<br>竽 |
|---|---|
| 匏 | 匏 |
| 革 | 鼓 |

每种乐器既有其声音特征，又有其器质特征，使用场合也各不相同。中国古代辞书中对这些乐器名的解释，也往往从形制和音质等方面来入手。例如《释名·释乐器第二十二》中道："钟，空也，内控受气多，故声大也。""磬，磬也，其声磬磬然，坚致也。""鼓，郭也，张皮以冒之，其中空也。"分别从形貌、声音、制作方法等来解释这些乐器。

在《文心雕龙·原道》中，刘勰为了阐述"形立则章成矣，声发则文生矣"，使用了一系列的乐器，用以比喻各种自然声响，主要是取其声音特征。如"林籁结响，调如竽瑟；泉石激韵，和若球锽"中，"竽瑟""球锽"作为源域映射到大自然风林、泉石的声音，然后再映射到一切自然声文。但是，"林籁"本身又是一个隐喻，以乐器"籁"来映射风吹树林的声音。那么这种声音的特点究竟是什么呢？《说文解字》对"籁"的解释是："三孔龠也。大者謂之笙，其中謂之籁，小者謂之箹"。可见"籁"原是一种竹制三孔管乐，其声音应与笙属于一类，都是气流经过小孔、管道而发出的啸声。将其用于自然声响，则指孔穴里发出的声音，又可泛指一切声音。故有"天籁""地籁""林籁""万籁"等说法。

我们用图表来标出"籁"从乐器到自然声响的认知的映射，如下表：

表 6-2b

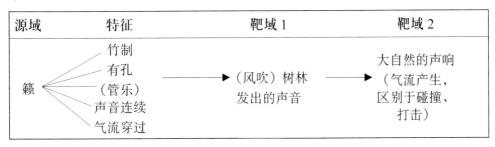

因此，"林籁"即风吹过林木孔窍或缝隙时发出的声音，具有连续性，不同于打击乐所发出的间断式的声音。

我们再来看现有的英译。

施友忠: the sounds of the forest wind blend to produce melody comparable to that of a reed pipe or lute;

宇文所安: and when we consider the resonances created by the vents in the forest, they    blend like zithers and ocarinas;

黄兆杰: Sweet as flutes and viols, the woods whistle in unison;

杨国斌: Similarly, the sounds produced on the apertures in forest trees resemble music from pipes and lutes。

我们暂不考虑"竽瑟"在英语中与管乐和弦乐的对应，单看对"林籁"的处理。施友忠与宇文所安分别使用了"wind"和"vent"，再加上 forest，指向树林里的风，也就是气流，但是施友忠用了动词"blend"（混合），强调了"结响"所构成的调和效果，而宇文所安则用 resonance（共鸣、响亮）强调了"结响"所产生的音响效果；黄兆杰用了 whistle（吹、啸），虽然没有提到风，但是这一动词暗含了气体的流动，然后他用 unison 来表示结响，强调声音的结合；杨国斌使用 apertures（小孔、缝隙）一词，描述声音来自树枝空隙，突出了籁有孔的特点。我们可以补充上表得出：

表 6-2c

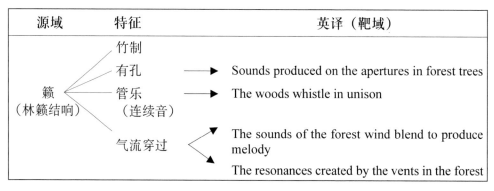

通过这一分析，我们清楚地看到"林籁"一词是如何从乐器"籁"映射到"风林声"到"自然声响"，然后在翻译者的处理中，是如何部分地反映这一映射过程。

在《原道》中还有一处值得注意的例子，即："至若夫子继圣，独秀前哲，熔钧六经，必金声而玉振；雕琢性情，组织辞令，木铎启而千里应，席珍流而万世响，写天地之辉光，晓生民之耳目矣。"

先秦礼制，奏乐时，先击钟发声，最后击磬收声，因此礼乐有序。《孟子·万章》"孔子之谓集大成。集大成也者，金声而玉振之也。金声也者，始条理也；玉振之也者，终条理也。"此处合用，以音乐上有始有终而得大成的钟磬声隐喻孔子集圣贤之大成，也表现出孔子继圣而后成圣的顺利成章。

表 6-2d

| 源域 | 特征凸显 | 靶域 | 特征凸显 |
|------|---------|------|---------|
| 金声而玉振 | 奏乐顺序 | （孔子）继圣集圣贤之大成 | 始终有条理<br>顺理成章 |

"铎"大约起源于夏商，是一种以金属为框的响器。其中，木铎是铎的一种，指以木为舌的大铃，铜质。而其中的"木"主要是指铃舌的材料。《周礼·天官·小宰》："徇以木铎。"郑玄注："古者将有新令，必奋木铎以警众，使明听也……文事奋木铎，武事奋金铎。"《周礼·地官·乡师》："凡四时之征令有常者，以木铎徇以市朝。"宋苏轼《元祐三年春贴子词·皇帝阁》之一："蔼蔼龙旂色，琅琅木铎音。"可见"木铎"在古代用于宣布政教法令时，巡行振鸣以引起众人注意。而且"文事"用"木铎"，用以宣布政教，"武事"用"金铎"（即以铜为舌的大铃），用以指挥军队。可见，木铎已经从发声乐器向其声响具有某种特定功用的器物转变，进而转化了人们对它的认知，其材料特点已经与其功能联系在一起。在《论语·八佾》中还讲到"天下之无道也久矣，天将以夫子为木铎。"此处的"木铎"由其宣布政教的功能衍射到执行者，借指宣扬教化的人。因此，《文心雕龙·原道》中的"木铎启而千里应"是通过宣传政教时摇动的木铎产生的回应，隐喻孔子杰出的文化功绩及其影响。

无论是施友忠用的 wooden bell，黄兆杰的 wooden clapper，还是宇文所安及杨国斌所翻译的"wooden bell-clapper"，都反映了木铎的制作材料，但是 wooden bell 容易让人以为大铃本身是木头做的，这与事实并不相符，因为木铎属于八音之"金"，主体仍为金属。其他几种翻译都没有直接使用"wooden bell"，较好的指明是敲击大铃所使用的物品是木制的，使读者避免了产生错误的联想。但是事物从意象上的对应，仍不足以引起类似的联想。西方读者很难在缺乏详细注释的情况下，产生相对应的这种特殊的文化认知。因此，施友忠在注释中说明木铎与孔子的关系以及其警示作用，黄兆杰则在前面以"pedagogue's"（老师的，暗指孔子的）作为修饰，表明了孔子与木铎的关系。

木铎以其警示的功效比拟于孔子的教化，这种关系在英译中有的明确表示出来，有的则没有。如宇文所安直接译为"the sound of wooden bell-clapper arose, and was answered from a thousand leagues around"，将木铎与其回应的意象直接表达出来，让译文读者去理解其中的含义；杨国斌则翻译为"his teachings reverberated a thousand Li like the sound of the wooden bell-clapper"，这里的代词"his"指孔子，"his teachings"（孔子的教诲）则表明了源域"木铎"指向的靶域。但是，这两种翻译中，靶域与源域之间的联系都通过 a thousand Li 建立起来，形成一种从物理空间的回响映射到心理空间的回响。

　　除了音调、乐器之外，和乐声有关的词汇也构成《文心雕龙》中重要的诗歌隐喻，例如"铮铮""磊磊""玲玲""累累"等拟声词的运用，以声音的质感来比拟文章辞采、风格。总之，音律的产生，原是从人的声音开始的。人声具有五音，来自先天的气性，古代帝王就是根据人声的五音来制乐作歌的。乐器的声音，是对自然声响的模仿，也是对人声音的延展。而语言声气是构成文章的关键，更是表达思想的媒介。音乐与语言之间的联系天然存在，因此，诗歌中的音乐隐喻是跨文化、跨语言的，但是又具有民族特色和文化差异。以认知语言学的方法来分析、研究中国古代文论中的音乐隐喻，有助于我们更好地了解不同文化中对音乐与文学关系的理解，对翻译也有指导作用。

## 第三节　《二十四诗品》中的意象、通感与用典

　　《二十四诗品》署名晚唐司空图，是中国古代文学史上一部"以诗论诗"的文论著作。王宏印认为《二十四诗品》"处于中国古典文论独立发展的第三期，上承《尚书》'诗言志'和刘勰的《文心雕龙》的发轫和独立期，下启严羽《沧浪诗话》和叶燮《原诗》的高潮和完成期，最终预示了王国维《人间词话》的出现，即中国古典诗学的终结。"[24]因此，就历史维度而言，《二十四诗品》在中国诗学发展中具有重要的地位和深远的影响。

### 一、《二十四诗品》及其英译概述

　　在诗歌理论上，司空图继承和发扬了中唐皎然的"文外之旨"和李德裕的"文外之意"，提出了诗的"韵味"问题。他认为诗歌要有"韵外之致"和"味

---

24 王宏印：《〈诗品〉注译与司空图诗学研究》，北京：北京图书馆出版社，2002年，序言第2页。

外之旨"，给读者留下联想与回味的余地，从而达到"思与境偕"的艺术追求。

司空图在《二十四诗品》中充分发挥了他的"韵味"说。他特别强调"意境"。所谓"意象欲出，造化已奇"。他要求"思与境偕"，情景交融，不但要有"物象"，而且要有"意象"，要做到真情实感的自然流露，"超以象外，得其环中"。不过，《二十四诗品》中的意象空灵脱俗、变幻丰富，刘澐在为孙联奎《诗品臆说》所作的序言里说："司空氏游神于虚，而星五悟虚以神"；[25]《皋兰课业本原解·序》则用"文词高古，托意遥深"[26]来评价《二十四诗品》的抽象概括、跳脱难解。因此，很多学者都认为《二十四诗品》难以逐句论说。

前人的以上分析可以看出，要读懂《二十四诗品》绝非易事。首先，《二十四诗品》每首诗均为四言二十四句，篇幅短小，论述极简。然而，每首诗中涉及多种意象，而且这些意象所指并不明确，除了构成形象的图景之外，要言精义，其内涵自古以来众多评述者都难以明断。此外，诗中还使用了许多虚词，使字句更难以理解。清人郑之钟在《诗品臆说·序》中说："自束发就傅，每苦其意旨混涵，猝难索解……迄今四十余年，犹模糊而未得"[27]，可见《二十四诗品》的确难以捉摸。

自清代以来，有不少学者尝试用传统训诂的方法来详细注释《二十四诗品》。到了近代，阐述《二十四诗品》意蕴的文章和专著大量问世，例如："朱东润《司空图诗论综述》（载于《武汉大学文学季刊》，1934年）、郭绍虞《诗品集解》（1963）、祖保泉《司空图诗品解说》（1964）、乔力《二十四诗品探微》（1983）、曹冷泉《诗品通释》（1989）、刘禹昌《司空图〈诗品〉义征及其它》（1993）、王宏印《〈诗品〉注释与司空图诗学研究》（2002）、张少康《司空图及其诗论研究》（2005），以及张国庆《〈二十四诗品〉诗歌美学》（2008）等[28]。这些论著参考清代注释成果，将《二十四诗品》纳入现代文学理论框架之中，对其审美特征和字句内涵都进行了比较深入地探讨，在思想渊源、品目结构、范畴归属等方面都提出了新见，很有启发意义。当然，关于《二十四诗品》的真伪，尚有不少学者讨论，如陈尚君就认为《二十四诗品》全为"清丽圆融、

25 孙联奎、杨廷芝：《司空图〈诗品〉解说二种》，孙昌熙、刘淦校点，青岛：山东人民出版社．1962年，第5页。
26 郭绍虞：《诗品集解》，北京：人民文学出版社，1963年，第65页。
27 见郭绍虞集释、辑注：《诗品集解　续诗品注》，北京：人民文学出版社，1998。
28 陈尚君：《司空图〈二十四诗品〉辨伪》，见其《唐代文学丛考》，北京：中国社会科学出版社，1997，431-481。

浅切流转的四言句"，与司空图其他受韩愈奇崛文风影响的论著大不相同，且明万历以前无人所见。在他之前，哈佛大学汉学家方志彤也有类似看法。不过陈尚君也同意宇文所安的相关看法，即：

> 如果此书确实是伪书，那它肯定是中国文学史上最不朽、最有影响和最成功的伪作之一。并且由于它如此之深地影响了人们对诗学史的理解，它也以现在的面貌赢得了自己的历史地位。[29]

不难看出，司空图的《二十四诗品》在中国文论史乃至中国文学史上举足轻重的地位。那么，在全球化视野的关照之下，尤其是在英语作为世界通用语的大背景下，古诗文的英译也就成为了必要。

西方最早翻译和论及《二十四诗品》的，是英国著名汉学家翟理斯（Herbert Allen Giles）教授。1901 年，翟理斯的《中国文学史》（*A History of Chinese Literature*）在纽约初版印行，其中有对《二十四诗品》全文英译。该译本广为流传，不断再版，并被收录在外研社出版的"大中华文库"系列经典翻译中。翟理斯把《二十四诗品》看成二十四首独立的、富于哲理性的诗作，主要表现了道学思想。但是，并没有从诗论的角度对《二十四诗品》予以阐释。克兰默-宾（L.Cranmer-Byng）是继翟理斯之后，第二位翻译介绍《二十四诗品》的英国著名汉学家。他所编译的《碧玉琵琶：中国古诗选》（*A Lute of Jade: Being Selections from the Classical Poets of China*，1909）中译介了《二十四诗品》中的"纤秾"、"精神"、"含蓄"、"清奇"、"冲淡"、"典雅"、"悲慨"、"绮丽"、"沉著"、"流动"等十品。如前所述，他受翟理斯影响较多，也未从诗歌理论的高度进一步认识和阐述《二十四诗品》。1927 年，弗伦奇（J. L. French）编辑的《荷与菊》（*Lotus and Chrysanthemum*）在纽约出版，当中收录了翟理斯和克兰默-宾对《二十四诗品》的译文。弗伦奇把翟理斯的译文题为《道教》（*Taoism*），把克兰默-宾的译文题为《诗人的幻想》（*The Poet's Vision*）。从这一角度而言，弗伦奇仅仅是进行了整理编辑的工作，而并没有对《二十四诗品》的英译进行更深入地研究和补充。

国外最先从诗歌理论的角度来翻译和介绍司空图《二十四诗品》的，是苏联著名汉学家阿列克谢耶夫（Arekceeb B. M.）院士。1916 年，其硕士论文《一篇关于中国诗人的长诗：司空图（837-908）的〈诗品〉翻译和研究》发表，从

---

29 陈尚君：《司空图〈二十四诗品〉辨伪》，见其《唐代文学丛考》，北京：中国社会科学出版社，1997，第 481 页。

多方面阐述了《诗品》中所贯穿的"道"是一种永恒的真理、一种本质和一切事物依靠的中心。阿列克谢耶夫所译的"雄浑"、"流动"、"旷达"、"绮丽"四品还载于 1930 年德文版《中国学》（题为《中国的诗》），并收入他 1937 年出版的法文本《中国文学》（题为《诗品四则》）[30]。阿列克谢耶夫认为，无论是从欧洲还是中国的角度来看，司空图的《二十四诗品》都是具有卓越价值的文学个体，应该在文学史中占有绝对光荣的地位。因此，对《二十四诗品》进行科学研究是绝对有必要的。就此而言。阿列克谢耶夫力图把中国诗歌的研究纳入到世界诗歌的研究当中，并促使西方世界终止对中国诗歌的赏玩态度，代之以更为科学的精神，这也为《二十四诗品》的诗学思想在西方的广泛传播奠定了基础。

　　1963 年，中国文坛的翻译界泰斗杨宪益和戴乃迭两位先生对司空图《二十四诗品》进行了英译，题为 The Twenty-four Modes of Poetry。载于《中国文学》（Chinese Literature）第 7 辑。这是司空图《二十四诗品》的英文全译本，对西方学者进一步了解与研究司空图的理论起到过积极的推动作用。1975 年，刘若愚《中国的文学理论》（Chinese Theories of Literature）中，将《二十四诗品》中的"品"理解为"情调"或者"境界"，并认为《二十四诗品》表达了形而上的观念，每首诗都以具体的意象来表达诗的情调或者境界，他对司空图诗歌理论的分析与评价，促进了现代西方学者对中国古代诗歌理论的重视和研究。1992 年，宇文所安出版 Readings of Chinese Literary Theory，全书第六章即为司空图的《二十四诗品》。宇文所安试图从文本本身出发，用汉语和英语同时对文本进行阐释，其间，他广泛参考了吕兴昌、乔力、赵福坛、祖保泉等人的注释本，尽量结合中国诗学的背景，挖掘其本来的内涵，以期更加客观地接近作品的原意。2002 年，国内学者王宏印出版了《〈诗品〉注译与司空图诗学研究》一书。作者在书中首先关注了《二十四诗品》的成书与结构以及司空图的诗学思想，再进行《二十四诗品》全文的注释、今译和英译。他认为《二十四诗品》的今译和英译无法完全分开，因为置于同一个译者的手里，其今译和英译可能存在着某些根本上的一致，进而产生互相启发的作用。

　　关于《二十四诗品》在国外的翻译和研究，国内已有关注，如王丽娜的《司

---

30　参见李明滨：《俄国一部论〈诗品〉的巨著》，《烟台大学学报（哲学社会科学版）》
　　1990 年第 3 期，9-11 页。

空图的〈二十四诗品〉在国外》[31]和李春桃的《〈二十四诗品〉接受史》[32]，对《二十四诗品》的译介作了系统整理。王晓农从《大中华文库》版英译《二十四诗品》出发，探讨了中国文化典籍英译出版存在的问题，主要分析了"大中华文库"中《二十四诗品》英译本存在的翻译和编辑方面的不足，并借此简要探讨了如何提高典籍英译出版质量，促进中国文化输出的问题。[33]张智中的系列研究《司空图〈诗品〉英译比较研究——以第二十品〈形容〉为例》[34]、《遇之自天，泠然希音——司空图〈诗品〉英译艺术探析》[35]等文章，从语言、修辞、翻译技巧等多个层面分析了《二十四诗品》的英译。此外，还有一些论文如《论宇文所安对〈二十四诗品〉文本歧义的处理》[36]等，都着眼于几个译本的具体分析。

　　从语言层面而言，汉语是一种高语境的语言系统，中国古代文学则是语境关联互文性的典范，文本中往往充满了种种隐喻，古典文论的著作同样如此。从广义的角度来看，中国古典文论中对经典文献、典故、俗语、成语等的引用，都可以看成是作者对隐喻的自觉使用，这种高度自觉的隐喻在翻译中往往是令译者纠结万分的问题。从认知隐喻学的角度出发，译者对文本歧义、多义的处理，往往受到意义凸显效应的影响。译者最后呈现的译本，是隐喻在跨语言、文化转换时发生变异的结果，反映了隐喻的源域、靶域及其之间的映射关系在异质文化语境中呈现不同的认知模式和意象图示。用隐喻显著度的相关理论来研究《二十四诗品》中高度自觉的隐喻现象，有助于我们了解译者在翻译过程中对文本歧义的阐释和处理，更好地探索隐喻显著度对译者翻译策略的影响。

## 二、《二十四诗品》中的意象隐喻及其英译

　　《二十四诗品》虽然是一部诗论著作，但其"以诗论诗"的特点使其本身即成为其诗学主张的典范。诗歌是一种再现人类思想感情的艺术，而人的情感

---

31　王丽娜：《司空图的〈二十四诗品〉在国外》，载《文学遗产》1986 年第 2 期，第 100-106 页。

32　李春桃：《〈二十四诗品〉接受史》，复旦大学博士学位论文，2005 年。

33　王晓农：《中国文化典籍英译出版存在的问题——以〈大中华文库·二十四诗品〉为例》，载《当代外语研究》2013 年第 11 期，第 43-48 页。

34　张智中：《司空图〈诗品〉英译比较研究——以第二十品〈形容〉为例》，载《天津外国语学院学报》2004 年第 6 期，第 1-7 页。

35　张智中：《遇之自天，泠然希音——司空图〈诗品〉英译艺术探析》，载《郑州航空工业管理学院学报（社会科学版）》2005 年第 2 期，第 76-81 页。

36　张欣：《论宇文所安对〈二十四诗品〉文本歧义的处理》，载《社会科学论坛》2007 年第 9 期，128-132 页。

总是抽象的，因此需要借助一个具象的事物来实现，这本身即是一个隐喻的过程。采用实物意象来指代抽象的情感是十分普遍的作法，这在《诗经》六义中很明显，尤其是"比""兴"二义，写物附义，取譬引类，寄情外物，以诗言志，富含隐喻色彩。《二十四诗品》是对以往诗歌创作、鉴赏等活动的反思，并以独特的诗论形式呈现，更是意象纷呈，隐喻叠出。

在意象隐喻的翻译过程中，译者常常受制于文学语境和文化语境而遇到遇到阻碍。为此，有学者提出了三种翻译的方法：一是用目的语中对应的意象进行替换，即对原意象进行移植，这常被认为是最理想的策略；二是保留原意象，附加注解进行补充，这相当于异化或直译；三是放弃翻译，即以原文读音直接替代。但是，在实际翻译中，所谓的对应意象总是存在能指与所指的偏差，并不总是能理想地替换；此外，从隐喻显著度的角度来看，诗人凸显出某一意象某方面的特质而有意或无意地遮盖其他方面的特质，致使译文的读者所看到的诗人意图实际上是在译者文化中被凸现出来的内容。归化异化，孰是孰非，并不能轻易下结论。

《二十四诗品》中出现较多的意象包括"风"、"水"、"春"等，其中"风"的频次高达 11 次，分别在《雄浑》《冲淡》《豪放》中以不同的特质出现。

首先，《雄浑》中写到："荒荒油云，寥寥长风"。郭绍虞主编的《中国历代文论选 2》[37]中指出：油云，《孟子·梁惠王上》："天油然作云。"赵岐注："油然，兴云之貌。"长风，《南史·宗悫传》："愿乘长风破万里浪。"而王宏印则认为"长风"指"运行之风"，《庄子·齐物论》云："大块噫气，其名为风。是唯无作，作则万窍怒号，而独不闻之寥寥乎！"两句诗所表现的意象形象地写出了一派浑厚沉雄的气势，以此来譬喻"雄浑"，精警生动。

以我们日常所看所感，在天朗气清之时，风云闲雅，常常给人轻盈舒缓之感；在黑云压城或是狂风暴雨之际，我们也会看到云团的磅礴，感受到旋风席卷的壮丽。这些都是人在日常生活经验之中累积下来形成的认知。用"雄浑"来标识诗歌的风格、创作标准，是基于老庄"自然之道"，这是一种抽象的、难以捉摸的概念；诗人之所以选择"风""云"这两个意象来表现"雄浑"，表明二者之间存在可比性。具体来说，在"风云即雄浑"的这个隐喻中，源域"风云"气势磅礴等特质被凸现出来，映射到靶域"雄浑"。

---

37 郭绍虞：《中国历代文论选》，第二册，上海古籍出版社，2003 年，第 208-215 页。

源域：风云　　　　　　　靶域：雄浑

自然而成　　　　　→　　天然化成

绝无行迹　　　　　→　　超以象外

自由自在、飘忽不定　→　　包容万物、笼罩一切

气势磅礴　　　　　→　　横绝太空

从以上分析我们可以看出，"荒荒油云，寥寥长风"这两句诗所描写的意象，其内涵绝不停留在表面的解读上，包含其中的"风云即雄浑"的这一概念隐喻则从深层次上向我们展示了诗人的思维过程。这一分析对于诗歌的英译而言，无疑是有巨大帮助的。对于这一隐喻的理解，也影响到译者的翻译策略，这从宇文所安（后文简称"宇文本"）[38]和王宏印（后文简称"王本"）[39]对这两句诗的英文翻译就能看出来。首先来看王本：

Whirlwinds come from all around,

And mountains of clouds roll by.

在王宏印的翻译中，译者主要采用了归化的策略，将意象向目的语靠近。译文中，译者首先抓住了原诗的意象隐喻中被诗人凸显的特质，然后重新整理了诗句的内部含义，将之理解为"风起云涌"。因此，译者首先翻译"寥寥长风"为 whirlwinds come from all around，形成一种"大风起兮"的画面。随后，译者用 mountains of clouds 极言云层集聚之感，并用 roll by 展现出"云飞扬"的情景。如此形成一种因果关系，造就了一副极具整体感的画面。此外，相较于原诗名词化的表达，译者因地制宜地采用了动词化的表达方式，使之更生动和形象。从这样的翻译当中，我们可以明显地看出作者使用归化策略的手法，努力还原诗中气势磅礴的场景，让英语读者更容易认识和理解"雄浑"所展示的自由自在、浑然而生、浑然而灭、气势磅礴、天然化成而毫无人为作用的特点。

宇文所安则有意保持原文的形式，尽力还原汉语诗句中塑造的诗歌意象，将"荒荒油云"译为 pale and billowing rainclouds，而"寥寥长风"则译为 long winds in the empty vastness。译者遵照原诗的形式依次描绘 rainclouds 和 long winds 这两个意象，并极力刻画描摹其形态。首先，将"油云"译为 raincloud，令人想

38 （美）宇文所安《中国文论：英译与评论》，王柏华、陶庆梅译，上海社会科学出版社，2003年，第335-394页。

39 王宏印：《〈诗品〉注译与司空图诗学研究》，北京图书馆出版社，2002年，第107-178页。

到《孟子·梁惠王上》"天油然作云，沛然下雨"，宇文所安可能是因此启发而将油云和雨云联系起来;修饰词 pale 和 billowing 则从色彩和动感两方面来表现"荒荒"，着墨其灰朦翻涌的形态。其次，"长风"直译为 long winds，但缀以 empty vastness 来解释"寥寥"，赋予其广袤浩瀚之感。在宇文所安看来，"油云"是一种可见的混沌状态，有时间和空间的维度。"长风"也是可感的天然之物。

在《冲淡》中，诗人道："犹之惠风，荏苒在衣。阅音修篁，美曰载归。"此四句用"惠风"与"修篁"等清丽跌宕的景象来喻指"冲淡"。乔力认为，"冲，冲和;淡，淡泊。平淡自然，不尚辞藻，力戒雕饰做作，却含蕴深厚，耐人寻味，并不是平淡寡味。"[40]"惠风"即是和煦的春风，"荏苒"为柔缓的样子。春风和煦淡然，在襟袖间似拂非拂，让人似觉非觉，飘飘然十分舒适。"修篁"则形象地描绘了竹子修长的模样，与上一句联系在一起，不仅看到竹子的形态，更让人似乎感觉到竹林随着温柔的春风摇曳，发出清和之音，宛如轻柔的音乐在耳际飘荡。

诗人选取"惠风"和"修篁"这两个意象，着意于凸显其自然清丽、气韵高绝的特征。具体来说，在春季自然而起的春风，轻柔而和煦。人置于风中，衣角被清风撩动，此情此景，仿佛让读者感到清风拂面。霎时间，春风掠过清幽的竹林，耳边传来阵阵悦耳的声音，心中更觉此时此刻的清净与雅致。诗人笔下的情景，以风与竹两个自然的要素，凸显出这一品的重要主旨，那就是"冲淡"。"自然是冲淡"这一概念的形成是在风与竹所呈现的意象和带来的感受所组成的。

| 源域：惠风　靶域：文章给人的感受 | 源域：修篁　靶域：文美 |
|---|---|
| 凸显：轻柔 → 舒适 | 凸显：形美 → 赏心悦目 |
| 和煦 → 温和 | 音美 → 声韵相和 |
| 无形 → 捉摸不着 | 动态 → 灵动 |

⬇

| 源域：自然 | 靶域：冲淡 |
|---|---|
| 风 → | 冲和无状 |
| 竹 → | 美好自然 |
| 风作用于外物 → | 人的感受（冲和、淡荡） |

---

40 乔力：《二十四诗品探微》，齐鲁书社，1983 年。

　　如上图所示，诗人以"惠风""修篁"的意象完成了"自然是冲淡"的认知，而诗人之所以选择自然中的"惠风"、"修篁"等作为意象加以描摹，是因为在作者的体验中，"惠风"、"修篁"等是最具有"冲淡"气质的事物。例如诗人选择"惠风"，激起读者对于"天朗气清，惠风和畅"的不自觉联想，凸显了风"冲和"的一面；而"修篁"一词就其本身而言，因"修"既有修长之意，又含美好之情，但诗人凸显的并非是竹的情态，而是它随风而荡发出的悦耳之声，这是一种自然的、丝毫不做作的状态。正是因为意象被凸显出各自的特质，才构成了读者对"冲淡"的深层次认识。

　　王宏印对该段的翻译是：

> A gentle breeze caresses my face,
>
> And flaps the hem of my robe so long.
>
> How wonderful to be in the realm of wonder,
>
> Where I hear the bamboo garden's inviting song.

　　首先，为了表现"惠风"的轻柔和畅，译者将之译为 breeze 并用 gentle 修饰，且附加了 caresses my face 的内容，融入了贴切的亲身感受，形成了较强的带入感，让读者感同身受，如沐春风。而"荏苒在衣"则较为平实地翻译为 flaps the hem of my robe so long，即"春风拍打着衣角"的意思。后两句的翻译，译者选择了一个倒装的句式，用直抒胸臆地方式赞叹 the realm of wonder。如此归化的翻译方式，虽呈现了是原诗的内涵，却少了些许余韵。再来对比一下宇文本的翻译：

> Like that balmy breeze of spring,
>
> Plainly changing in one's robes.
>
> Consider the tones in fine bamboo—
>
> Lovely indeed, return with them.

　　宇文所安的翻译中，首先还原了诗中的比喻句式，形式上未作没有多余的补充和调整。他将惠风翻译成"balmy wind"，balmy 在英语中常用来形容温和的微风，又带有芬芳、止痛的含义。其词根 balm 一般指取自自然植物的芳香油脂，有镇痛、缓释的作用，常用于涂抹身体，因此 balmy 的温和中让人有一种治愈的舒适感，并和"荏苒在衣"一样，达成了人与风的接触。对于后两句的翻译，译者同样是以再现原诗内涵为首要目标，且没有进行现代解读和翻译逻辑的整理，用异化的策略去还原"阅音修篁，美曰载归"的意象和主旨，比

如 the tones in fine bamboo，用 fine 囊括了竹子的情态美，并用 tones 突出了作
为焦点的声音，以此隐喻"冲淡"并非是关注事物本身，更在于超脱于物，归
于自然的冲和淡荡之美。由此而言，宇文所安所采用的异化策略在对意象隐喻
的翻译应用中，更能彰显诗歌的形式和内涵。

再结合《雄浑》中"寥寥长风"的意象来看，《冲淡》一品则描绘了"惠
风"如此轻柔的意象。对同一事物不同特质的凸显，正是基于作者主观体验以
及诗歌主题和上下文语境的限制，比如"荒荒油云"与"寥寥长风"是一组相
互衬托的意象，组合在一起可以渲染出"雄浑"的气势；而"惠风"则与"荏
苒在衣"、"阅音修篁"和谐共生，组成一副清和淡雅的画面。由此观之，作者
依据自身体验和表达需要，即便是选取同一个意象隐喻，也会凸显出其不同的
特质来贴合并彰显主旨，比如两位译者在翻译"惠风"的时候，都使用了 breeze
一词，就是因为 breeze 这个词本身最能激发我们对于风柔缓而和煦的联想，
这就是隐喻显著度在隐喻翻译中非常显著的作用。

在"豪放"品中，诗人道："天风浪浪，海山苍苍。真力弥满，万象在旁。"
意即奔腾豪迈、纵横自如。与"冲淡"表现的重风神之高雅闲散不同，"豪放"
是以"流畅豪健的笔调，行之以浑灏奔放的气势，写出苍茫雄壮的意境的，犹
似乘长风破万里浪，浩浩荡荡，奔流直下，始可称为'豪放'之正宗。"[41]在诗
中，司空图并没有过多地作理论上的阐述，而是通过描绘一个气遏风云的艺术
境界，通过意象将抽象的"豪放"成为鲜明生动的形象。比如"天风浪浪，海
山苍苍"就表现了这样一幅壮阔的境象：极天之外，有劲风吹来，浪浪不息；
万顷碧海之中，有高山耸峙，苍茫无涯。因此，在这句意象描写中，我们可以
提炼出"风、山是豪放"的概念隐喻，其映射过程如下：

源域：风、山　　　　　　　靶域：豪放

天风：流动不止　　　→　　豪迈奔放

海山：海中耸立、苍茫无涯 →　纵横自如

"天风"即天外来风，而"浪浪"则形容其流动不止的样子。至于"海山"，
司马迁《史记·封禅书》曰："蓬莱、方丈、瀛洲，此三神山者，其传在渤海
中，去人不远，且至则船风引而去。盖尝有至者，诸仙人及不死之药皆在焉。
其物禽兽尽白，而黄金为宫阙，未至望之如云，及到，三神山反居水下，临风
则引去，终未能至焉。"白居易的《长恨歌》也曾说："忽闻海上有仙山。"以

---

41 乔力《二十四诗品探微》，齐鲁书社，1983 年，第 71 页。

上就大致描述了"海山"的所指。而"苍苍"根据《庄子·逍遥游》的"天之苍苍，其正色邪？其远而无所至极邪？"得知，其为深青色的意思。下面来对比两位译者的翻译方式，首先来看王本：

> Let a hurricane rise in my bosom!
>
> Let the landscape stimulate my ambition!
>
> I am ONE with the universe,
>
> And everything is at my service.

就前两句而言，译者直接采用归化策略，将之翻译为 Let a hurricane rise in my bosom!（任狂风在胸中升腾！）Let the landscape stimulate my ambition!（任山岳在心中激荡！）从句式上来说，译者的翻译工整且跌宕，饱含了直抒胸臆的力量。但是，译者将"海山"理解为广义的山河，似可斟酌。原文"海山"与"天风"相对，应当特指海上仙山苍茫的感觉。通过直接、强烈的情绪渲染，译者确实也传递给读者一种豪放雄壮的感觉，但是却压缩了读者自行体会的留白空间。对比王本的翻译，宇文本的异化策略更加忠于原诗的精神主旨：

> A wind streams down from the heavens,
>
> Mountains over the ocean, a vast blue-grey.
>
> When the pure force is full,
>
> The thousands of images are right around him.

译者使用 stream 一词来翻译"浪浪"，确实很有见地。根据《牛津高阶英语词典》的解释，stream 动词属性的义项一是（of liquid or gas）to move or pour out in a continuous flow; to produce a continuous flow of liquid or gas: *Tears streamed down his face.*[42]表示液体或气体连绵不断地流出，而这正好贴合了"浪浪"所揭示的"流动不止"的涵义。而"海山"被直译为"mountains over ocean"，将"海山"的意向直接置于英语读者眼前。但是当中国读者读到"海山"时，很容易联想到中国文学传统中的异域——"海上仙山"，从而给人一种神秘的联想。这一层的意象在译本中就难以突出，因此在英语读者中可能缺乏共鸣。

《二十四诗品》的《雄浑》《冲淡》和《豪放》三品均用到"风"的意象，但是却凸显出"风"的不同特质。可见截然不同的主旨也可以选择同一种"意象"进行描写，只是意义的各个成分在隐喻中的显著度不同。因此在翻译时，

---

42 《牛津高阶英语词典（第七版·英语版）》，商务印书馆，2009 年。第 1516 页。

也需要充分考虑如何在目的语中根据隐喻的显著度来选择最能凸显特质的用语。在关于"风"的诗句的翻译中，母语为汉语的王宏印倾向于采用归化的策略，将译文向目的语读者靠拢，其翻译过程经过从古代汉语向现代汉语在从现代汉语到英语的转换。相较而言，以英语为母语的译者宇文所安选择的异化策略，将翻译向原文和作者靠拢，虽然再现原文精髓的难度极大，但译者精通目的语的优势让其能够在翻译过程中有更多地选择。

## 三、《二十四诗品》中的通感隐喻及英译

此外，与意象"风"类似，诗人还使用了其他意象，如"绮丽""精神""实境"中表现尤为突出的"水"，在"纤秾""典雅""洗练"中突出的"春"意象等。事实上，除了"风""云""水""春"等外，《二十四诗品》处处用意象来表现诗歌创作、品鉴中的抽象概念。

如《委曲》一品："登彼太行，翠绕羊肠。杳霭流玉，悠悠花香。"四句诗用了三个意象来隐喻"委曲"之意。首先，太行山的山势曲折，犹如羊肠。随后写在一片杳冥幽深的雾霭中，流水迂回婉转，犹如玉石的晶莹圆润，其间又伴着郁郁花香，青春细腻且无远不至，如此耐人寻味。这三个意象不仅表明诗歌需有委曲之法，切忌浅露质直，但在曲折委婉之间更要有生气流动，才能让意境悠远、形象鲜明。最后一句中的"悠"字原指忧思绵长，后来逐渐从心理领域移用到空间领域，借与"攸""修"同，指长、远，是视觉感受。但是在"悠悠花香"一句中，"花香"本应与指称嗅觉的词语搭配使用，却被表示视觉体验的"悠悠"加以修饰。正如朱光潜在《文艺心理学》中所述：

> 各种感觉可以默契旁通，视觉意象可以暗示听觉意象，嗅觉意象可以旁通触觉意象，乃至于宇宙万事万物无不是一片生灵贯注，息息相通，'香气、颜色、声音，都遥相呼应'（用波德莱尔的题为《感通》[Correspondences]中的诗句），所以诗人择用一个适当地意象可以唤起全宇宙的形形色色来。"[43]

通感可以把抽象的内容具体地表现出来，化虚为实；也能创造出一系列形象鲜明的艺术形象来激发无限的想象力，化腐朽为神奇。就认知心理学的范畴而言，通感同样是人类认识客观世界和表达思想的一种强有力的工具。莱考夫和约翰逊通过分析大量的日常语言后提出，人类赖以思考和行动的日常概念

---

43 朱光潜：《文艺心理学》，复旦大学出版社，2009 年，第 82 页。

系统在本质上是隐喻性的，因为人们参照熟知的、有形的和具体的概念，用以认识和理解陌生的、无形的和抽象的概念，从而形成一种不同概念之间相互关联的认知方式，这个过程就隐喻的核心。学者乌尔曼（Ullmann）在 *The Principle of Semantics* 一书中，把通感称为"感官隐喻（sense metaphor）"或者"感官之间的隐喻（intersensorial metaphor）"。[44]他认为通感是人类感知、认识客观世界的一种重要手段，是从某一感官范畴的认知域通向另一感官范畴的认知域。因此，从认识的视角来看，通感也是一种隐喻。

在通感隐喻中，源域和靶域所表示的概念分属于不同形式的感官，一种感官（源域）中的某些显著特征被映射到另一种感官（靶域）。然而，这种映射并非是无规律的。乌尔曼[45]早在 20 世纪 20 年代就对 19 世纪文学作品中的通感进行了调查分析。他发现 2000 个文学作品中的通感例子有 80%呈现自下而上的等级分布。也就是说，在通感隐喻的意义建构和阐释过程中，感觉的移动方向主要是有低级向高级、由简单到复杂、由可及性从强到弱逐级过度。从我们的认知心理来看，低级感知器官是人类接触自然最具体、最根本的器官，它们和自然的接触更加频繁，更容易激活大脑内的相关经验，可及性更强。

再回到"悠悠花香"的考察中来，从物理学的角度而言，光的传播速度要比气味的传播速度快，因此其与人的接触就更频繁，更容易被人所接受。从认知的范畴来看，视觉感知也就比嗅觉更显著。因此，"悠悠花香"符合通感隐喻的一般规律。此外，"悠悠"本身包含"远"和"多"的意思，而这些特质又都可以被用来体现花香的"浓郁悠长"，实际上是从空间概念又映射到时间概念。

王宏印将"悠悠花香"译成"（and）wildflowers breathe fragrance everywhere"，everywhere 是一个空间概念，但是被用来修饰"野花"而不是"花香"。宇文所安则译为"From far, far away, the scent of flowers"，还原了"花香"和"悠悠"之间的关系，也突出了花香浓郁悠长的韵味。我们可以发现，在翟理斯的译本中，他将此句译为"Flower-scent borne far and wide"，同样将花香作为该句的主体，并用空间词 far and wide 来翻译"悠悠"。于是，原诗中的隐喻就通过英译形成了不一样的映射。

---

44 参见 Ullmann, S. *The Principle of Semantics*. Oxford: Basil Blackwell, 1957. p127.
45 参见 Ullmann, S. *Language and Style*. Oxford: Basil Blackwell, 1964. p86.

## 四、《二十四诗品》中的用典隐喻及其英译

习语是一个民族的语言在长期的使用过程中，经过高度提炼而形成的独特且固定的表达形式。广义上来说，习语包括了成语、谚语、俗语、格言、行话、典故等，它们是经过长时间的使用后提炼出来的，是语言中最稳定、最具活力的有机组成部分，是文化内涵最丰富、最具有民族特色的瑰宝。从认知语言学的角度而言，习语作为人类概念体系对世界经验化的产物，它并不仅仅是语言本身的问题，更不是语言形式和特殊意义的任意排列和随意配对。习语的内涵不能通过字面意义直接推推导，而是通过长期的文化积淀形成的特殊联想，实际上是在习语的字面意义与实际内涵之间建立起隐喻映射关系。如"火冒三丈""七窍生烟""心头火起"所反映的就是"怒气为火"这一概念隐喻。

司空图的《二十四诗品》是一部以诗论诗的作品，采用四言诗的古老形式，简洁古雅，蕴意幽深，其中有丰富的用典隐喻。关于"典故"的定义，《辞海》、《辞源》、《汉语大词典》、《现代汉语词典》等工具书中给出的解释相差无几，概而言之，"典故"指"诗词文中引用的古代故事和有来历出处的词语。"为了方便梳理，我们将《二十四诗品》中的"典故"分为"语典"和"事典"，前者指引用的有出处的语词，后者主要指引用的故事、事件。

例如"雄浑"中提到"超以象外，得其环中"，是说要实现"雄浑"所采取的方法。其中，"象"指事物的表象，"环中"指事物的本质。因此，要想抓住事物的本质意义和典型特征，必须超越事物的表象且不拘于描写对象的细枝末节。"环中"一语出自《庄子·齐物论》："彼亦一是非，此亦一是非。果且有彼是乎哉？果且无彼是乎哉？彼是莫得其偶，谓之道枢。枢始得其环中，以应无穷。"郭象注："夫是非反复，相寻无穷，故谓之环。环，中空矣；今以是非为环而得其中者，无是无非也。无是无非，故能应夫是非，是非无穷，故应亦无穷。"因此，祖保泉[46]认为这两句的意思是如果能持雄浑之气而超然物外，也就是用"无是无非"来看待一切事物，那么就如同处在圆环的中心，可以应对无穷的变化。罗仲鼎、蔡乃中则认为"环"是承受门枢的圆环，"枢纳于环中，则可以旋转自如，司空图借'环中'这个概念来对应'象外'，以表达关键、要领、主体、本质等意。"[47]其实，无论是"处在圆环的中心应对无穷变化"还是"枢纳于环中而可旋转自如"，都暗示了同一个概念隐喻，即"环

---

46 祖保泉:《司空图诗品解说（修订本）》，黄山书社，2013 年，第 6 页。

47 司空图:《二十四诗品》，罗仲鼎、蔡乃中注，浙江古籍出版社，2013 年，第 2 页。

中是本质"，以上解释都意在说明要抓住事物的本质。

| 源域：环中 | 靶域：本质（关键、中心） |
|---|---|
| 圆环的中心位置 → | 超脱表象而居其中 |
| 中心不变 → | 本质不变 |
| 四周围绕中心转 → | 表象可以千变万化 |

在这一隐喻中，"环中"在《齐物论》中所涉及的是非之论变得不那么突出，其蕴含的"本质、中心"之意则得到凸显，从而使之与"象外"组成相对的概念。那么译者又是如何理解这一语典呢？王宏印将"环中"译为"the pivot of art"，他认为"环中"本来指圆环的中空部分，可比喻事物的关键，犹言执牛耳以把握整体。"超以象外，得其环中"就是说诗人超于具体物象之外，才能综观宇宙万物而得其大道。因此，他的翻译直接将靶域呈现在英语读者前。相较而言，宇文所安的翻译却是"the center of the ring"，再次将源域直译出来。译文中这一词汇并不能引起目的语读者对于"事物本质"的联想，因此译者用加注的方式进行了补充，说明了"环中"出自《庄子》，并解释了司空图与庄子话语的关联性："'雄浑'是活动力的原初状态，也是尚未实现的改变与分化的可能性。用庄子与司空图的话说，达到这种状态就是出于'环中'——轮子旋转所围绕的那个空间。'雄浑'是一种不停歇的活动力，它来自看不见的抽象的潜在力。"[48]该两句诗论述了达到"雄浑"之境的途径是要超脱事物表象而追求事物本质，而"环中"其实就是宇文所安所说的"轮子旋转所围绕的那个空间"，处于这一中心，则能应对无穷。

又如《自然》中出现"天钧"一词。司空图所谓"自然"，是指天然本真的艺术风格，而这正是建立在老庄"崇尚自然"哲学观的基础之上的诗学理想。其实，司空图对"自然"的追求贯穿于整个《二十四诗品》，而以"自然"为题的这一品又将如何来表现呢？司空图答曰："幽人空山，过雨采蘋。薄言情悟，悠悠天钧。"

幽人隐居在寂静的空山中，其间有流水潺潺，水边的蘋草繁茂。幽人但见此景，欣然过水采撷而见其生机盎然，顿时领悟到如此种自然之意趣和天钧的运转推移相一致。而写诗能如此，随意挥洒即是佳句，而不必矫情夸饰。其中"天钧"也出自《庄子·齐物论》："是以圣人和之以是非，而休乎天钧。"冯

48 （美）宇文所安《中国文论：英译与评论》，王柏华、陶庆梅译，上海社会科学出版社，2003年，第336页。

友兰曰："'休乎天钧'，即听万物之自然也。"[49]又《寓言》："万物皆种也，以
不同形相禅，始卒若环，莫得其伦，是谓天钧。"钧，原指重量单位，计三十
斤，是可以权衡天下轻重的。而《说文解字》又注曰："钧者、均也。阳施其
气。阴化其物。皆得其成就平均也。按古多假钧为均。"可见在庄子那里，"天
钧"有权衡是非之义，即达到最自然平衡的状态。此外，"钧"又可指制作陶
器时所使用的转轮，则"天钧"可喻指天地自然之四时循环变化、万物荣枯代
谢。而罗仲鼎、蔡乃中则认为"天钧"是"天上的音乐。"如李商隐《寄令狐
学士》曰："天钧虽许人间听，阊阖门多梦自迷。"由于古时有很多陶制乐器，
比如埙、陶笛等，以"钧"指代音乐或许是以工具进行转指。

　　总体而言，诗人使用"天钧"这一语典，其实是因为"钧"与"自然"可
以构成概念隐喻关系的，其映射过程如下：

**源域：钧**　　　　　　　**靶域：自然（天钧）**

计量单位　　　　　→　　是非平衡的自然状态

转轮运转　　　　　→　　四时循环、万物更迭的自然之道

铸陶器的转轮　　　→　　规律生生不息而成自然

在翟理斯的翻译中，最后一句译为"I Will leave them to the harmonies of
heaven"，"天钧"被译为"harmonies of heaven"，源域中的"天"在目的
语中得到体现。可以推测，翟理斯对"天钧"的理解，是借鉴了他对《庄子》
的阅读经验。在王宏印的翻译中，"悠悠天钧"被翻译成"The great mind follows
its natural course too"，很显然，他放弃了原文中"天钧"的具体所指，而是直
接将其译为自然之道，采取归化策略对原诗进行了整合，以彻底意译的方法将
原诗的主旨呈献给读者。这种处理方式虽然可以让目的语读者有最直观、最清
楚的理解，但却掩盖了"天钧"与自然的联系，也断掉了《二十四诗品》与庄
子的联系，原文用典的效果打了折扣。宇文所安则选择"The Potter's Wheel of
Heaven"，即筑陶器的转轮，同时在注释中解释说："'天钧'出自《庄子》，喻
指造化生生不已的过程。"于是"天钧"得以在英文中呈现，让英文读者也感
受到原文用典之妙。

　　司空图对庄子情有独钟，在《二十四诗品》中多次引用来自《庄子》的语
典。除以上几例以外，《高古》中的"畸人"形象也典出《庄子》。据《庄子·大

---

49 冯友兰《中国哲学史》，上册，中华书局，1961年，第291页。

宗师》："畸人者，畸于人而侔于天。"故其性情异于俗人，而与天等齐所以，"畸人"也就是得道真人。《说文解字》曰："真，仙人变形而登天也。"段玉裁注曰："此真之本义也。"因此，"乘真"也就是说得道真人凭着道气而变形登天。而"手把芙蓉"一语则出自李白的《古风》："西上莲花山，迢迢见明星。素手把芙蓉，虚步蹑太清。"又李白《庐山谣寄卢待御虚舟》曰："遥见仙人彩云里，手把芙蓉朝玉京。"可见，"手把芙蓉"是当时人们对仙人普遍的想象。因此，《高古》第一句"畸人乘真，手把芙蓉"就用得到成仙的"畸人"来隐喻"高古"的气质。

| 源域：畸人 | | 靶域：高古 |
|---|---|---|
| 乘真 | → | 不偶于俗、超脱尘世之外 |
| 手把芙蓉 | → | 四时循环、万物更迭的自然之道 |
| 长生不死 | → | 永恒 |
| 得道 | → | 把握真理 |

由此可以看出，在"畸人是高古"的这一概念隐喻之下可以得出"手把芙蓉"这一语典隐喻的内涵，两者是互相激发、彼此依存的。此外，"手把芙蓉"这一语典还能激活李白所塑造的"西上莲花山，迢迢见明星。素手把芙蓉，虚步蹑太清"这一仙境：在西岳华山的最高峰莲花峰，诗人遥遥看见了华山玉女"明星"，而这仿佛又是一个莲峰插天、明星闪烁的世界。仙女的纤纤素手拈着芙蓉凌空而行，游于高高的太清。甚至可以想象仙女雪白的霓裳曳着水袖长带，迎风飘举，升向天际，恰似一幅优雅缥缈的仙女飞天图。如此超凡脱俗的情景，也正好符合"高古"的意旨。不过，如此丰富的内涵给译者带来的挑战着实不小。

翟理斯、宇文所安、王宏印不约而同都将"畸人"的形象直译出来，但是各自强调的凸显的内容并不相通。翟理斯的"the Immortal"凸显其长生永恒的特质，宇文所安的"man of wonder"凸显其超凡脱俗的一面，而王宏印的"the True man"则是对"真人"的直译，凸显了"畸人"对道的把握。宇文所安和王宏印分别都有注释，前者说明了"畸人"及"手把莲花"的出处，将原文与其他文本的互文性展示出来；后者仅指出"畸人"与庄子的关系，认为"畸人"是自然之道下的理想个体，意味着自由和永生。宇文所安用对等于原文的形式对字面意思进行翻译，没有加入译者自身过多的理解；王宏印则用 noble in mind 形容 The True Man（畸人）的内在，用 lotus in hands 描述 The True Man

（畸人）的姿态，而 The True Man（畸人）最终的动作是 ascend in boundless space（升入无边之境），以此表现出了一种羽化而登仙的场景。注释的补充进一步完善了"畸人"的形象。

不同语言之间存在差异这是普遍的共识，因此，想要将汉语的文字及其含义完全对应到英语当中，这本身就不可能彻底实现。而从还原本国文化内涵的角度而言，异化策略是用靠近作者和源语言的方式去进行再现，实则为原型输出的过程。译者不应去打破原型而应当保留其轮廓，再把内涵通过接受者能够理解的方式注入其中。因此，在语典翻译的过程中，保留典故本身的形式，用注释加以补充，是较为可取的策略。

除语典之外，还有表示故事、事件的事典，如《沉著》"中有"鸿雁不来，之子远行"。汉语读者一看到"鸿雁"，多半会联想到"鸿雁传书"所表现出来的思念之情，其深沉厚重便是"沉著"之的代表。《礼记·月令》：'鸿雁来宾。'又用来喻指书信，典出班固《汉书·李广苏建传》附《苏武传》：'常惠教使者谓单于，言天子射上林中，得雁足有系帛书，言武等在某泽中。'"[50] "鸿雁传书"是中国民间的古老传说，因为鸿雁是定期迁徙的候鸟，而古人的通信手段非常落后，人们希望能够通过候鸟传递书信，沟通信息。

在《沉著》中，诗人以"鸿雁不来，之子远行。所思不远，若为平生"四句，描述了游子远行千万里，待要倾诉别离之情时，鸿雁却偏偏不来，音讯难达，千愁万绪的心情，正当此际，平日的欢声笑语涌上心头，昔日点滴仿佛都历历在目。于是，相思之人也就领悟到，只要情真意切就能心意相通，反映出深沉而又执著的情谊。这四句诗成功地对一种比较难把握的凝重矜持的感情做了形象丰满的描绘，其语言又是如此的精妙，这便形成"思念是沉著"的概念隐喻。由"鸿雁"这一事典引发的对远走异乡之人如此妩媚转侧、形神与共而又无从互通真情的思念，其深沉浓郁而执著绵长的特质均被映射入"沉著"之中，让读者能够切实的从形式和内容上深度人是"沉著"之内涵。而这一过程，"思念"包含的其他特质如忧伤痛苦、茫然失措等被掩盖，而凸显出其与"沉著"一致的深沉的共鸣。

翟理斯在翻译"鸿雁不来，之子远行"时，译为"No wild geese fly hither, and she is far away"。克兰默-宾基本上遵从了翟理斯的翻译，译为"No flocks

---

50 乔力：《二十四诗品探微》，齐鲁书社，1983 年，第 20 页。

of wild geese thither fly, And she -- ah! she is far away",只是在此基础上增加了"flocks of",即鸟群的意象,同时通过对主语的重复改变了韵律与节奏,更增添了一种遗憾感。宇文所安译为"The wild geese do not come, And the person travels far away",同样将"鸿雁"作为重要的意象译了出来,这三位英语为母语的译者都选择直接将"鸿雁"译为"wild geese",也许英语读者不一定能感受到野雁与思念的关系,但候鸟远飞不归,伊人远去的意象还是会对读者造成一定冲击。而且宇文所安为了弥补英语读者缺乏的语境,增添了注释:"鸿雁是信使的传统象征,那么'鸿雁不来'就指没有朋友的音信。……'之子'是《诗经》的惯用语,下一句的'所思'常见于乐府(早期抒情歌曲)。这两个词给这两句增添了某种古韵和原型的意味,就好比英文中的'the beloved'('beloved'权且译为'所爱',跟现代的'情人'或'爱人'相比,该词要古雅得多)。"[51]

作为母语者的王宏印则将此句译为"No message sent from my friend so far, And I keep thinking of him all the while"。在译文中,他抹去原诗所用的事典,将原文典故所要表达的主要内容直接道出,以方便目的语读者的理解。然而,这种方式过于直白,导致"味外之旨"、"韵外之致"均无所依托,无法将中国读者感受到的诗性语言呈现给英语读者。当他将"鸿雁传书"的典故直接译为no message sent from my friend 时,实际上是代替读者选择了该事典的一个重要方面,但是抹杀了事典含义的复杂性和多元性,因此也就失去了"沉著"的韵味。

再如《飘逸》中有"缑山之鹤,华顶之云"一句,用具体的形象烘托了"飘逸"那种潇洒闲逸、无所羁绊、飘然不群之感。前句云"落落不往,矫矫不群",后句则形象地描述了那种无所束缚的落落之情和不为俗迁的矫健笔法。古人常常使用野鹤、孤云等意象来象征超凡脱俗之人,比如刘长卿《送上人》:"孤云将野鹤,岂向人间住!莫买沃洲山,时人已知处。"因此"鹤"与"云"已经有了超凡脱俗的象征。缑山今位于洛阳市偃师区东南 20 公里的府店镇府南村,海拔 308 米,相传西王母曾在此修炼,又称缑氏山。《山海经》《河南府志》等典籍中有所记载,称其"无草木,多金玉泉水"。缑山虽然不高,然而"有仙则名"。一是据传在此修道的西王母,正因为她姓缑,该山名缑氏山,简称

---

51 宇文所安,《中国文论:英译与评论》,王柏华、陶庆梅译,上海:上海社会科学出版社,2003,第 343-344 页。

缑山。二是周灵王的太子晋，又称王子乔、王子晋。据刘向《列仙传·王子乔》所记，太子晋好吹笙，能吹出凤凰的鸣唱，在伊、洛游历时，被道士浮丘公接上嵩高山。三十年后转告家人，自己将现于缑氏山巅，后果然乘白鹤现山头。[52]后人为了纪念他，在缑氏山和嵩山为他立了祠庙。因此，缑氏山在道家天下72 福地中，被列在第60 位。其次，太华即今西岳华山，是道家登仙之境。因此"缑山之鹤，华顶之云"比一般的"闲云野鹤"更具仙气、灵气。飘逸之文，超逸闲淡如缑山野鹤，又好像华山顶上舒卷无心飘浮无定的浮云。

　　从以上两个典故可以看出，诗人所推崇的"飘逸"之风，深受道家思想影响，与道家的"羽化登仙"联系紧密。因此，我们实际上可以得出"仙人是飘逸"的隐喻。《二十四诗品》当中数次出现过"鹤"这一意象，它常被当作是高洁脱俗的象征，亦喻长寿和不休。那么，在"缑山之鹤"中，由于缑山所含有的王子乔的故事而让鹤凸显出了其象征高洁的一面，而将其长寿或不朽的象征掩盖起来。同理，大自然的云是人类观察中很容易发现的事物，在诗文中常被赋予各种不同的含义。其飘逸流动，变化无形，在此处恰好契合仙人之境的妙趣。

　　对于"缑山之鹤，华顶之云"这一典型的事典隐喻，译者的处理方法再次反映出母语为译入语和译出语的差异。翟理斯和宇文所安都倾向于直译，前者译为"Like the crane on Mount Hou, Like the cloud at the peak of Mount Hua"，后者则译为"The crane of Hou Mountain, A cloud of Mount Hua's peak"。不难看出，翟理斯用"like"一词，揭示了该句与前句所形成的比喻，而宇文所安则依照原文的形式，直接将"鹤"与"云"两个意象并置。王宏印则译为"As the man of old climbing Mount Gou and riding a crane, And the drifting clouds above Mount Hua wandering away."虽然保留了"缑山之鹤，华顶之云"的意向，却将前者的焦点由鹤转变为骑鹤之人。作为母语者，他非常清楚鹤与仙人的关系，因此迫切地想要向英语读者传递这一信息，但是却消解了原本承载"仙人、飘逸"等含义的"鹤"的隐喻。

　　隐喻是一种普遍的认知现象，人类通过具体概念来理解抽象概念是最一般的认知方式。概念隐喻之所以能够用一个概念域去映射另一个概念域，正是因为在人们的认知中，总是会从不同事物中发现一些相似性。在一系列相似性中，人们对其中凸显的内容达成某种共识，这种被凸显出来的特质可以自然感

---

52 王叔岷，《列仙传校笺》，北京：中华书局，2007，第65 页。

知，也可以通过上下文语境等人为作用而达成。当翻译活动发生时，就涉及两种语言文化背景对同一概念的多种特征有着不同的认识程度，在源语文化中凸显的特征对于译者或目的语读者来说却不一定是凸显的。反之亦然。因此，在翻译中，隐喻显著度的不平衡就可能产生不同的翻译效果。

《二十四诗品》是一部以诗论诗的著作，它突出地论述了诗歌的风格问题，并探讨了内容与形式、形象与典型、构思与写作等一般的艺术规律，这对后世的影响较大。事实上，《二十四诗品》所论述的风格问题，正是一系列抽象的概念。司空图通过一系列具体可感的，或是文化中沉淀下来且为人熟知的经典意象加以论说，这一过程本身就是一个隐喻的过程：他分析各类诗歌风格的典型特征，将之分为二十四品，然后通过描绘一系列具有相同特征的意象，将之凸现出来并映射到抽象的概念中去，从而形成一部论说有理、可为解读的著作。

我们可以说，塑造意象是司空图进行论述说理的关键手段。这些意象有的是对具体事物、景物的描绘，有的是通过用典引发联想。由于意象和主题之间在不同文化、不同语境中形成的映射关系并不一样，不同译者眼里所看到的凸显出来的主体各不相同，这就是隐喻显著度对翻译的影响。事实上，这在翻译大多数中国古代文论作品是都需要考虑类似的问题。

就普通意象而言，由于人类生活经验的积累相似，对这些意象的联想存在某种程度的殊途同归，这也是不同语言之间可能存在类似表达的原因。从我们的具体分析来看，《二十四诗品》中一般意象隐喻的显著特征可以在目的语中得到激活，因此，对该类意象的翻译可以采取异化的策略，尽可能地还原本来面貌，也只有这样，才能把汉语的韵味和中国文化向世界传播弘扬。其次，具有中国文化特色的典故包罗了极为丰富的文化内涵，由于不同文化和语言之间的差异性，要想将典故成功"移植"到目的语中，几乎是不可能的。但是，这些典故恰恰承载了中华语言文化特色的要素，如果想要通过翻译向世界展示中国文化特有的一面，从而向世界文明输出新鲜血液，就应当最大程度地保留中国文化的风貌，在翻译的过程尽量忠于原文，并通过注释等方式来补偿转换过程中所产生的翻译差额。

总体而言，笔者认为在翻译中国古代文论时，需要特别注意隐喻的处理，有必要尽量保持原本的映射，并根据凸显成分的显著度来决定用词。也许意译的方法能让读者更明确原句的意思，却不能表现出原隐喻所带来的含混与多元，从而失去一些韵味。中国古代文论既是古人流传下来的文艺思想，也是文学创作的实践，因为大多数古代文论在表达形式上都满足了中国古代文学创作的传统审美要求。《文赋》之言美意真，《文心雕龙》之体大虑周，《二十四诗品》之韵味深长，都有赖于精美的文字和深刻的内涵。其中，丰富的隐喻体现了汉语的博大精深，用文字触发联想，从而对读者造成特有的影响。然而在不同的文化背景之下，会有不同的认知方式。原文形成的隐喻在译文中如何再现或重塑，是译者要特别注意的问题。笔者认为，在源语和目的语不能达成一致的认知效果时，尊重原文，并通过注释的方式进行补充说明，才能让目的语读者更深地了解中国语言的精妙，并进一步深入中国文化语境中。

# 第七章 数字人文视野下的中国古代文论英译研究

随着计算机与互联网技术的迅猛发展，传统人文研究与其他领域更多地交叉在一起，翻译领域也发生了翻天覆地的变化。"数字人文"的兴起，与其说是技术方法的变革或研究领域的拓展，不如说是研究范式与思想观念的更新。在数字时代，典籍外译所涉及的行为主体、外部场域、翻译过程以及其他实践环节都出现了许多新现象、新问题。古代文论的英译也应当思考如何以"数字人文"为契机，在汉籍外译模式及传播机制方面有所创新，这是当下很值得思考的重要问题。

## 第一节 典籍保存与数字人文的肇始

自近代自然科学兴起以来，科学研究及应用取得了巨大的成就，改变了人类的生活方式，在人文学科内部也产生了极大的影响，带来人文学者普遍的焦虑与危机感。早在数字化时代来临以前，就有不少人文学者寻试图以"科学"的方式来发展人文研究，人文学科的"科学化"、"实证化"一度成为主流。科学与人文之争经历了曲折的过程，最终需要在和解中共生共进。数字手段的出现，恰好满足了这一需要。正是在这样的背景下，"数字人文"（Digital Humanities）理念应运而生。它产生于计算机科学与人文学科的交叉边缘领域，是基于数字技术和传统人文逻辑的结合而形成的新兴学科，早期也称"人文计算"（humanities computing）。数字技术飞速发展，逐渐在社会生活、科学领域中得到普及应用。在此背景下，人文学者也无法抗拒数字化的影响。在计算机和互联网技术的支持下，海量信息被数字化，其保存、检索、整理、阅读等与传统方式大不相同，人文学者的研究方法和思想观念都受到冲击，不得不发生改变。

事实上，典籍研究可以说是最早应用计算机的人文研究领域之一。典籍是各个国家历史文化传统的积淀，其保存与检索向来是重要问题。早在"数字人文"概念出现以前，典籍的数字化就开始付诸实践。1949 年，意大利耶稣会士罗伯特·布萨（Robert Busa）说服 IBM 公司，将神学家圣托马斯·阿奎那著作中的全部词汇输入数据库，以自动化方式创立了"托马斯索引"（Index Thomasticus）[1]。根据这一索引，只需输入搜索者想要查询的词汇，就能找到阿奎那著作中包含这些词汇的所有内容，为神学和哲学研究者提供了大大的方便。这被不少学者视作史上第一个人文计算工程。

经典经过世代传承，承载了许多读者的注解、阐释，总是帙卷浩繁，其原始载体更是会受到时间的侵蚀，产生老化、破损，甚至佚失。所以历史上，人们为了系统保存典籍做出过很多努力。我国的四库全书、十六世纪西方的《希腊语宝典》（Thesaurus Graecae Linguae）等就是这些努力的结果。计算机技术的发展为典籍的保存、整理、索引提供了新思路，数字化成为典籍保存与使用的重要手段。"托马斯索引"的成功，启发了更多经典研究者。20 世纪 70 年代初，加州大学尔湾分校一位研究生在撰写论文时，需要搜集整理古希腊剧作家欧里庇得斯剧作中有关快乐的词，由此产生了建立希腊文学数字图书馆的想法。最终"希腊语言宝库"（Thesaurus Linguae Graecae）于 1972 年在加州大学尔湾分校创建。经过多人的努力，最初以磁盘、光碟形式呈现的"希腊经典文本数字图书馆"于 2001 年春在互联网上线，现收录超过 10000 部作品，成为数字人文史中一段佳话。

中国古代典籍的数字化大概始于 70 年代，最早有在美国以 OCLC 开发的《朱熹大学章句索引》《王阳明传习录索引》等，后来又先后开启"中文善本书目数据库""拓片古籍数字化计划"等项目，此外在英国、日本、中国港台

---

1　Brunner, Theodore F. "Classics and the Computer: The History of a Relationship," in *Accessing Antiquity: The Computerization of Classical Studies*（1993）, ed. Jon Solomon, Tucson: University of Arizona Press.
　　Busa, Roberto. "The Annals of Humanities Computing: The Index Thomisticus", in *Computers and the Humanities*. 1980（14:2）: 83-90.

等地汉籍数字化成果也十分显著。从 80 年代后期开始，大陆地区的典籍数字化也取得丰硕的成绩。[2]在政策的推动与支持下，典籍数字化项目步步深入，"中国数字图书馆工程"、"中华再造善本工程"、"中华字库工程"等逐渐开展。此外，公共图书馆及高校图书馆等机构也在各自馆藏基础上建设各种资源库。形形色色的典籍数据库实现了典籍保存的现代化，在客观上推动了语料库的研究及应用，为典籍的翻译与传播提供了重要的基础。

从某种意义上来说，数字人文从出现伊始就与翻译紧密联系在一起。按照罗曼雅各布森的说法，翻译可分为语内翻译（intralingual translation）、语际翻译（interlingual translation）和符际翻译（intersemiotic translation）三大类。[3]语内翻译指向同一语言中不同语言变体间的转换，语际翻译指向不同语言符号间的转换，而符际翻译则指向语言符号与其他非语言符号间的转化。数字人文对于典籍的保存与传播，首先必然涉及自然语言与计算机语言之间的转换，本质上是语言符号与数码符号之间的转换，也即拓展了的"跨类翻译"。语言符号转化为数字符号后，更利于保存和检索，也为重新解码为另一种语言提供便利，使得语料库的建设和后来的计算机辅助翻译成为可能。

## 第二节 数字人文资源：智识的延伸

记忆与阅读量是传统学问的必要保证。以往的大学者无一不是有着惊人的记忆力和阅读量，同时还需要花大量苦功夫来做各种笔记、摘录、资料整理，甚至这种文献工作本身就是重要的学术成就。从信息处理的角度来看，许多文献学家、史学家、理论家的工作本质上是扫描头脑中相关的文献数据，再进行归纳、对比、判断、对证等恰当的处理，并进一步在数据的基础上作出卓有见识的论断。真知灼见当然与个人的智慧有绝大关系，但必须以学者的学识为基础。在前数字时代，个人学识主要来自直接的实践经验与间接的阅读经验，这些信息的存储与处理很大程度上是由个人的阅读量和记忆力决定的，而这又是由个人天生的记忆力及后天的记忆手段决定的。培根在其《论学问》中就曾提到："读书使人充实，讨论使人机智，笔记使人准确。因此不常做笔记者须

---

2 魏晓萍：《数字人文背景下数字化古籍的深度开发利用》，载于《农业图书情报学刊》2018 年第 9 期，106-110 页。

3 Jakobson, Roman, "On Linguistic Aspects of Translation." In *On Translation*, R. Brower (ed.), 232-239. Cambridge, Mass: Harvard University Press.1959.

记忆特强……"比如钱钟书先生的《管锥编》，引述上万种著作中的数万条书证，对《周易》、《毛诗》、《左传》、《史记》等古代典籍详尽考释，并旁征博引，融通中西，试图以不同语言、文化传统中的文学现实来探讨不同文明、思想体系的普遍共通之处。他对不同来源材料的处理如此得心应手，实非常人能为。他这种宽广的视野和宏大的学术胸襟，在完全依赖学者自身的信息存储系统的时代，尤为可贵。若非天资卓绝，亦可后天努力，通过笔记、摘录、卡片整理等方式以勤补拙。

随着人文数字时代的来临，信息检索变得越来越便利，人们获取资料的渠道得到拓宽，速度也大大提高，除了先天的记忆、后天的勤奋，数字化的手段也可以帮助人们更好地检索文本、获取文本、处理文本。人们有可能从细致而繁琐的近距离文本阅读中解放出来，以更超脱的身份来审视文本。正如莫莱蒂所提出的"距离阅读"[4]，竟然大胆地打破直接阅读（原典阅读、文本细读）的樊篱，将二手阅读、非专业阅读、甚至机器阅读都纳入到文本阅读的范围，同时将人文计算与科学技术引入文学研究中。这种"距离阅读"通过计算机手段从各种文本、非文本提取数据，并以计算机统计与分析来处理大量数据，在当下这个主体、主题、形式、范围纷乱的世界文学时代完成文学研究的新革命。

汉籍的外译与研究，恰恰是介于传统与现代之间，既需要扎实的文献功夫，又需要放眼世界的学术胸襟。要清楚了解文本一字一句的含义，必须基于原典的细读，译者除原文本以外，还必须涉猎大量相关文献，如历代经传家等学者的考释、注疏、义证等，都是翻译时案头必备材料。同时，译者还需参照相关的作品，对构成互文的文本有所了解和考虑。例如，在考虑《文赋》的翻译时，译者往往会提及六朝时期其他文论作品。比如牛津大学的修中诚（E.R.Hughs）在翻译《文赋》时，就特别提及了曹丕的《典论·论文》及刘勰的《文心雕龙》。因此翻译的过程不仅仅是语言符号的替换，还必须包括文本的阐释，大量的副文本往往成为翻译过程及翻译作品的衍生产物。原典的直接阅读是必不可少的，但是数字人文资源可以帮助学者涉猎、保存和处理更多的数据，就像是给人脑接上拓展芯片，成为智识的延伸。

前面提到，人文数字最先涉及的问题就是典籍保存，这些典籍数据库使典籍的翻译与研究获得强有力的文献支持。近年来，中国古籍数据库建设发展势头迅猛，出现了多种非常有用的汉籍资源数据库。总体而言，这些数据库的建

---

4  Moretti, Franco. *Distant Reading*. New York: Verso. 2013.

设主体包括高校图书馆、公共图书馆、科研机构、出版社以及其他商业机构等，并越来越多地得到国家项目支持，往往是多方合作。比如国家图书馆建成的"中华古籍资源库"，在线发布了海量古籍影像资料，包括国家图书馆藏善本和普通古籍、法国国家图书馆藏敦煌遗书、天津图书馆藏普通古籍等，资源总量超过 3.2 万部；中华书局整理了中华书局及其他古籍出版社正是出版的古籍图书，建设成大型古籍数据库——"中华经典古籍库"，并针对不同读者提供多种阅读、查询、文献征引方式的服务。又如"中国基本古籍库"，先后受到北京大学重点科研项目、全国高等院校古籍整理研究工作委员会直接资助项目和国家重点电子出版物十五规划项目的资助，收录先秦至民国的历代典籍一万多种，涵盖全部中国历史与文化，据说内容总量约等于三部四库全书，可以说是世界上最大的中文电子出版物，也是中国有史以来最大的典籍集成。这一古籍库由北京爱如生数字化技术研究中心开发制作，黄山书社出版发行，是高校科研机构、商业数字技术公司、出版社共同协作的结果。此外，海内外包括港澳台地区都在汉籍数字化方面作出不少努力并卓有成效，比如中国台湾中央研究院史语所早在 1984 年就开启了"汉籍全文资料库计划"，收录对中国传统人文研究有重要价值的文献，并建立全文电子资料库，涵盖经、史、子、集四部，但该库以史为主，虽逐年扩增，目前子、集部分内容非常少；此外香港中文大学、新亚研究所、澳门大学等都在建设典籍电子资料库，再如前面提到的国外的资料库等。这些数据库有不少是面向大众免费公开，有的还包含现有的英译资源，其广泛应用，为汉籍的翻译与研究提供了很大大的便利。

　　除了典籍数据库，平行语料库是翻译实践及研究必不可少的参考资料。平行语料库（parallel corpora）又称对应语料库，一般包括原文本及其平行对应的译语文本，可以是双语，也可以是多语，对齐方式有词级、句级、段级和篇级等几种，根据翻译的方向可以分为单向、双向和多向。早期平行语料库多基于新闻、政策法规等，包括大量真实语言资源，主要用于日常翻译和机器翻译。目前，典籍双语数据库的建设也逐步推进，并受到国家大力支持，比如上海外语教育出版社承担的"十三五"国家重点电子出版物出版规划项目"中国经典文学作品汉英平行语料库"，收录了一些经典文学作品，但语篇数量十分有限；另有绍兴文理学院建设的"中国汉英平行语料大世界"收录了部分中国典籍，并可进行多个版本英文的检索，不过收录内容有限，且有些信息不完整；北语 CCL 语料库也有中英平行部分，但是只对本校开放。除了出于翻译或语言研究等专门目的建设的平行语料库外，一些特殊资源也可以作为类平行语料库使用，比如"联合国正式文件系统"中包含联合国 1993 年至今每日发布日刊、文件、公报的六个语言版本（阿、中、英、法、俄、西），事实上构成多语平行语料库，对正式语体的翻译非常有用，不过大规模检索不太方便；又如 Ted 官网演讲及视频下可以查看 20 多种语言的字幕，也可供翻译、研究者应用、参考。另外，一些翻译企业、团体也在包括商业翻译在内的翻译活动中积累了自己内部的数据库。

总的来说，基于语料库的翻译实践及研究已经成为翻译研究的一个重点。数字技术和语料库建设的发展，已成为翻译和研究者的智识延伸，有力地支持典籍外译与研究工作进一步发展。

## 第三节　"译众"：数字人文时代典籍翻译主体的改变

早在东汉时期，佛经的引入触发了中国历史上最早的典籍翻译事件。佛经的译入，最初主体为外籍僧人，如东汉安息僧人安世高、稍晚于他的月氏国僧人支娄迦谶和三国时期的支谦等，零星翻译了一些佛经经卷，并没有什么周密的计划。到西晋时期，佛经翻译活动开始逐渐固定在寺庙进行，由主持者负责，并且有分工明确的助手共同协作，但当时翻译的佛经数量不能与后来相比，且主要是私人进行的小规模翻译活动。到东晋初，佛教逐渐盛行，并得到官方的扶持，译经数量大大提高。到南北朝时期，译经真正成为朝廷插手的大事，官方资助的译场得到进一步发展。东晋前秦皇帝苻坚笃信佛教，招揽名僧，组建译场，380 年，由僧道安在长安主持译场，翻译佛经，可以说是中国最早的官办译场。[5]在南北朝时期，佛法大兴，译场进一步得到发展和完善，到唐朝佛经翻译更是掀起新的高潮。

但是中国典籍的外译却是在 14、15 世纪大航海时代之后才逐渐兴起。在此之前，中国虽然与南亚、西亚、欧洲有了广泛的交流，但中国文学、文化典籍主要在东亚有着整体的影响。16 世纪，西方传教士来华传教，一方面将西学引入中国，另一方面学习汉语，研读中国典籍，并尝试将其译为西语。16 世纪末到 17 世纪初，罗明坚翻译成拉丁语的一本小书——"un libro molto

---

5　徐天池：《论佛经翻译的译场》，《四川师范大学学报（社会科学版）》2007 年 7 月，第 34 卷第 4 期。

piccolo"。十年后，他又将孔子修订的《四书》翻译为拉丁语。这被看作真正意义上汉籍外译的开端。此后利玛窦以拉丁文翻译了《四书》。17 世纪后半叶，耶稣会传教士将三个拉丁语版本的《四书》综合整理翻译出版，很快在欧洲各国传播开来，并被译成多国语言。一直到 20 世纪初，这些传教士在传扬基督要义的同时，将中国传统文化的种子播撒到西方世界。如 1687 年比利时神父柏应理最终完成的《中国哲学家孔子》，被誉为"儒学西传的奠基之作"。该书由导言，以及《大学》《中庸》《论语》三部书的拉丁文全译本和一些附录组成，实际上集合了多位来华耶稣会士翻译《四书》的心血。[6]传教士在汉籍西传方面的努力，促进了海外汉学的发展，逐渐有更多的汉学家致力于汉籍研究。20世纪以前，从事汉籍翻译和研究的汉学家主要来源于外国来华外交官、传教士、商人、探险家等，如外交官出身的英国著名汉学家德庇时、翟理斯，传教士翻译家理雅各，法国汉学家雷慕沙、沙畹、伯希和等。

20 世纪以后，汉籍翻译与研究逐渐由专门的学者来承担。值得一提的是，早期中国典籍的翻译活动不乏与中国人的合作，比如理雅各译《中国经典》就得到中国学者王韬的辅助。晚清至民国时期，在"西学东渐"的浪潮中，一些有西学背景的中国学者开始倡导中学，如辜鸿铭、林语堂、杨宪益与戴乃迭等人的翻译与介绍。20 世纪中后期，更多到海外求学的华裔立足海外，进一步推动中国典籍的外译，中国古代文论也被更多地译介到英语世界，比如陈世骧的《文赋》英译、施友忠的《文心雕龙》英译[7]等。新中国成立以后，为中国文学走出中国、走向世界创造了前所未有的机遇，中国政府及一些中国学者更主动地将中国文学译介至西方。中央人民政府新闻总署国际新闻局（1963 以后为"中国外文出版发行事业局"）将对外翻译中国文学作品列为对外宣传的重要项目。20 世纪 50 年代创办的英法文版《中国文学》杂志致力于向外宣传优秀的中国文学作品。80 年代推出的"熊猫丛书"，则主要是将中国文学，特别是现当代文学翻译到世界各地。20 世纪 90 年代初，以 1995 年《大中华文库》国家重大出版项目正式立项为标志，以中国学者为主体的典籍外译时代真正开启，近 20 多年来，大量中国古代文论被译为多种文字。

中国古代文论的翻译是一项非常复杂的工程，日新月异的数字技术为汉

---

6 张西平：《儒家思想西传欧洲的奠基性著作——〈中国哲学家孔子〉》，《中国哲学史》2016 年第 4 期，121-128。

7 可参见刘颖：《英语世界〈文心雕龙〉研究》，成都：巴蜀书社，2009。

籍外译与传播提供了新的挑战与契机，也为中国古代文论的翻译开辟了新径。在数字人文时代，翻译的方式已经发生了巨大的改变，译者不再是苦苦与原作者独自对话的孤独的通灵人，每个具有一定语言能力、对原作感兴趣的读者都可能成为翻译活动的主体，甚至可以非常方便地交流、合作、互补，形成新时代的译场。2009 年，塔夫茨大学一位档案管理员在整理馆藏资料时发现一些未被标注的资料，其中一些最早可能是 12 世纪的产物。两年后一位从事经典研究的副教授大胆地采用新的方法来识别和翻译这些文档。她组织了 15 位学生，包括本科生和研究生，开始"解密"这些文档，并将他们的成果以电子档案的形式公开在线发表。她在接受采访时表示，随着人文研究在数字时代的发展，人们能够处理更庞大的文献集合，且翻译者不一定必须是对原文十分了解的专家。只要给一个本科生合适的工具，他们也能出色的工作。事实上这在科学领域早已实现，很多重要项目的实验室里不乏本科生的身影[8]。我们认为，这在人文研究领域也将是一个不可抵挡的趋势。目前，我们看到越来越多的身份不一者以不同形式进入到翻译领域，除了专业的研究者、翻译家，众多能够通过网络获取信息的新时代网民也可能参与到古代文论英译的行列中，形成英译实践活动与产品反馈的多元互动。在不同的网络社区，翻译活动以不同形式存在。以"豆瓣"网为例，标题中含有"翻译"二字的小组多达 800 多个，包括文学翻译、字幕翻译、翻译技巧探讨、翻译人员其他方面的交流等多种话题，其中一个名为"翻译爱好者"的小组成员人数高达 57000 多人，里面包括专业翻译者、翻译爱好者、文化工作者和出版业者等。在"知乎"上搜索"古代文学英译"，能发现不少关于中国古诗的讨论帖子，其中不乏达到一定专业水准的见解。可见网络时代，人人都可能成为翻译及翻译研究的主体。

此外，人工智能也更多地介入到翻译中，成为翻译主体的重要组成部分。机器辅助翻译技术在不断发展中。翻译软件从单词翻译逐渐向文本翻译扩展，机器翻译对语言生成与转换的掌握越来越精细。最初的机器翻译主要是基于规则的机器翻译：如 Systran、PROMT、Lucy Software 和 Apertium 等，其中一些为商业软件，一些为开源软件，如 Apertium 就是开源软件，其源码向公众开放，因此软件的使用、修改和分发也不受许可证的限制。这从某种程度上

---

8　Brown, Ryan. "In One Classics Department, Translation by the 'Crowd.' " In *Chronicle of Higher Education*, July 2011. vol. 57, no. 40, p. A16, available at: https://search.ebscohost.com/login.aspx?direct=true&db=asn&AN=62666106&lang=zh-cn&site=ehost-live.

来说，加速了软件的发展。在规则的基础上，逐渐出现基于实例的机器翻译软件，如实验开源项目 Cunei 和 Marclator，就是基于已有的翻译实例和数据，不断扩展机器翻译的词汇和语法，但是这些项目仅面向专业软件开发人员，开放性有限。上世纪 80 年代末 90 年代初，自从 IBM 提出了统计机器翻译方法，基于统计的翻译软件和平台得到开发。一般的机器翻译总是基于一定的翻译规则，以词为基础，通过词义的选择来实现翻译。但是由于自然语言词汇的多义性、句法的差异、句子的无限生成等因素，机器不可能掌握所有的规则，且口语的使用不一定完全遵循规则，因此这样的翻译并不完善，甚至并不可靠。基于统计的机器翻译采用了不一样的算法，不是给机器输入确定的翻译规则，直接从一种语言翻译为另一种语言，而是通过统计，让机器从已有的翻译句对中学习、判断应该对应哪个规则，通过分析大量的文档，计算最好的翻译结果。在新时代，机器翻译界提出了神经翻译理论，facebook、Google Translate 都在这方面有所发展，译文品质有了飞跃式的提升，可以说，机器翻译已经进入一个日新月异的时代。目前，机器翻译还无法达到专业人工翻译水平，对于资料稀缺语言的处理还有很大问题，对古汉语的翻译，更是难上加难。不过，我们通过实验发现，Google translator 对古汉语已经具备一定的处理能力，尽管还不够完善，机器与人共同成为古代文论翻译的主体指日可待。2022 年 11 月，OpenAI 研发的 ChatGPT 横空出世，更标志着人工智能驱动的自然语言处理工具发展到了一个全新的阶段。

## 第四节　数字人文时代中国古代文论英译研究的展望

中国古代文论体现了中华民族的基本价值观和审美观，是民族精神的反映，其英语译介是向外展示中国文学文化传统悠久历史和丰富内涵的重要手段。早期在传教士汉学家的关注下，少量从汉语译为英语，随着中西学术交流的发展，一些留学海外的学者逐渐加入古代文路英译的队伍。1949 年后，汉籍外译成为新中国对外展现文化传统的重要渠道，古代文论的英译也进入新时代。近百年来，汉籍的海外传播经历了由海外汉学家为主导到国内机构、学者自觉参与的过程，逐渐进入以学者、媒体人、出版商为主导的时代。新兴的电子媒体促进了中国古典文学相关产品的音像化，20 世纪中叶以来，数字媒体的出现进一步促进了中国古代文论英译研究的现代化发展。

## 一、数字人文时代的中国古代文论英译实践

首先，新的数字技术为中国古代文论英译实践提供了更便利的条件。前面提到，由于数字技术的不断进步，典籍数码化得到新发展，语料库的建设及语料库语言学使翻译所依赖的文献查询更加方便。译者在翻译中查询专业文献、词典的时间大大减少，翻译效率极大提高。而且，这使得中国古代文学电子资源由最初简单的数字化发展为新形式的网络资源，并逐渐在传播中实现与读者、使用者的深度互动。例如享誉世界的古登堡计划，将最早、规模最大的公益数字图书馆，它将版权过期的书籍电子化，向所有人免费开发，项目完全由志愿者和捐款来提供支持。最初其文本主要采用最简单的 txt 文本格式，后来逐渐扩大到 ASCII 及 UTF-8 等多种字符集。近年来，为了适应多种数码媒体，又采用了更多格式，如适合网络、个人电脑、平板、电子阅读器、手机等多种设备的格式。E-library 是另一个规模巨大的非盈利电子图书馆，Z-Library Project 也收录了海量文献（尽管因版权问题受到争议），并提供多种格式选择，有不少为 PDf 书影，让研究者引证起来非常方便。平行数据库及翻译协同软件和平台更是让译者能更方便地比对以往的文本，在选择困难时，得以参考统计数据，得出相对比较合理的翻译结果。总体而言，数字技术极大地提高了翻译的效率，对中国古代文论的英译实践也同样有所帮助。

其次，数字技术将推动中国古代文论英译的团队协作。过去中国古代文论的英译主要依靠个体学者的自发行为。在中国文化"走出去"的大背景下，中国文学的英译活动在国家层面的引导下有了一定的系统性，比如各种国家项目的支持、出版社有组织的计划等，都加快了中国典籍外译的步伐。当下许多大型翻译公司一般都会使用 Trado、MemoQ 等协同工具来提高团队翻译的效率，比如功能强大的 Trados 系统能够为翻译、校对、审核、项目及译员管理提供技术支持，并且支持 Microsoft Office、Adobe、HTML、XML 等多种文件格式，因此很受翻译团队的青睐。尤其是其配套软件 SDL MultiTerm 可用于术语管理，能够形成翻译团队内部的术语数据库。国内也出现了类似的翻译协同平台，如武汉译满天下科技有限公司开发的"人人译视界"，就是基于国内外翻译资源，利用人工智能技术采用 AI 翻译以及人工校对模式的三端智能协作翻译平台，既包括协同软件，又通过网络社区组建了一个共同协作的翻译圈。目前还没有专门针对古籍翻译的管理软件，但是已有的协同软件给我们以极大的启示，例如对于包括中国古代文论在内的古籍中的术语，是否可以通过技术手段形成便

于查找、比对的专门数据库，让所有从事古籍翻译研究的学者、翻译者共同累积，共同使用，让中国传统文献的翻译形成事实上的团队协作。

## 二、数字人文时代的中国古代文论译介及研究

数字技术改变了人文研究的范式，也为中国古典文论英译、传播与研究开拓了新领域。从译作的传播来看，过去中国古代文学对读者的影响主要是纸质书籍，通过翻译、出版、发行等渠道，满足印刷媒体主导期成长起来的读者的需要。如今，越来越多人从小生活在数码世界中，从出生开始就与数码媒介结缘，习惯使用数码媒介，甚至不习惯使用传统媒介，成为所谓的"数码原住民（Digital Natives）。事实上，在当今时代，没有人能够不接触数码信息，不参与数码社区。中国古代文学的影响要深入下一代，扩展到全世界，就必须借助数码手段。过去，中国古代文论的英译作品主要面向海外少量汉学研究者及学习者，其受众的数量是非常小的。在数字时代，随着容量巨大、形式活泼，字、音、视频一体化的典籍网络应用程序陆续上线，智能翻译器、AI 机器人等都成为典籍海外传播的重要新载体。借助这些新时代的数码手段，古代文论的英译者交流、协作的范围扩大，完全可以跨地区、跨专业、跨机构，而古代文论的译作也比以往面向更广阔的读者。不仅母语为英语的读者会注意到这些作品，母语为汉语者也很容易接触到译作。同时精通源语和目的语的，更可能成为译作的评判者。这意味着译者的翻译行为实际上在更多目光的注视下进行，受到广泛的监督和鞭策，也能得到更多批评与建议。

同时，从翻译研究来看，基于数字技术的英译研究为中国古代文论的英译带来新的方法。目前从翻译研究领域来看，数字人文的方法已经成为翻译研究的重要分支。如利用语料库对文本词频进行文献计量分析，从而研究译文风格[9]；以语料库考察译者的具体翻译理念[10]；以大数据理论为基础，借助软件研究翻译学科的发展[11]等。数字人文视野下，翻译研究者引进语料库、文献计量、数据分析、数据图表化等新的研究方法，打破了传统的定性研究模式，逐渐实现定性与定量相结合的模式转变。语料库技术本身除了可以为译介提供文献

---

9　如：冯庆华：《母语文化下的译者风格》，上海：上海教育出版社，2008。
10　如：黄忠廉：《达：严复翻译思想体系的灵魂——严复变译思想考之一》，《中国翻译》2016 年第 1 期，第 34-39 页。
11　如：王赟：《功能语言学视域下的翻译研究二十年回顾——基于 CiteSpace 知识图谱可视化分析》，《语言教育》2019 年第 3 期，第 58-65，97 页。

支持，为研究提供数据分析之外，还能达到数据驱动学习（Data-driven Learning，DDL）的效果，这对于包括古代文论在内的典籍英译来说，有可能更好地积累经验，让译者能通过对前人经验的学习，熟悉语篇操作，完善个人的翻译观和翻译方法，并进一步提高翻译技能。目前国外研究者对数字人文与翻译都有大量研究，如 Michael Cronin 的《数字时代的翻译》(*Translation in the Digital Age*, 2013) [12]、Anthony Cordingley 等编著的《协同翻译：从文艺复兴到数字时代》(*Collaborative Translation: From the Renainssance to the Digital Age*, 2017) [13] 等，均从数字时代的特点出发探讨翻译范式的转变；国内如胡开宝、王克非等学者对机器翻译、语料库翻译学持续关注，并深入思考数字人文视域下翻译研究的发展与特点。

## 三、数字人文时代中国古代文论英译研究平台的建设

数字人文时代，中国古代文学的研究范式已经发生了巨大的变化，也为中国古代文论的英译与传播带来新的契机。要让中国古代文论在当代、在全世界发生影响，就有必要建立起古代话语与当代话语，中国话语与世界话语之间的联系，这首先就需要我们在古代汉语、现代汉语与英语乃至其他语言之间建立联系。

我们可以建设专门的数字平台，包括中国古代文论及英译的多个版本，并在不同作者和译者之间建立历史、地理信息关联。如此，研究者不但可以对英汉不同版本进行对比，还可以进一步了解不同译本产生的背景、各版本间、译者间的影响。比如克兰默-宾对中国古代文论的翻译明显受到翟理斯的影响，方志彤对《文赋》的翻译是针对修中诚的译文而做。这些关联并非没有意义，它们有可能揭示中国古代文论在世界范围类引起关注、得到研究的根本原因。

此外，目前国内学者对于英语世界中国古代文论的研究侧重于传播、影响、译介等，还无人系统整理现有英译文献，对译文所反映的话语差异等问题研究不足。现有的中国古代文论英译阐释与原著仍存在一定偏差，这既有中西文论话语传统的影响，又和汉英语言类型特点有关。如果能通过数字技术对这些中国古代文论的英译版本进行整理和汇释汇校，将有利于读者得到更全面

---

12 Cronin, Michael. *Translation in the Digital Age.* London: Routledge. 2013.

13 Cordingley, Anthony & Céline Frigau Manning, Jeremy Munday (eds.) *Collaborative Translation: From the Renaissance to the Digital Age.* London, Oxford, New York, New Delhi, Sydney: Bloomsbury Academic. 2017.

地认识，更能帮助研究者突破离散的资料、不同的学科以及时空的限制，以一种全新的视角来看待中国古代文论。可以说，这样的数字平台，对全面呈现中国文论在世界文学理论中的价值有着超乎寻常的意义。

目前，学术界已经通过网络和多媒介终端，建设了一些与中国古代文论相关的翻译数据库和传播平台，如湖南大学李伟荣教授的"中国文学海外传播数据库"及北外韩震教授主持的"中华思想文化术语传播工程"，已经在中国古代文论的现代化、国际化阐释中发挥作用。但是，系统、全面、专门的中国古代文论英译研究平台还在等待开发。

当然，任何技术进步都如双刃剑一般带来契机，也带来问题与挑战。数字人文技术可以解决很多问题，但不可能解决所有问题。技术可以帮助译者和研究者提高效率，突破局限，但必须是在人的主观能动性和创造性下执行。人的思想感悟和审美情感不可能被数字人文所替代，因此，我们要做的是利用技术突破人脑储存的极限，在海量数据中漫游，但最终要由人来做出审美和价值判断。数字人文的重点还是应该落在"人文"二字之上，我们认同数字作为手段，人文仍为核心。中国古代文论的翻译本质上是文艺思想的交流和文化的传播，虽然在数字化时代因为科学技术的发展可以变得的更有效率，但是绝不可能完全变成机器的任务。没有人的参与，就只有数字，没有"人文"。

# 参考文献

## 一、中文文献

1. 鲁道夫·阿恩海姆,《艺术与视知觉》,滕守尧、朱疆源译,成都:四川人民出版社,1998。

2. 彼得·毕尔格,《主体的退隐:从蒙田到巴特间的主体性历史》,陈良梅、夏清译,南京:南京大学出版社,2004。

3. 柏拉图,《文艺对话集》,朱光潜译,北京:人民文学出版社,1963。

4. 柏拉图,《柏拉图全集(二)》,王晓朝译,北京:人民出版社,2003。

5. 柏乐天,《伟大的翻译家玄奘》,《翻译通报》,1951年第6期。

6. 曹顺庆,支宇,《在对话中建设文学理论的中国话语——论中西文论对话的基本原则及其具体途径》,《社会科学研究》,2003年第4期。

7. 陈福康,《中国译学理论史稿》,上海:上海外语教育出版社,1992。

8. 陈国庆编,《汉书艺文志注释汇编》,北京:中华书局,1983。

9. 陈鼓应,《庄子今注今译》,北京:中华书局,2001。

10. 陈鼓应,《老子今注今译》,北京:商务印书馆,2016。

11. 陈军,《我国文类问题的历史回顾、研究现状及展望》,《云南师范大学学报》(哲学社会科学版),2007年第1期。

12. 陈尚君,《唐代文学丛考》,北京:中国社会科学出版社,1997。

13. 陈思和,《试论阎连科的〈坚硬如水〉中的恶魔性因素》,《当代作家评论》,2002年第4期。

14. 程汇娟,《陆机〈文赋〉英译探赜》《英语研究》,2008年第2期。

15. 笛卡尔，《第一哲学沉思集》，庞景仁译，北京：商务印书馆，1985。

16. 董丽娟，《浅析刘师培的文章起源观》，《内蒙古师范大学学报》（哲学社会科学版），2013 年第 1 期。

17. 杜磊，《〈赵氏孤儿〉译介史论（1731-2018）》，上海外国语大学 2023 年博士论文。

18. 段玉裁，《说文解字注》，北京：中华书局，2013。

19. 冯庆华，《母语文化下的译者风格》，上海：上海教育出版社，2008。

20. 冯友兰，《中国哲学史》，北京：中华书局，1961。

21. 让-弗·利奥塔等，《后现代主义》，赵一凡等译，北京：社会科学文献出版社，1999。

22. 高玉，《文论关键词研究的理论基础与学术模式建构》，《社会科学战线》，2020 年第 10 期。

23. 朱镇豪编，《甲骨文与殷商史》，北京：线装书局，2009。

24. 郭静云，《幽玄之谜：商周时期表达青色的字汇及其意义》，《历史研究》，2010 年第 2 期。

25. 郭璞注，邢昺疏，《十三经注疏》，上海：上海古籍出版社，2010。

26. 郭绍虞，《诗品集解》，北京：人民文学出版社，1963。

27. 郭绍虞，《照隅室古典文学论集》，上海：上海古籍出版社，1983。

28. 郭绍虞，《诗品集解　续诗品注》，北京：人民文学出版社，1998。

29. 郭绍虞，《中国历代文论选》（第一册），上海：上海古籍出版社，2001。

30. 郭绍虞，《中国历代文论选》（第二册），上海：上海古籍出版社，2003。

31. 韩非著，陈奇猷校注，《韩非子新校注》，上海：上海古籍出版社，2000。

32. 韩礼德，《功能语法导论》（第 2 版），彭宣维等译，北京：外语教学与研究出版社，2010。

33. 何文焕，《历代诗话》，北京：中华书局，1981。

34. 黄鸣奋，《英语世界中国古代文论研究概览》，《文艺理论研究》，1994 年第 4 期。

35. 黄忠廉，《达：严复翻译思想体系的灵魂——严复变译思想考之一》，《中国翻译》，2016 第 1 期。

36. 慧皎撰，富世平点校，《高僧传》（全二册），北京：中华书局，2023。

37. 蒋斌，李硕，张琴芬，《早期视觉环境与视觉功能发育》，《暨南大学学报》

（自然科学与医学版），2013 年第 6 期。

38. 蒋文燕，《研穷省细微　精神入画图——汉学家康达维访谈录》，《国际汉学》，2010 年第 2 期。

39. 康达维，《论赋体的源流》，《文史哲》，1988 年第 1 期。

40. 康达维，《二十世纪的欧美"文选学"研究》，《郑州大学学报》（哲学社会科学版），1994 年第 1 期。

41. 赵敏俐、佐藤利行，《中国中古文学研究》，北京：学苑出版社，2005。

42. 克罗齐，《美学原理　美学纲要》，北京：外国文学出版社，1983。

43. 孔慧怡，《重写翻译史》，香港：香港中文大学翻译研究中心，2005。

44. 李建中，《词以通道：轴心期中国文化关键词的创生路径》，《社会科学战线》，2013 年第 4 期。

45. 李建中，高文强，《文化关键词研究》（第一辑），武汉大学出版社，2014。

46. 李明滨，《俄国一部论〈诗品〉的巨著》，《烟台大学学报》（哲学社会科学版），1990 年第 3 期。

47. 梁启超，《饮冰室合集》，北京：中华书局，1989。

48. 刘勰，《文心雕龙》，杨国斌英译，周振甫今译，北京：外语教学与研究出版社，2003。

49. 刘颖，傅勇林，《文化范式与翻译范式的形成》，《西南交通大学学报》（社会科学版），2001 年第 1 期。

50. 刘颖，《英语世界〈文心雕龙〉研究》，成都：巴蜀书社，2012。

51. 刘苑如，《冬访宇文所安——"汉学"奇才／机构"怪物"的自我剖析》，《中国文哲研究通讯》2018 年第 28 卷第 1 期。

52. 刘再复，《论文学的主体性》，《文学评论》，1985 年第 6 期。

53. 陆机，《文赋》，萨姆·哈米尔英译，张宗友今译，北京：译林出版社，2012。

54. 逯钦立辑校，《先秦汉魏晋南北朝诗》，北京：中华书局，1983。

55. 马建智，《中国古代文体分类研究》，北京：中国社会科学出版社，2008。

56. 马祖毅，《中国翻译简史——五四以前部分》（增订版），北京：中国对外翻译出版公司，1998。

57. 潘晨婧，《试论原型颜色词界定原则——以汉赋颜色词为例》，《汉语史研究集刊》，2019 年第 2 期。

58. 钱钟书，《管锥编》，北京：中华书局，1979。

59. 饶宗颐，《符号·初文与字母——汉字树》，上海：上海书店出版社，1999。

60. 让-保罗·萨特，《什么是主体性》，吴子枫译，上海：世纪文景、上海人民出版社，2017。

61. 阮元校刻，《十三经注疏》，杭州：浙江古籍出版社，1998。

62. 沈家煊，《转指和转喻》，《当代语言学》1999 年第 1 期。

63. 束定芳，《隐喻学研究》，上海：上海外语教育出版社，2000。

64. 司空图，《二十四诗品》，翟理斯英译，张宗友今译，北京：译林出版社，2012。

65. 司空图，《二十四诗品》，罗仲鼎，蔡乃中注，杭州：浙江古籍出版社，2013。

66. 宋莉华，《西方早期汉籍目录的中国文学分类考察》，《中国社会科学》，2018 年第 10 期。

67. 孙联奎、杨廷芝，《司空图〈诗品〉解说二种》，孙昌熙、刘淦校点，青岛：山东人民出版社，1962。

68. 汤用彤，《汉魏两晋南北朝佛教史》，上海：上海人民出版社，2015。

69. 王国维《观堂集林（外二种）》，石家庄：河北教育出版社，2001。

70. 王宏印，《〈诗品〉注译与司空图诗学研究》，北京：北京图书馆出版社，2002。

71. 王宏印，《中国传统译论经典诠释：从道安到傅雷》，武汉：湖北教育出版社，2003。

72. 王先谦撰集，《释名疏证补》，上海：上海古籍出版社，1984。

73. 酒井直树，花轮由纪子，《西方的幽灵与翻译的政治》（印迹：多语种文化与翻译理论论集创刊号），南京：江苏教育出版社舍，2002。

74. 王寅，《认知语言学》，上海：上海外语教育出版社，2006。

75. 勒内·韦勒克，奥斯汀·沃伦，《文学理论》，刘象愚等译，杭州：浙江人民出版社，2017。

76. 魏晓萍，《数字人文背景下数字化古籍的深度开发利用》，《农业图书情报学刊》，2018 年第 9 期。

77. 吴建设，《汉语基本颜色词的进化阶段与颜色范畴》，《古汉语研究》，2012 年第 1 期。

78. 吴钊，刘东升，《中国音乐史略》，上海：人民音乐出版社，1993。

79. 萧统编，李善注，《文选》，北京：中华书局，1977。

80. 徐复观，《中国文学精神》，上海：上海书店出版社，2004。

81. 徐天池，《论佛经翻译的译场》，《四川师范大学学报》（社会科学版），2007年第 4 期。

82. 徐中舒，《甲骨文字典》，成都：四川出版集团，四川辞书出版社，2006。

83. 许宝强、袁伟，《语言与翻译的政治》，北京：中央编译出版社，2001。

84. 亚里士多德，《亚里士多德全集》第三卷，苗力田主编，北京：中国人民大学出版社，1992。

85. 杨伯峻，《论语译注》，北京：中华书局，1962。

86. 杨慎，《升庵诗话笺证》，上海：上海古籍出版社，1987。

87. 宇文所安，《中国文论：英译与评论》，王柏华、陶庆梅译，上海：上海社会科学出版社，2003。

88. 张弛，《仰韶文化兴盛时期的葬仪》，《考古与文物》，2012 年第 6 期。

89. 张法，《作为中国哲学关键词的"道"》，《郑州大学学报》（哲学社会科学版），2019 年第 4 期。

90. 张汨，《翻译学的范式与反思——Mary Snell-Hornby 教授访谈录》，《外文研究》，2017 年第 3 期。

91. 张默生，《庄子新释》，济南：齐鲁出版社，1993。

92. 张万民，《中国古代文论英译历程的反思》，《暨南学报》（哲学社会科学版），2017 年第 1 期。

93. 张西平，《儒家思想西传欧洲的奠基性著作——〈中国哲学家孔子〉》，《中国哲学史》，2016 年第 4 期（4）。

94. 赵晓阳，《传教士与中国国学的翻译》，鞠曦编，《恒道》（第二辑），长春：吉林文史出版社，2003。

95. 赵幼文，《曹植集校注》，北京：人民文学出版社，1998。

96. 钟厚涛，《异域突围与本土反思——试析〈沧浪诗话〉的首次英译及其文化启示意义》，《文化与诗学》，2009 年第 1 期。

97. 周清泉，《文字考古》，成都：四川人民出版社，2003。

98. 周振甫注，《文心雕龙注释》，北京：人民文学出版社，1983。

99. 朱光潜，《文艺心理学》，上海：复旦大学出版社，2011。

100. 朱清华，《海德格尔对主体"自我"的解构》，《世界哲学》，2009 年第 6 期。

101. 祖保泉，《司空图诗品解说》（修订本），合肥：黄山书社，2013。

102. 孙毅，《认知隐喻学多维跨域研究》，北京：北京大学出版社，2013。

## 二、英文文献

1. Appiah, Kwame Anthony. "Thick Translation", in Lawrence Venuti(ed.). *The Translations Studies Reader*. London: Routledge. 2000

2. Atchison, David & George Smith. *Optics of the Human Eye*. Edinburgh: Elsevier Science Limited. 2002.

3. Baker, Mona. *Routledge Encyclopedia of Translation Studies*. London: Routledge. 1998.

4. Bassnett, Susan and Lefevere. *Constructing Cultures: Essays on Literary Translation*. Clevedon, UK: Multilingual Matters.1998.

5. Bassnett, Susan. "The Translator as Cross-Cultural Mediator", in Kristen Malmkjær and Kevin Windle(eds.) *The Oxford Handbook of Translation Studies*. 2012.

6. Birch, Cyril.(ed) *Anthology of Chinese Literature: from early times to the fourteenth century*. New York: Grove Press, Inc., 1965.

7. Bourdieu, Pierre & Richard Nice. *Distinction A Social Critique of the Judgement of Taste*. Cambridge:Harvard University Press, 1984.

8. Brown, Ryan. "In One Classics Department, Translation by the 'Crowd'", in *Chronicle of Higher Education*. 2011, 57(40): A16. available at: https://search.ebscohost.com/login.aspx?direct=true&db=asn&AN=62666106&lang=zh-cn&site=ehost-live.

9. Brunner, Theodore F. "Classics and the Computer: The History of a Relationship", in Solomon, Jon(ed.) *Accessing Antiquity: The Computerization of Classical Studies*. Tucson:University of Arizona Press. 1993.

10. Busa, Roberto. "The Annals of Humanities Computing: The Index Thomisticus", in *Computers and the Humanities*. 1980, 14(2): 83-90.

11. Bush, Susan. *The Chinese Literati on Painting-Su Shih (1037-1101) to Tung*

*Ch'i-ch'ang (1555-1636)*. Harvard: The Harvard-Yenching institute, 1971.

12. Cai, Zong-qi. *Chinese Aesthetics: the ordering of literature, the arts, and the universe in the six Dynasties*. Honolulu: University of Hawai'i Press, 2004.

13. Chang, Peng Chun. "Tsang-lang Discourse on Poetry", in *The Dial*. 1922,73: 274-276.

14. Chen,Shih-hsiang. *Essay on Literature*. Portland, Maine: The Anthoensen Press,1953.

15. Chen, Shih-hsiang. "Chinese Poetics and Zenism", in *Oriens*.1957, 10(01): 131-139.

16. Ch'en, Shou-yi. *Chinese Literature: A Historical Introduction*. New York:Ronald Press,1961.

17. Cordingley, Anthony & Céline Frigau Manning, Jeremy Munday (eds.) *Collaborative Translation: From the Renaissance to the Digital Age*. London, Oxford, New York, New Delhi, Sydney: Bloomsbury Academic. 2017.

18. Cranmer-Byng, Lancelot. *A Lute of Jade: Being Selections from the Classical Poets of China*. London: John Murray, 1909.

19. Cronin, Michael. *Translation in the Digital Age*. London: Routledge. 2013.

20. Davis, John Francis. "On the Poetry of the Chinese", in *Transactions of the Royal Asiatic Society of Great Britain and Ireland*. 1830, (02): 393-461.

21. Dawson, Raymond(ed.). *The Legacy of China*. London: Oxford University Press. 1964.

22. Eoyang, Eugene. "Beyond Visual and Aural Criteria: The Importance of Flavor in Chinese Literary Criticism", in *Critical Inquiry*. 1979, 6(1): 99-106.

23. Evans, Vyvyan & Melanie Green (eds.) *Cognitive Linguistics: An introduction*. Edinburgh: Edinburgh University Press. 2006.

24. Fang, Achilles. "Review on 'The Art of Letters, Lu Chi's 'Wen Fu,'A.D. 302", in *Harvard Journal of Asiatic Studies*. 1951, 14( 3/4): p615-636.

25. Fang, Achilles. "Lu Ki's 'Rhymeprose on Literature'", in *New Mexico Quarterly*, 1952, 22(03): 269-287.

26. Feng, Yuanjun. *A Short History of Classical Chinese Literature*. Yang, Xian-yi and Gladys Yang (trans.) Peking: Foreign Languages Press, 1958.

27. Fillmore, C. "An alternative to checklist theories of meaning", in Cogen, C & H. Thompson & G. Thrugood & K. Whistler (eds.). *Proceedings of the First Annual Meeting of the Berkeley Linguistic Society*. 1975.

28. Fong, Grace. S. *Herself an Author: Gender, Agency, and Writing in Late Imperial China*. Honolulu: University of Hawaii Press, 2008.

29. Fowler, Alastair. *Kinds of Literature: An Introduction to the Theory of Genres and Modes*. Oxford University Press. 1982.

30. Garrison, James D. *Dryden and the Tradition of Panegyric*. Berkeley: University of California Press. 1975.

31. Geertz, *The Interpretation of Cultures: Selected essays*. New York: Basic Books. 1973.

32. Gibbs, Donald. Literary Theory in the *Wen-hsin tiao-lung*, Sixth Century Chinese Treatise on the Genesis of Literature and Conscious Artistry. University of Washington, Ph.D., 1970.

33. Giles, Herbert Allen. *A History of Chinese Literature*. London: W. Heinemann. 1901.

34. Graham, A.C. *Chuang-tze: The Inner Chapters*. London: Mandala, 1986.

35. Grosart, Alexander B. *The Complete Works in Verse and Prose of Samuel Daniel*. 1963.

36. Gu, Mingdong. *Literary Openness And Open Poetics: A Chinese View In A Cross-cultural Perspective*. The University of Chicago, Ph.D., 1997.

37. Gutt, E.A. "A Theoretical Account of Translation-Without a Translation Theory", in *Target*. 1990, 12(2): 135-164.

38. Hawkes, David. "Reviews on *The Literary Mind and the Carving of Dragons*", in *The Journal of Asian Studies*. 1960. 19(03): 331-332.

39. Herford, C.H. & Percy & Evelyn Simpson (eds). *Ben Jonson*. Oxford: Clarendon Press.1941.

40. He, Dajiang. *Su Shi: Pluralistic View Of Values And "Making Poetry Out Of Prose"*. The Ohio State University, Ph.D., 1997.

41. Hightower, James. R. "The Wen Hsüan and Genre Theory", in *Harvard Journal of Asiatic Studies*. 1957, 20(3/4): 512-533.

42. Hirsch, E. Donald. *Validity in Interpretation*. New Haven and London: Yale University Press, 1967.

43. Hughs, E. R. *The Art of Letters: Lu Chi's "Wen Fu"*, A. D. 302. *a translation and comparative study*. New York: Pantheon Books Inc, 1951.

44. Idema, Wilt L. & Beata Grant. T*he Red Brush: Writing Women of Imperial China.* Harvard: Harvard University Press, 2004.

45. Jakobson, Roman. "On Linguistic Aspects of Translation", in Brower, R(ed). *On Translation*[C]. Cambridge, Mass: Harvard University Press. 1959. 232-239.

46. Jenkinson, Matt. "Nathanael Vincent and Confucius's 'Great Learning' in Restoration England", in *Notes & Records of Society*. 2006(60), 35-47.

47. Klein, Ernest. *Kleins Comprehensive Etymological Dictionary of the English Language*. Elsevier Publishing Company. 1971

48. Knechtges, David. "A Literary Feast: Food in Early Chinese Literature", in *Journal of the American Oriental Society*, 1986, 106(01) : 49-63.

49. Knechtges, David & Taiping Chang. *Ancient and Early Medieval Chinese Literature: A Reference Guide*. Leiden, Netherlands: Brill. 2010.

50. Koerner, Konrad. *Practising Linguistic Historiography: Selected Essays.* Philadelphia: John Benjamins.1989.

51. Lai, Ming. *1920-.A History of Chinese Literature*. New York, John Day Co.,1964.London : Cassell, 1964.

52. Lakoff, George & Mark Johnson. *Metaphors We Live By*. Chicago: Chicago University Press.1980.

53. Langacker, Ronald. *Concept, Image, Symbol: The Cognitive Basis of Grammar(* 2nd ed). Berlin: Mouton de Gruyter. 2001.

54. Lefevere, André. *Translating Literature:The German Tradition from Luther to Rosenzweig* (Approaches to Translation 4). Assen/Amsterdam: Van Gorcum. 1977.

55. Levi, Albert William, "Literature and the Imagination: A Theory of Genres", in Strelka, Joseph. P.(ed) *Theories of Literary Genre* (Yearbook of Comparative Criticism 8). University Park: Pennsylvania State University

Press.1977.

56. Lévy, André. (ed.), *Chinese Literature, Ancient and Classical,* translated by William H. Nienhauser, Jr., Bloomington and Indianapolis: Indiana University Press. 2000.

57. Liu,James L.Y. The Art of Chinese Poetry. Chicago: The University of Chicago Press, 1962.

58. Liu,James L.Y. The Theory of Chinese Literature. Chicago: The University of Chicago Press, 1975.

59. Loffredo, Eugenia and Manuela Perteghella (eds). *Translation and Creativity: Perspectives on Creative Writing and Translation Studies.* London, New York: Continuum. 2006.

60. Lynn, Richard John Lynn. "The Talent Learning Polarity in Chinese Poetics: Yan Yu and the Later Tradition", in *Chinese Literature: Essays, Articles, Reviews (CLEAR)*, 1983, 5(1/2): 157-184.

61. Margouliès, Georges. *Le "fou" dans le Wen-siuan : étude et textes.* Paris: P. Geuthner. 1925.

62. Mair, Victor H., *1943-.The Columbia History of Chinese Literature.* New York: Columbia University Press, 2001.

63. Minford, John & Joseph S. M. Lau. *Classical Chinese Literature.* New York: University of Columbia Press, 2000.

64. Moretti, Franco. *Distant Reading.* New York: Verso. 2013.

65. Norlin, George (tr.) *Isocrates.* London and New York: Loeb Classical Library.1954.

66. Owen, Stephen. *Traditional Chinese Poetry and Poetics: Omen of the World.* Madison: University of Wisconsin Press, 1985.

67. Owen, Stephen.*Readings in Chinese Literary Thought.* Cambridge,MA: Harvard Council on East Asian Studies. 1992.

68. Platnauer (tr.) *Claudian.* London and New York: Loeb Classical Library. 1965.

69. Plaks,Andrew H. "Where the Lines Meet: Parallelism in Chinese and Western Literatures", in *Chinese Literature: Essays, Articles, Reviews,* 1988,(10) : 43-60.

70. Rickett, Adele Austin. *Wang Kuo-wei's Jen chien tz'u hua, A Study in Chinese Literary Criticism*. Ann Arbor, Mich., University Microfilms, 1974.

71. Rickett, Adele Austin ed. *Chinese Approaches to Literature from Confucius to Liang Ch'i-ch'ao*. Princeton: Princeton University Press. 1978.

72. Ryle, Gilbert. "Thinking and reflecting", in *Collected Papers. Volume II: Collected essays 1929-1968*. London: Hutchinson. 1971. 465-479.

73. Ryle, Gilbert. "The Thinking of Thoughts", in *Collected Papers. Volume II: Collected essays 1929-1968*. London: Hutchinson. 1971. 480-496.

74. Spingarn, J. E. "Forward to Tsang-Lang Discourse on Poetry", in *The Dial* (Lxxiii). the Dial Publishing Company, 1922

75. Saussy, Haun. "The Prestige of Writing: Wen, Letter, Picture, Image, Ideography", in *Sino-Platonic Papers*. 1997, 75:1-40.

76. Shih, Vincent Yu-chung (tr.). *The Literary Mind and the Carving of Dragons*. New York: Columbia University Press. 1959.

77. Shih, Vincent Yu-chung (tr.). Bilingual reprint. *The Literary Mind and the Carving of Dragons*. Taipei: Chung Hwa Book Company. 1970.

78. Shih, Vincent Yu-chung (tr.). *The Literary Mind and the Carving of Dragons*[M]. Hong kong: the Chinese University Press. 1983.

79. Smith, C. U. M. & Frixione, Eugenio, Finger, Stanley, and Clower, William. *The Animal Spirit Doctrine and the Origins of Neurophysiology*. Oxford: Oxford University Press. 2012.

80. Snell-Hornby, Mary. *The Turns of Translation Studies: New paradigms or shifting viewpoints?*. Amsterdam & Philadelphia: John Benjamins Publishing Company. 2006.

81. Sun, Kang-i & Stephen Owen. eds. *The Cambridge History of Chinese Literature*, Cambridge: Cambridge University Press, 2010.

82. Talmy, Path to realization, "A Typology of Event Conflation", in *Proceedings of the Seventeenth Annual Meeting of the Berkeley Linguistics Society*. 1991.

83. Tang, Yanfang. "Language, Truth, and Literary Interpretation: A Cross-Cultural Examination", *Journal of the History of Ideas*, 1999, 60(1): 1-20.

84. Todorov, Tzvetan. "The Notion of Literature", translated by Lynn Moss and

Bruno Braunrot, in *New Literary History.* 1973(5:1):5-16.

85. Tőkei, Ferenc. *Genre Theory in China in The 3rd-6th Centuries: Liu Hsieh's theory on Poetic Genres.* Budapest: Akadémini Kiadó, 1971.

86. Ullmann, S. *The Principle of Semantics.* Oxford: Basil Blackwell. 1957.

87. Ungerer, Friedrich & Hans-Jörg Schmid. *An Introduction to Cognitive Linguistic.* 2nd edition. Harlow: Pearson Education Limited. 2006.

88. Venuti, Lawrence. *The Translator's Invisibility: a History of Translation.* 2nd ed. New York: Routledge. 2008.

89. Wang, Yanning. *Beyond The Boudoir: Women's Poetry On Travel In Late Imperial China*, Washington University, P.H.D., 2009.

90. Watson, Burton. *Early Chinese Literature.* Columbia University Press. 1962.

91. Wixted, John Timothy. *Poems on Poetry : Literary Criticism by Yuan Hao-wen, 1190-1257.* Wiesbaden: Steiner. 1982.

92. Wolfreys, Julian & Ruth Robbins, Kenneth Womack. *Key Concepts in Literary Theory (Second edition).* Edinburgh: Edinburgh University Press. 2006.

93. Wong,Siu-kit. (tr.) *Early Chinese Literary Criticism.* Hongkong: Joint Publishing Company, 1983.

94. Wong, Siu-kit &Allan chung-hang Lo, Kwong-tai Lam. (trs.). *The Book of Literary Design.* Hong Kong: Hong Kong University Press. 1999.

95. Wylie, Alexander. *Notes on Chinese Literature.* Shanghai: Presbyterian Mission Press. 1867.

96. Yang, Xian-yi and Gladys Yang (trs.) "Twenty-four Modes of Poetry", in *Chinese Literature.* 1963(07).

97. Yip, Wai-lim. *Diffusion of Distances: Dialogues between Chinese and Western Poetics.* Berkeley: University of California Press, 1993.

98. Yoshikawa, Kojiro. *An Introduction To Sung Poetry*, translated by Burton Watson. Harvard: Harvard University Press, 1967.

99. Yu, Pauline. *The Reading of Imagery in the Chinese Poetic Tradition.* Princeton: Princeton UP, 1987.

100. Yu, Pauline. "Charting the Landscape of Chinese Poetry", in *Chinese Literature: Essays, Articles, Reviews (CLEAR)*, 1998, 20: 71- 87.

101. Zeitlin, Judith T. *The Phantom Heroine: Ghosts and Gender In Seventeenth-century Chinese Literature*. Honolulu: University of Hawaii Press, 2007.

102. Zhang, Longxi. "What is Wen and Why is it Made so Terribly Strange?", in *College Literature*. 1996, 23(01):15-35.

# 附录：中英人名对照表

（包括本书所涉主要汉学家及汉学相关人物）

| | |
|---|---|
| Alexeev, V. M. | 阿历克谢耶夫 |
| Ashmoe, Rober. | 罗秉恕 |
| Birrel, Anne. | 比勒尔（或译比埃尔、白安妮） |
| Birch, Cyril. | 白之（或译白芝） |
| Bodman, Richard W. | 包瑞车 |
| Brooks, E. Bruce. | 白牧之 |
| Bruce, Joseph Percy. | 卜道成 |
| Bush, Susan. | 卜寿珊（或译苏珊·布什） |
| Cai, Zong-qi. | 蔡宗齐 |
| Chang, Kang-I Sun. | 孙康宜 |
| Chang, Peng Chun. | 张彭春 |
| Chaves, Jonathan. | 齐皎瀚 |
| Chen, Ruey-shan Sandy. | 陈瑞山 |
| Chen, Shih-hsiang. | 陈世骧 |
| Ch'en, Shou-yi. | 陈绶颐 |
| Chiswell, Richrd. | 理查德·奇斯韦尔 |
| Cleaves, Francis Woodman | 柯立甫（或译柯立夫） |
| Couplet, Philippe. | 柏应理 |
| Cranmer-Byng, Launcelot Alfred. | 克兰默-宾 |
| Da Costa, Inácio（或作 Ignatius） | 郭纳爵 |

| Davis, John Francis. | 德庇时 |
| De Bary, William Theodore. | 狄百瑞 |
| Debon, Gunther. | 德博 |
| De Rotagemont, FranoisD. | 鲁日满 |
| Du Halde, Jean Baptiste. | 杜赫德 |
| Egan, Charles. | 易彻理 |
| Egan, Ronald. | 艾朗诺 |
| Eoyang, Eugene. | 欧阳桢 |
| Fang, Achilles. | 方志彤 |
| Fletcher, W.J.B. | 佛来遮（或译弗莱彻） |
| Fong, Grace. S. | 方秀洁 |
| Frankel, Hans Hermann. | 傅汉思 |
| Fuller, Micheal Anthony. | 傅君励 |
| Gibbs, Donald. | 吉布斯 |
| Giles, Herbert A. | 翟理斯 |
| Giles, Lionel. | 翟林奈 |
| Gordon, Erwin Esiah. | 戈登 |
| Grant, Beata. | 管佩达 |
| Gu, Mingdong. | 顾明栋 |
| Hawkes, David. | 霍克斯 |
| Henricks, Rober G. | 韩禄伯 |
| Herdtrich, Christian. | 恩理格 |
| Hightower, James R. | 海陶玮 |
| Holzman, Donald. | 侯思孟 |
| Hughs, E. R. | 修中诚 |
| Hummel, Arthur William. | 恒慕义 |
| Idema, Wilt L. | 伊维德 |
| Intorcetta, Prospero. | 殷铎泽 |
| Knechtges, David R. | 康达维 |
| Lau, Joseph S. M. | 刘绍铭 |

| | |
|---|---|
| Legge, James. | 理雅各 |
| Levenson, Joseph R. | 列文森 |
| Liu, James J. Y. | 刘若愚 |
| Liu, Shou-sung. | 刘绶松 |
| Liu, Wu-chi. | 柳无忌 |
| Lowell, Amy. | 艾米·洛威尔 |
| Lyall, Leonard A. | 赖发洛 |
| Lynn, Richard John. | 林理彰 |
| Mair, Victor H. | 梅维恒 |
| Marshman, Joshua. | 马士曼 |
| Miner, Earl. | 厄尔·迈纳（或译孟尔康） |
| Minford, John Minford. | 闵福德 |
| Morrison, Robert. | 马礼逊 |
| Müller, Max. | 缪勒 |
| Nienhauser, William H. Jr. | 倪豪士 |
| Noël, Francais. | 卫方济 |
| Owen, Stephen. | 宇文所安 |
| Percy, Thomas. | 托马斯·珀西 |
| Plaks, Andrew H. Plaks. | 浦安迪 |
| Puttenham, George. | 普顿汉 |
| Ricci, Matteo. | 利玛窦 |
| Rickett, Adele Austin. | 李又安 |
| Rusk, Bruce. | 阮思德 |
| Saussy, Haun. | 苏源熙 |
| Shih, Vincent Yu-chung. | 施友忠 |
| Spingarn, Joel Elias. | 斯宾冈 |
| Tang, Yanfang. | 汤雁方（音译） |
| Tőkei, Ferenc. | 杜克义 |
| Trigaut, Nicolas | 金尼阁 |
| Tu, Ching-I. | 涂经诒 |

| | |
|---|---|
| Varsano, Paula M. | 方葆珍 |
| Vincent, Nathanael. | 纳撒尼尔·文森特 |
| Waley, Arthur David. | 阿瑟·韦利 |
| Watson, Burton. | 华兹生（或译华生） |
| Watts, John. | 瓦茨 |
| Wilhelm, Hellmut. | 卫德明 |
| Wixted, John Timothy. | 魏世德 |
| Wong, Yoon-wah. | 王润华 |
| Wong, Siu-kit. | 黄兆杰 |
| Wong, Wei-leung. | 黄维樑 |
| Wylie, Alexander. | 伟烈亚力（或译卫礼亚力、华里、卫礼） |
| Yang, Galdys. | 戴乃迭 |
| Yang, Guobin. | 杨国斌 |
| Yang, Hsien-yi, | 杨宪益 |
| Yeh, Florence Chia-ying. | 叶嘉莹 |
| Yeh, Michelle Mi-His. | 奚密 |
| Yip Wai-lim. | 叶维廉 |
| Yu, Pauline. | 余宝琳 |
| Zhang, Taiping | 张泰平 |
| Zeitlin, Judith T. | 蔡九迪 |